ISEKAI SAUNA DE TOTONOISEX
CHARACTER
ユスティーナ
もとスゴ腕冒険者の巨乳ビキニアーマー娘。ランスケのイチモツの感触が、失った愛剣と似ていたため、エッチなととのいにドハマリしてしまう。お人好しでちょっと騙されやすい。
ランスケ
ブラック企業勤めの心身ともに疲れたおっさん。メシよりサウナが大事な重度のサウナーで、所かまわずととのいを求めてしまう。
トントゥ
ユスティーナを見守ってきた、ロリババア属性の妖精。ランスケとエッチなととのいを味わい、特殊なスキルを授ける。
サラ
ユスティーナをしたう女魔術師。ランスケをライバル視しているが、サウナエッチの快楽に堕とされる。

VN
Variant Novels

ISEKAI SAUNA DE
TOTONOISEX

異世界サウナでととのいセックス

～なにも知らない女冒険者にエッチなととのいを教え込む～

著 鵠
イラスト あらと安里

TAKESHOBO

CONTENTS

ISEKAI SAUNA DE
TOTONOISEX

第一章　異世界サウナ

俺は異世界で、全裸の女性といっしょに、サウナで汗をかいていた。

これは一体、どういう状況なんだろう？

ぼんやりとしたオレンジ色に照らされた室内は、肌の表面をジリジリと炙《あぶ》るような熱気に満ちている。剝《む》き出しの肌の表面には、玉のような汗がぽつぽつと浮かんでいた。そしてそれは、俺のすぐ隣で、同じく全裸で座っている女性も同様である。

年の頃は、まだ二十代前半といったところだろうか。熱気の籠《こ》もる室内にあって、髪の色は燃えるような緋色。肩までかかる長さの後ろ髪は、ボリュームのあるポニーテールにまとめられている。元々は透き通るように白かった柔肌は、極度の熱気にさらされた結果、火照《ほて》ったような赤に色を変えている。引き締まった腕やむっちりとした太もも、それにひときわ目を引く豊満なおっぱいには、止めどなく汗が流れていた。

彼女は最初こそ恥ずかしそうに胸元を腕で隠していたものの、今となっては股間に置いたタオル以外は、すべてをさらけだしてしまっている。どうやら熱さのせいで、恥ずかしさすら意識から消え去ってしまったらしい。

お人形さんと形容してもいいような端整《たんせい》な顔は、すっかり熱さにやられて苦しげに歪んでいる。細い眉は顰《ひそ》められ、垂れ目の瞳はしんどそうに閉じられていた。

そんなふうに全裸の彼女の様子を観察していると、自然と俺のチ×ポも勃起してしまう。

仕方あるまい。なにせ女性と全裸で、サウナで混浴である。興奮するなというほうが無理な話だ。

彼女は、俺が迷い込んだ〝異世界〟で、初めて出会った現地人である。当然出会ったばかりで、面識は無いに等しい。

なのに、全裸で、サウナ。

ふと、こちらからの視線に気づいたのか、彼女と目が合った。俺が見ている前で、彼女はゆっくりと口を開く。

「はあ……はあ……」

熱さにやられてか、呼吸が荒い。女性が、全裸で、汗だくで、呼吸が乱れているだけで、こんなにもエッチに思えるだなんて知らなかった。

そして俺がじっと見ている前で、その女性は言った。

「んもおおおおお！　熱すぎるよおおおおお！　死んじゃううううううう！」

サウナの情緒が台無しだ。

ほんの少し前まで、この子の汗に濡れた全裸を見ながら、勃起していた事実を恥じたくなる。

どうやら彼女は、サウナに入った経験が無いようだ。だからサウナのこのしんどい熱さにも、耐

性が無いのだろう。

一度叫びだした彼女は、たがが外れたように不満を撒《ま》き散らしまくる。

「熱い熱い熱い！　こんなの無理だよ死んじゃうよ！」

「大丈夫だって。死にもしないし、熱くもないから」

「いや熱くはあるよ！　そこは認めようよ！」

「そんなに騒ぐなよ。サウナよりも、お前の方が熱っ苦しい」

「熱いぃ！　熱いぃ！　肌が焼けちゃう！　まるでレッドドラゴンの炎嚢《えんのう》の中にいるみたいだよぉ！」

「俺はレッドドラゴンのことは知らないけど、さすがにこのサウナはそこまで熱くはないんじゃないか？」

「レッドドラゴンの炎嚢っていうのは、レッドドラゴンが噴き出す炎を精製している器官で、摂氏《せっし》二千度の超高温の炎に満たされているんだよ！」

「よしんばこのサウナが熱いにしても、絶対そこまでは熱くないだろ」

「もうだめだあ！　あたしはここで、熱に溶かされて死んじゃうんだあ！」

「落ち着けっての。このサウナ、せいぜいが百度くらいなもんだと思うからさ」

「百度？　え、逆にいうと、百度はあるの!?」

「百度はある」

「死ぬじゃん！」

「死なないよ」

「死ぬよ！　百度でしょ!?　百度の熱湯ぶっかけられたら、全身大やけどで皮膚でろんでろんになって赤く茹《ゆ》で上がったあげく死んじゃうでしょ!?」

「なんで全身大やけどのディティールが細かいんだよ。サウナの百度は、熱湯の百度と違って死なないから、大丈夫なんだよ」

気体の百度は液体の百度とは異なり、熱を伝えにくいからとかなんとか、そういう理屈らしいぞ。

目の前の女性は、全身すっぽんぽんで、かろうじて局部をタオルで隠している以外は、おっぱいも足もさらけ出している。実に豊満でいやらしい裸体をさらしておきながら、しかし熱さにやられてか言動の方はずいぶんとアレなことになってしまっていた。

おかげで俺も変に全裸のことを意識せずに会話をすることができて、助かってはいるのだが。

「ああ、今は亡きお父さんお母さん。冒険者パーティーを追放されたあたしが地元にとって返した結果、今日ここで謎の男に百度に熱されてあなた達のもとへと旅立つことになりそうです。親不孝をお許しください」

「へえ。新作の小説のタイトルかなにか？　さすがに長すぎるけど、ちょっと読んでみたくなるな」

「違うっての！　今のあたしの状況そのものだよ！」

「そう考えるとお前の置かれた状況、とんでもないよな」

「どの口!?」

彼女は呆れ果てた様子で、こちらから視線を切った。

見ると、彼女は俯きながらブツブツとなにかを呟いている。

「熱い熱い熱い熱い熱い熱い熱い熱い熱い熱い熱い熱い…………」

「…………」

呪詛《じゅそ》のように「熱い」とだけ繰り返していた。ちょっと怖い。

俺はふぅと溜め息をひとつついてから、目を閉じる。サウナで女性と戯れるのもいいが、しっかりと熱さに身を委《ゆだ》ねて体を温めるのも大切だ。


さて。一体どうして俺は、異世界でサウナ初体験の女性といっしょに汗をかいているのか。

そのことを話すには、俺が異世界へとやってきた、半日前のことから話さねばならないだろう。

♨　♨　♨

「サウナに入りたい……」

コンクリートジャングルのど真ん中で立ち止まった俺は、ぽつりと小さく呟いた。

俺こと坂津蘭介《さかつらんすけ》は、サラリーマンである。それも、類語辞典で引くと、《社畜》の項目が見つかるタイプのブラック企業勤めのサラリーマンだ。

毎日毎日、来る日も来る日も堅苦しいスーツに身を包み、ビジネスバッグを片手に営業回り。先輩も同期も後輩も続々辞めていき、人員不足をカバーするべく残業時間は増える一方。なのに支払われるのは、実際の仕事量とは似ても似つかない、雀の涙ほどの〝見なし残業代〟。これは一体何を見なしているというのだろうか。経営陣の見通しのなさでも見なしているのだろうか。

毎日のように昼は外回り、夜は終電間際までデスクワーク。そんな生活のせいで、体はもう全身バッキバキ。軽く屈伸するだけでパキッポキッ、ピキピキッと陽気なリズムを奏《かな》でてしまう。人間楽器かな？

「サウナだ。今の俺は、サウナに入るべきなんだ……」

と、俺はもう一度呟いた。

そう。社畜として人生をすり減らす俺の、唯一の趣味。

それが、サウナだ。

百度近い熱気に晒《さら》されながら、ひたすらに汗をかく。そして熱さでふらふらになったところで水風呂に浸《つ》かると、驚くほどに頭がシャッキリとするのだ。

残業三昧《ざんまい》の生活で積もり積もった疲れは吹き飛び、心と体のバランスが〝ととのう〟。それこそが、社畜として人生をすり減らす俺の、最大の楽しみといっていい。

「よし。サウナだ。サウナに行こう」

まだ太陽は天高く、当然のことながら業務時間内ではある。今も絶賛外回りの営業中で、会社のホワイトボードに書き残してきた帰社予定時刻は十八時。ちなみに定時は十七時。ん？　なんで定時よりも後で帰社しないといけない予定になってるんだろうね。不思議だね。蘭介くん計算間違えちゃったかな？　……合ってるんだ、残念なことに。

見なしでここまでこき使われるくらいに、残業しまくっているんだ。たまには見なしでちょっと休んだって、構やしないだろう。

「そうと決まれば。確かこの辺に、サウナ付きのスパ銭があったはず……！」

気分を切り替えた俺は、進行方向を得意先の企業からスーパー銭湯へと切り替える。そしてルンルン気分で、第一歩を踏み出した。

その踏み出した足が、地面につくことはなかった。

「は？」

ふわっとした浮遊感が、右足にまとわりつく。そして踏み出した右足を中心に、体全身が下方へと吸い込まれていく感覚。

わけのわからない事態に驚愕した俺は、遅まきながら足下を確認する。すると俺の右足は……蓋《ふた》の外れているマンホールの、丸い虚空へと踏み込んでいた。

「嘘だろ？」

本当だった。マンホールの蓋は無かった。

作業員が外して、うっかり戻し忘れたのか。それとも鉄くずを集めて小金を稼《かせ》いでいる輩《やから》が、勝手に盗んだのか。

真相は定かではないが、とにかく事実として、俺はマンホールの中へと落下していた。

「うわああああああああああああ！　嫌だあああああああああああああ！　サウナああああ

ああああああ！　俺はサウナに行くんだああああああああああああああああああ！」

雑居ビルの建ち並ぶビジネス街に、この世界における俺の最期の悲鳴が響き渡り……

「俺はサウナに行くんだああああああああああああああああああべしっ！」

世紀末チックな悲鳴を漏らして、俺の体は地面に衝突した。

「痛たたた……あれ、生きてる……？」

地面にうつ伏せに倒れながら、俺はゆっくりと体の感触を確認する。

手は動く。足も動く。落下した衝撃で痛みこそあるが、どうやら大した怪我も無かったらしい。

「なんと……マンホールに落ちて無傷とは、我ながら運がいいな」

これも日頃の行いの賜物《たまもの》だろうか。俺の日頃の行いなんて、取引先に電話で頭下げるとかくらいだけど。

とにかく、無傷だったのであれば僥倖《ぎょうこう》。さっさとこの中から脱出して、今度こそサウナに行こうではないか。そう考えた俺は、顔を上げて、ようやくその異常事態に気がついた。

「……どこだよ、ここは？」

異世界ファンタジーの町並み。顔を上げた俺の目の前には、そうとしか表現することのできない光景が広がっていた。

ビジネス街の冷たいコンクリートジャングルとは真逆の、温かみのある煉瓦《れんが》造りの建物が並ぶ。

高層ビルなんてものはどこにも見当たらず、電線すら張られていない青空が広がっている。

大通りと思われるこの場所には、たくさんの商店が並んでおり、買い物目的と思われる人があちこちを歩き回っていた。辺りを歩く人の姿も、スーツ姿のヤツなんて、ひとりもいやしない。木綿を簡単に仕立てたような、シンプルなシャツやズボンを身につけている人がほとんどだった。

「あれ……？　な、なんで……？　俺、確かマンホールの中に、落っこちたはずじゃあ……？」

マンホールの中に落ちた経験なんて無いので、確かなことは言えない。

だがいくら何でも、こんなふうにマンホールの底に牧歌的な街並みが広がっているなんてことはないだろう。

「なんだ？　もしかして俺、落っこちた拍子に頭でもぶつけちまったのか？」

あまりにも信じられない事態に、俺は頭を抱えてしまう。

だがいくら信じがたくとも、目の前には確かにファンタジー風の街並みが広がっているのだ。白昼夢にしてはやけに意識ははっきりとしているし、まさか幻とも思えない。

とすると、これはもしかして……本当に異世界に飛んできてしまったのではないだろうか。

「やべえ……そんなアニメや小説みたいなこと、本当にあるのかよ!?」

異世界転生といえばトラックに轢《ひ》かれてあたりが相場だと思うが、まさかマンホールに落っこちてが転生のキッカケになろうとは。下手に他人に迷惑をかけない死因であるあたり、せせこましく生きてきた社畜らしさが感じられなくもない。言うとる場合か。

「いや待て待て！　確かに仕事仕事の毎日に嫌気が差して、逃げ出したいとも思ってはいたさ！　だが本当にこうして別世界に飛ばされたら、それはそれでめちゃくちゃ困る！　いや、というかそもそも今はだな……！」

「ちょっと！　そこのあなた！」

あまりの事態にパニックになりかけていた俺の背後から、何者かが声をかけてきた。女性の声だ。聞き覚えはない。

「さっきから地面に座り込んだままだけど、どこか具合でも悪いの？　動くのが難しいようなら、診療所まで連れて行ってあげるけれど」

どうやらうずくまっている俺を見かねて、声をかけてくれたようだ。

困っている人を見捨てることのできない、きれいな心の持ち主の登場に、俺の気持ちも少しばかり落ち着きを取り戻す。

「ああ、いや。具合が悪いわけじゃないんだ。すまない、心配をかけて……」

俺はそう言いながら声のした方へと振り返り、「うわあ！」と悲鳴をあげてしまう。

「お、お前！　なんて格好してるんだよ！」

「え、あたし!?」

俺のリアクションに対して、目を丸く見開く女性。

燃えるように赤い髪をボリュームのあるポニーテールにまとめて、活発そうな見た目をしていた。

しかし肌の色は白く柔らかそうなもち肌で、楚々《そそ》とした印象も受ける。

やさしそうな垂れ目やちょこんとした鼻はチャーミングで、見た目はかわいらしい部類に属するだろう。年齢はまだ二十代前半といったところで、俺ともあまり差は無さそうだ。

しかし、問題はその女性の格好だった。

彼女は胸元と下腹部のみをわずかな布地で覆い隠している……いわゆるビキニアーマーというものを身につけていた。

真っ赤な布地はぴったりと体にフィットしており、ふたつの大きな乳房をむぎゅっと押さえつけている。着脱用のための金具が随所に見られ、それらが陽の光を反射してきらりと輝いていた。ボトムスは際どいローライズで、くびれた腰回りや肉付きのよい太ももを大胆に露出している。

腰には鋲《びょう》の打たれたレザー製のベルトを巻いており、その側面にはポーチが提《さ》げられていた。

あまりにも色っぽすぎる格好をしている彼女は、しかし不思議そうに首を傾《かし》げるばかりだ。

「なんて格好って、普通にビキニアーマーだけど？」

「ビキニアーマーの時点で、普通じゃないだろ！　そんな露出過多な格好で、こんな街中を出歩くなんて！」

「え、ふ、普通じゃない……？　あたしの格好、もしかして変なのかな……？」

「というか、そんなことより！」

「そんなことより!?　ねえ、あたしの格好、そんな変かな!?　答えてよ！　気になるじゃない！」

目の前の女性がドエロいビキニアーマーで、目のやり場に困ってしまうことは今はどうでもいい。

それよりも俺には、最優先で探すべきものがあるのだ。

「サウナ！」

「さ、サウナ……？」

唐突に俺の言い放った言葉に、彼女はきょとんとした表情を浮かべる。

「サウナだ！　俺は今、それを探しているところなんだよ！」

そうだ。マンホールに落ちたり、見知らぬ街にいたり、ドエロいビキニアーマー娘に声をかけられたりと混乱することばかりだが、元々の目的を忘れるわけにはいかない。

俺はこれから、サウナへ向かおうとしていたのだ。

サウナは俺の趣味であり、生きている意味でもある。ひどく混乱している時だからこそ、一度サウナに入って頭を整理したい。

「あいにく俺には、この辺りの土地勘が無くてな。どこかこの近くに、サウナがあるかどうか知らないか？」

そう尋ねてみるが、しかし目の前の彼女の表情は芳《かんば》しくない。もしやサウナは無いんだろうか、と落胆しかけたそのとき。

「サウナって、……なに？」

予想以上の言葉が、返ってきた。

サウナを知らない、だと……!?

まさかこの街には、サウナ施設どころか、サウナという概念そのものが無いとでもいうのか!?

「ば、バカな！」

「ひゃあっ！」

思わず目の前の女性の両肩を掴んでしまう。むき出しの肌はシルクのような上質な肌触りだったが、とにかく今はサウナだ。心なしか少し顔を赤くしている彼女に、俺はさらに尋ねる。

「サウナを知らないのか!?　本当に!?」

「こんなことで嘘つかないよ！　サウナなんて、見たことも聞いたこともないよ！」

「もっとよく思い出してくれ！　サウナだよ、サウナ！　フィンランド発祥の！」

「フィンランドってなに!?　国の名前!?　どこの田舎のこと!?」

俺が必死で問いかけるも、彼女はわけがわからないよと言わんばかりに首を横に振る。

どうやら彼女は、本当にサウナを知らないようだ。

けれど諦めきれない俺は、さらに食い下がって尋ねる。

「じゃあせめて、なにかすごく熱くなるような場所は知らないか!?」

「すごく熱くなるような場所……？」

俺が尋ねると、女性は口元に指を添えて、うーんと小さくうなる。

「熱いところでいいんだったら、無くはないんだけど」

「本当かっ!?」

「わあっ！　顔が近いよ！　あと肩！　手ぇ離して！」

女性は俺の胸元に手を押し当てて、ぐいっとこちらを押しのける。

「すまない、興奮してしまった。確かにドエロいビキニアーマーの女性にすることじゃなかったな」

「ねえだからあたしのこのビキニアーマー、そんなに変なのかな？　あたし今、ドエロいって言われてたよね？」

「それで熱いところっていうのは、どこなんだ？」

「変なら変って、はぐらかさずにそう言ってよ！」

「はぐらかしているんじゃない。今はお前の格好よりもサウナの方が大事なだけだ」

「それもひどいよ！」

彼女は深い溜め息をつくと、諦めたように首を横に振る。

「わかったよ。案内してあげるから」

「おおっ！　ありがとう！　恩に着るぞ！」

「ただ、その『サウナ』？　ってやつじゃないからね。本当に、ただ熱いところってだけだからね？」

「構わないさ。今は贅沢《ぜいたく》言ってられないからな。それでその、熱いところっていうのは、一体どこに……」

「ここだよ」

言って、彼女は自らの背後を振り返る。

大通りに面した立地にあるその建物は、煉瓦造りの古めかしい佇《たたず》まいをしていた。辺りには飯屋や道具屋などのお店が数多く並ぶ中で、ここだけは看板もなく、なんの建物なのかすら分からない。

一応は窓はあるのだが、古いせいでガラスがすっかり曇ってしまっており、中の様子は窺《うかが》えなかった。そんな建物を見上げて、彼女は言う。

「ここ、あたしの実家なんだ。元々は両親がやってた武器屋だったんだけど、ずっと前に両親が事故で他界して、お店の方は閉店したの。それで、以来そのまま」

「それは……」

「ああ、お悔やみの言葉とかはいいから。さすがにもう何年も前のことだし、気持ちの整理はついてるもの」

「今は誰も住んでいないのか？」

「そう。あたしもそのあと家を出て、旅をしながらお金を稼いでいたからね。でも今日はたまたま久しぶりに帰ってきたところ。で、ちょうどそのタイミングであなたに出会ったってわけ」

そう言って彼女は、腰に提《さ》げたポーチから鍵を取り出した。

その鍵を扉のノブに差し込みながら、「そういえば」と尋ねてくる。

「もうしばらく誰も住んでないとはいえ、一応はあたしの家に入れるわけなんだけど。あなた、名前くらいは教えてくれてもいいんじゃない？」

「ああ、確かにそうだな」

俺はスーツの胸ポケットへと手を伸ばす。

「株式会社波羅黒《はらぐろ》事務用品第一営業部の、坂津蘭介と申します」

「え、なにその紙」

彼女は俺の差し出した名刺を、気味悪そうに見下ろしていた。おい、汚れた雑巾を指先で摘まむみたいに持つな。

「読めないいんだけど」

「マジか」

会話が成立していたから油断していたが、どうやら書き文字は俺の世界のものとは異なるらしい。

「自己紹介の時に、紙を渡す文化があるの？　変な国の出身なんだね」

「それは俺もそう思う」

「あたしはその紙無いけど、いい？」

「まあ、あっても、どの名刺が投げた時にいちばん遠くに飛んだかで、その名刺の持ち主の序列をつけるっていう遊びくらいにしか使わないから、構わないさ」

「本当にその紙、いる？」

いらない。

「あたしの名前は、ユスティーナ・ユッシランネン。職業は冒険者だった」

「冒険者、〝だった〟？」

俺の疑問には答えず、彼女……ユスティーナは扉を開けた。

久しく誰も住んでいないという言葉の通り、室内には澱《よど》んだ空気が満ちている。武器屋だったそうだが、なるほど確かにそんな感じの内装だ。

壁際には剣や大ぶりな斧、レイピア、なんと日本刀のような形状の武器までディスプレイされている。ただ、長年手入れもされずに放置されていたせいか、状態は悪そうだ。埃《ほこり》の積もったこれらの武器は、もう武器として実際に使われることはないだろう。

ユスティーナは一瞬だけ、寂しそうな表情を浮かべた。だが、すぐに隣に立つ俺の存在を思い出してか、ずかずかと店内に入り込む。

「確かに空気が籠《こ》もっているが、熱いとまではいえないんじゃないか？」

「ここじゃないから。あたしが言ってるのは、もっと奥にあるの」

ずんずん店内を突っ切っていく、ユスティーナの後を追いかける。すると店の奥には、もうひとつ扉があった。

ユスティーナが奥の扉を開けると、まず最初に目に飛び込んできたのは、大きな炉《ろ》である。

壁際に石組みの窯《かま》のようなものがあり、その中は真っ黒に煤《すす》けている。今は火が落ちているが、実際に使われていた時には、その中がひどく高温になっていたのだろうことが察せられた。

部屋自体はそう大きいものではなく、大人が四人も入ればいっぱいになりそうだ。室内には大きな作業台や椅子が置かれており、かつてこの場所で作業をしていた人の存在を感じさせる。

「ここ、鍛冶場《かじば》だったんだよ」

と、ユスティーナが言った。

「表の武器は、全部この鍛冶場で鍛造《たんぞう》したものなんだ。お父さんはよくそこの炉に火を入れて、武器を鍛《きた》えるのに精を出してたんだよ。危ないからって、あたしは入れてもらえなかったけど」

「今は入ってもいいのか？」

「今は炉に入るよりよっぽど危ないこともしてるから平気」

「危ないことって、闇取引とかか？」

「冒険者としてモンスターと戦うとかだよ！」

ユスティーナは炉に近づくと、こちらを振り返る。

「熱ければいいの？」

「熱くて密閉されていると、なおいい。あと、そうだな。よりサウナらしさを目指すなら……」

俺は求める〝サウナっぽさ〟として必要な条件を、いくつかユスティーナに伝える。

「言われたものなら、用意できると思う」

「本当か！」

「ただ、それを用意したとして、あなたが一体何をしようとしているのかは分からないけど」

「〝ととのう〟んだよ」

「これ以上、わけのわからない用語を増やさないで！」

準備のために鍛冶場の中のものをいくらか移動させたのち、ユスティーナは腰のポーチから、今度は赤い色をした水晶玉のようなものを取り出した。そして彼女はそれを、炉に向かって放り込む。するとたちまち炉の中が赤く染まり、室内の温度が上昇していくのがわかった。

「なんだ今のは？」

「え？　魔晶石でしょ。なんでサウナとかいうのは知ってるのに、魔晶石は知らないわけ？」

「地元に無かったからな」

「魔晶石が無い地元ってどこなのさ……。紛争地帯かどっか？」

「そこまで治安悪くならないと、魔晶石が無い地域って無いのか？」

「そうだよ。そのくらい、生活する上で当たり前にあるものじゃない」

「俺の地元には、生活する上で当たり前にコンピューターとかがあったぞ？」

「コンピューター？」

「電子計算機のこと」

「計算？　そのくらい人間がやればいいじゃない。やっぱり、魔晶石の無い地域って、文化レベルが低いんだね」

「認識の違いってやつかな」

呆れた表情のユスティーナが言うには、魔晶石というのは魔力の込められた水晶玉のことを指すらしい。

いったん鍛冶場から出て、店側で温度が上がるのを待つ間、ユスティーナは俺の頼んだ通りに準備を進めながら色々と教えてくれた。

たとえば光をコントロールする魔力の込められた魔晶石は、室内の明かりとして用いられる。音をコントロールする魔力の込められた魔晶石を使えば、遠方に自らの声を届けることも可能なんだそうだ。

そして今ユスティーナが使ったものは、熱をコントロールする魔晶石。こうして話をしている間にも、室内の気温がぐんぐん上昇してるのを肌で感じる。ほどなくして。

「お、おお……。これはすごいぞ……！　まさかここまでサウナに近い環境を再現できるとは！」

確認のために軽く扉を開けた鍛冶場の中からは、ジリジリと肌の表面を焼くような、厳しい熱気が漏れ出していた。

扉を閉めれば、鍛冶場の中は密閉状態となる。そうすれば、熱気が外に逃げることもなさそうだ。

感動に打ち震える俺に対して、ユスティーナは呆れた様子で尋ねてくる。

「とりあえず言われたように用意したけど、これが〝サウナ〟ってやつなわけ？」

「ああ、そうだ……！　まさかサウナが無いと言われたところから、ここまで近いものを再現できるとは……！」

「まあ、喜んでくれてるなら、あたしも用意した甲斐があったよ。でも、これ部屋を熱くしただけだけど、なにか意味があるの？」

「もちろん熱くしただけじゃ意味が無いからな。これから中に入るんだよ」

「えっ？　中に入るの？」

「ああ、そうだ」

「中、言われたように、めちゃくちゃ熱くしちゃったけど？」

「そのめちゃくちゃ熱い中に入るんだよ」

「え、もしかして自殺志願者だったりする？　死ぬなら、さすがにあたしの家じゃないところでしてほしいんだけど」

「本当に死ぬ気のヤツが目の前にいるなら、せめて止めろ。ああ、もうさすがにそろそろ我慢できなくなってきた」

「え、なに。急にどうしたの？」

「いつまでもこんなところに突っ立ってちゃいられないぜ！」

「きゃあっ！　ちょ、ちょっと！　あなた、何してるのさ！」

ユスティーナは、突然両手で顔を隠して、悲鳴を上げた。

「何って、服を脱いでるだけだが？」

最悪なチート系異世界転生主人公みたいになってしまった。

「なんで服を脱いでるのさ!?」

「サウナに入るときは服を脱ぐものなんだよ」

「あたしがここにいるのに、そんなに平気な顔して脱がないでよ！」

「ビキニアーマーのくせに、貞操観念は貞淑なんだな」

「ビキニアーマーは関係ないでしょ！　きゃあっ！　チ×チン見せないで！」

俺はサウナを目の前にして、多少、いやかなりハイになっているようだ。

これまで着ていたスーツをすべて脱ぎ、肌着やワイシャツ、トランクスをその辺に放り出す。

「このように裸になって、高温の室内で汗をかく。これがサウナだ！」

「わざわざそんなことして、なんになるっていうのさ!?　バカみたい！」

「バカみたいだと？　ふ。そっちにこそ、バカめと言って差し上げようじゃないか」

「な、なに!?」

「サウナは、めちゃくちゃ気持ちいいんだぜ？」

俺がそう言ってにやりと笑うと、顔を真っ赤に染めて指の隙間から俺の裸をチラチラ見ていたユスティーナが、はっと息を呑む。

彼女はなにか言いたそうにしていたが、俺ももうこれ以上は我慢ができない。

一応は人ん家《ち》なので、マナーとして借りたタオル一本を手にし、さっそく即席サウナの扉を開ける。すると、ジリジリとした熱さが、むき出しの肌に襲いかかってきた。

「おお……これ、これだよ……！」

俺はうっとりと陶酔した声を漏らした。扉を閉じて熱気が外に漏れないようにすると、中にあった椅子に腰掛ける。

炉の中で魔晶石が熱気を生み出しており、室内はほのかにオレンジ色に照らされていた。サウナストーンを用いた熱さとは少し肌感覚が異なるものの、熱量自体は申し分ない。部屋中の空気が熱され、体の周りにまとわりつく。

すぐに肌の表面から、ポツポツと玉のような汗が浮き始める。

「くぅ……この全身を炙《あぶ》られてるみたいな熱さ、たまらないな。はあ、はあ……ここまで苦労した甲斐があったというものだ」

椅子に腰掛けて軽くうつむき、股間にタオルを乗せると、あとは熱さに身を任せる。ここからじっくりと時間をかけて、体の芯まであたためるのだ。

ところが。

「あの……ランスケ？」

ユスティーナが扉を小さく開けて、こちらに声をかけてきた。

「なんだよ。なにか用事か？」

「いや、えっと……」

問いかけるが、しかしユスティーナは視線を床に逸らして、もじもじとするばかりだ。

「用事が無いなら、扉を閉めてくれ。熱気が逃げていく」

「あ、あの、えっと」

どうやら用事はあるようだ。

ユスティーナは相変わらず視線を逸らしたまま、こちらに向かって尋ねてくる。

「サウナって……そんなに、気持ちいいの？」

「なんだ。お前も、サウナが気になるのか？」

「そ、そんなんじゃないんだけど！　ただ、あたしもせっかく用意したから、どんな感じなのかなって、思っただけで……」

ユスティーナの声は、後半になるにつれて小さく尻すぼみになっていった。

それから彼女は、ぐっと息を飲み込んでから、言葉を続ける。

「あの、このサウナって、あたしも入っても、大丈夫かな？」

おや。どうやら彼女は、意気揚々と熱されている俺を見て、サウナというものが気になっているようだった。

俺も一介のサウナ好きである。当然この世界でも、同志が増えるに越したことはない。

「もちろん大丈夫だが、その格好のままはやめた方がいいだろうな。ビキニアーマーが熱されて、大事なところだけがピンポイントに大やけどを負うはめになるぞ」

「あ、そうか……そうだね」

ユスティーナは自分の格好を見下ろし、納得したようにうなずいた。

ビキニアーマーには金属製のパーツがついており、熱いサウナの中に持ち込めば高温になるだろう。女性の柔肌に熱された金属が触れれば、どうなるか。考えれば、すぐに答えは出る。

ユスティーナはすごすごと扉を閉めて、サウナの外へと消えていった。

少しかわいそうではあるが、仕方あるまい。俺がサウナを出た後で、ゆっくりと入り方を指南してやろうか。

……などと考えていたところで、再びサウナの扉が開かれた。

「おい。熱気が逃げるから、あまり扉を開けるなと……」

口から漏れた文句は、驚きのあまり途中で止まってしまった。

なぜならば……扉の向こう側から姿を現したのは、全裸になったユスティーナだったからだ。

俺に倣《なら》ってか、小さなタオルを一本持っているのみのユスティーナは、もじもじと腕で体を隠しつつ、こちらに尋ねてくる。

「あたしもあなたと同じように、裸になってみたんだけど。……これなら、入れる？」

「…………」

「返事くらいしてよぉ！」

顔を真っ赤にしたユスティーナは、泣きそうに目を潤ませた。

それを見て、俺も慌てて返事をする。

「あ、ああ！　それなら入っても構わないだろう！」

「これであたしも、サウナで気持ちよくなれるかな……」

「もちろん大丈夫だ！」

一体、何が大丈夫なのだろうか。

こちらもサウナに全裸で入ってはいるが、それは俺が男だからだ。男ならば、ある程度人に裸を見られたところで、構いはするまい。

しかしユスティーナは女だ。しかも、目の前には、男の俺がいる。

街中で平然とビキニアーマーを着ているような娘だから、貞操観念の前提が異なるのだろうか。

いやしかし彼女の様子を見るに、裸をさらすこと自体は普通に恥ずかしいようだ。二本しかない細い腕と申し訳程度のタオルで、胸元と局部をどうにか隠そうとしている。

「うう……めちゃくちゃ恥ずかしい……でも、裸にならないと気持ちよくなれないなら……あたし、がんばる……」

どうやら彼女は、よほど好奇心が強い性格のようだ。羞恥心もあるようだが、それよりもサウナへの興味が勝ったらしい。

扉が閉まる。熱されたサウナで、全裸の男女が密室にふたりきりになった。

ユスティーナは俺のやり方を真似《まね》て、すぐ隣の椅子に腰掛け、股間にタオルを乗せる。手を伸ばせば触れられる距離に、女性の全裸があった。

おっぱいは大きく、まるで大福餅のようなやわらかそうな丸みを帯びている。ちらちらと隠しきれていない乳首は、きれいな桜色だ。きゅっとくびれた腰の下には、こちらも丸くて女性的な形をしたお尻がある。局部はタオルで一応ガードされているが、桃のようなお尻は隠しようがなくはっきりと見えてしまっていた。

相手は女性だ。ぶしつけに全裸を観察するべきではない。そう頭では理解している。だが……！

「う、うう」

思わず小さくうめいてしまう。どうしても目の前の女性の肉体から、目が離せない。それどころか、そのあまりに魅力的な光景のせいで、むくむくと俺のタオルが持ち上がってきてしまう。

俺は神聖なサウナの中で、完全に勃起してしまっていた。

そして当然ながら、ユスティーナもそれに気づいたらしく、目を見張り声をあげる。

「ちょ、ちょっと！　あなた、それ！」

「すまない。これからサウナを楽しもうという同志に、ひどく醜いものを見せてしまっている自覚はあるんだ。だが、これは男としての生理現象で、いかにサウナーとしての矜持があろうとも、これればかりは自らの意思でどうすることもできないんだ」

「チ×チン大っきくさせながら、すっごい饒舌《じょうぜつ》になるじゃん!?」

「でも大丈夫だ！」

「大丈夫なの!?」

「確かにチ×ポは勃起している！」

「大丈夫じゃなさそう！」

「だが、約束する！　俺は絶対に、このサウナでユスティーナに極上の快感を味わわせてやる！　だからどうか、この俺の意思ではどうにもできないチ×ポに関してだけは、許してやってもらえないだろうか！」

「うー……。チ×チン大っきくさせて極上の快感とか言い出したら、もうエッチな意味にしか聞こえないんだけどな」

そんなふうにぶつぶつ言いながらも、ユスティーナはサウナから出ようとする様子はない。

「それでも、俺といっしょにサウナに入ってくれるんだな」

「……まあね。あれだけ嬉しそうに入っていくの見てたら、あなたがサウナってのが好きなのは伝わってきたし。……それに、気持ちいいんでしょ？」

「めちゃくちゃ気持ちいい」

「そんなこと言われちゃったら、気になるもん……」

どうやらユスティーナは、フル勃起している俺との混浴を許してくれたらしい。サウナの中の空気が、ようやく少し弛緩したのが分かった。

やはりタオル一枚といえど、最少限度の気づかいこそが、人間関係を柔らかにするのだ。

すると。

「そぉれにしても……熱《あ》っつくなぁい……!?」

さっそくユスティーナが、熱さに音を上げていた。

「我慢してくれ。まだ入ったばかりだろう」

「でもすっごく熱いよ……」

「この熱さがいいんだよ」

「汗もすごいし、呼吸も熱くて、喉が焼けるみたいだよ」

「それがいいんだよ。でもなるべく鼻で呼吸した方がいいぞ」

「……もしかして、しんどい思いをするのが気持ちいい、みたいな性癖の人だったりする？」

「俺がMだから熱さに快感を覚えているわけではない！」

「だって……こんな熱いのに、平気な顔してるあなたのほうが、信じられないよ……？」

熱気に全身を苛まれる感覚に、ユスティーナはすっかりやられてしまっている。

「確かに熱いが、全身が温められると血液の流れが良くなるんだよ。すると肩こりが解消されたり、疲労回復に繋がったりと、良いことづくめだ。この熱さによって疲れが取れるかと思うと、だらだら噴き出す汗すら心地よく感じてくるだろ？　それに、何より俺が熱いのを耐えられるのは、頑張って我慢したらその先で気持ちいいことが待っているからなんだよ。言わばこのサウナの熱さは、高く飛び立つための助走段階に過ぎないのだからな」

「……その先で、気持ちいいこと……。……ん、分かったよ。信じてるからね……？」

「まかせろ」

俺はそこで会話を打ち切り、目を閉じる。

普通に会話をしているように見えて、実は俺も熱さに体力をガリガリ削られていた。魔晶石の放つ熱量が強いのか、いつものサウナよりも、全身を炙られているような感覚が強い。ユスティーナも、俺に倣って、静かに汗をかくことにしたようだ。彼女も黙り込み、サウナの中に沈黙が戻る。

しかし……。

「はあ……はあ……あぁん……あ、はぁっ……あぁん……」

熱さを耐える声が、なんでそんなに色っぽいんだ！　ユスティーナ！

すぐ横で、喘いでいるとしか表現できない声を聞かされてしまっては、辛抱たまらない。目を閉じていたら、むしろその喘ぎ声からいろいろと妄想してしまいそうだ。

仕方なく、俺は再び目を開いた。手の届くほどのすぐ近くで、ユスティーナはしんどそうに汗をかいている。熱さでそれどころではなくなったようで、体を隠すことも忘れて両腕をだらりと下げ、かろうじてタオルが局部を守るのみとなっていた。

大きなお餅のようなおっぱいは汗でびっしょりと濡れ、つやつやと輝く様子がひどく淫靡《いんび》に映る。はっきり言ってしまうが、俺は童貞だ。若い女性の裸を、ここまでの至近距離で見るのも初めてだ。おかげでチ×ポは荒ぶっており、苦しいほどに下腹部が熱を持っている。

本当ならばこの場でユスティーナの全裸をオカズにしながら、激しくチ×ポをシゴきたいくらいだ。それほどまでにユスティーナは魅力的な女性で、エッチな体をしているのだ。

しかし。

このあとすぐにユスティーナは、あまりの熱さに耐えきれず「んもおおおおおお！　熱すぎるよおおおおおお！　死んじゃうううううう！」と大声でわめき始めることとなる。つまり、ここでようやく冒頭のシーンへと繋がるわけである。

そのおかげで俺も少し冷静さを取り戻し、本人の目の前でチ×ポをシゴき出すという蛮行に及ばずに済んだわけだ。

見れば、ユスティーナは雨にでも降られたみたいに、全身が汗でびしょ濡れになっている。ぜえぜえと息づかいも苦しげで、目も虚ろだ。サウナ初心者の彼女には、この辺りが頃合いだろう。

「よし。ユスティーナ」

「はあ……はあ…………え、なぁに……？」

「そろそろ出るぞ」

「えっ？　出るって……え、出てもいいの？」

ユスティーナが、キラッキラした目で俺を見てきた。この熱さによる責め苦から逃れられることが、よほど嬉しいらしい。

ユスティーナに先んじて、まず俺が椅子から立ち上がる。その際に股間のタオルが落ち、勃起したチ×ポがぶるんと派手に躍り出てしまったが、熱さで意識が朦朧としているユスティーナは特に騒がなかった。

ふらふら立ち上がった彼女からもタオルが落ち、ふたりとも正真正銘の全裸になる。

戸を開けて鍛冶場から出ると、外の涼しい空気が肌をなでる。あとから出てきたユスティーナも、人心地ついた様子で「あぁ～」と声を漏らした。

「よし。ユスティーナ、次はこっちだ」

だらだらと噴き出す汗もそのままに、俺は目的のものを視界に入れる。

鍛冶場の扉を出てすぐ近くにあるのは、一般的なバスタブくらいの大きさの水槽だった。これは元々、鍛冶場の中にあったもので、以前は熱した鉄を冷やすのに使われていたものらしい。

俺はさっきの準備中に、こいつを鍛冶場の外に運び出した後、ユスティーナに頼んでたっぷりと水を汲んでおいてもらったのだ。

「あ、あの……ランスケ？　なんで、汲んでおいてた水を見てるの？」

隣でユスティーナが、頬をヒクつかせながら、尋ねてきた。

「それはもちろん、これからこの水風呂に入るからだ」

「ええっ！　嘘でしょ!?」

俺が答えると、ユスティーナはこの世の終わりみたいな悲鳴を上げた。

「なにが、嘘なものか。熱いサウナでたっぷり汗をかいたあと、開いた毛穴を冷たい水風呂で引き締めるのが大事なんだよ」

「ランスケができるだけ冷たい水でって言ったから、地下水そのまま汲み上げてきちゃったんだよ!?　めっちゃ冷たいんだよ、この水!?」

水風呂に手を入れると、キンとした冷たさが感じられた。

「このくらいだと十六度くらいかな。ちょうどいい塩梅だ」

「どこが⁉　つい今まで、ものっそい熱い部屋で汗ダラッダラにかいてたんだよ⁉」

「そうだな」

「ランスケ、あの部屋は百度だって言ってたよね⁉　それが急に十六度⁉」

「そのきつい温度差が良いんだよ」

「そんなのが良いだなんて、やっぱりあなたMなんだよ！」

「本当は先にシャワーで汗を流すのがマナーなんだが、ここはプライベートサウナみたいなものだからな。直接そのまま入ってしまって構うまい」

「話、聞いて⁉」

サウナで全身茹立《ゆだ》っているせいか、水風呂を前にしてユスティーナは必死だった。

彼女は、もうやってられるかとばかりに、きびすを返す。

「もう嫌！　あたし、絶対入らないからね！」

「おい待て。気持ちよくなりたくないのか？」

「いいよ、もう！　どうせあなたがMだから気持ちいいだけなんだよ！　付き合って損した！」

「だめだユスティーナ！　これは本当に必要なことなんだ！」

俺は慌てて手を伸ばし、立ち去ろうとするユスティーナの腕を掴んだ。

ふにっ。とてもやわらかくて手触りのいい、ユスティーナの二の腕の感触が手のひらに広がった。

「きゃあっ！　やめてよぉ！」

存分に汗をかいているせいで、ユスティーナの二の腕はよく滑る。しかし俺は彼女の腕を離すまいとしっかりと掴んだまま、水風呂へと連行していった。

「やめてぇっ！　いやぁ！」

「冷たいのは最初だけだ！　すぐに慣れる！」

「冷たいのはいやぁ！」

「いくぞ！」

「いやあああんっ！」

俺はユスティーナを連れたまま、水槽へと足を踏み入れた。彼女の腕を引いたまま、ゆっくりと体を沈めていき、汗ばんだ肌を水にさらしていく。

「ああっ……くぁあ……これはなかなか冷たいな……！」

「ああんっ！　いやぁっ！　ああんっ……！　だから、言った、じゃあんっ……！」

「はあはあ……肩までしっかり沈むんだよ、ユスティーナ……！」

「ああん……もう許してぇ……いやっ……あっ……あんっ……！」

水風呂として使ってはいるが、元々は鍛えた武器を冷やすための水槽に過ぎない。そのためふたりで浸かるにはやはり狭く、ふたりの体はほとんど密着してしまっている。

俺が引きずり込むかたちになったせいか、体勢はお互いに向き合った状態だ。つまり今、ユスティーナのやわらかな肌は、俺の体の前面に密着してしまっている。

あんなにも豊満だったおっぱいは俺の胸板に押しつけられ、むにゅっとやわらかく形を変えていた。そして勃起したチ×ポは、彼女の下腹部にぐいぐいと押しつけられるかたちになってしまっている。

「あんっ……あんっ……あっ……ひぅっ……んんっ……」

「はあ……はあ……悪い、ユスティーナ。狭くて、抱き合ってないと全身が水に浸からないんだ」

「あんっ……んひぃ……ああん……いやぁん……」

ふたりの体勢はずいぶんとまずいことになっているのだが、ユスティーナは水風呂が冷たすぎてそれどころではないらしい。

さすがに喘ぎっぱなしのユスティーナがかわいそうなので、軽めに三十秒ほど浸かってから、水風呂を出る。

「ユスティーナ、大丈夫か？」

「あ……あ……」

「いかん。水風呂の衝撃で自我を失いかけている」

茫然自失状態のユスティーナの手を引き、店のさらに奥の方へと入り込んでいく。白く曇ってしまったガラス戸を抜けると、その向こうにはささやかな大きさの中庭があった。

手入れがされていなかったため雑草の生い茂る地面の上には、今はマットが敷いてある。これもまた、ユスティーナに事前に用意しておいてもらったものだ。

冷たい水の滴る体を、ふたり並んでマットの上に横たえる。急ごしらえのため、マットは狭い。並んで寝転がるふたりの体は、やはり半分密着したような状態だ。

サウナで乱れた呼吸を整えながら、そっと目を閉じる。

四方が高い壁に囲まれているため、人の目を気にする必要は無かった。鍛治仕事もする都合上、外壁の防音もしっかりしているらしい。外界からの音は聞こえてこず、ひたすらに静かだった。

頭は冴えているのに、体はのんびりと力が抜けていて、ぼんやりと心地よい。中庭であるため自然のそよ風が肌の表面をやわらかく撫で、火照った体に気持ちよかった。

意識だけが体から切り離されたかのように、ふわふわとした浮遊感に包まれていく。この世のありとあらゆる苦痛から解き放たれるような、この安心感。あたたかな真綿に包まれているようなやわらかな多幸感が、俺の心と体を極限までリラックスさせてくれていた。

ああ……このゆったりとした感覚こそ……サウナーが求めてやまない……〝ととのい〟の境地。

「ふあぁ……はあ……あ……あ……」

ふと、隣のユスティーナが、恍惚《こうこつ》とした吐息を漏らした。それは、この世のものとは思えない快感を味わったような、とろけきった吐息だった。

「……これが、あなたの言ってた……〝ととのう〟ってことなの……？」

そう、ユスティーナが呟く。

「そうだよ……。気持ちいいだろ……？」

「なんだか、不思議……。サウナに入ったときは熱くて苦しくて、水風呂ってやつは冷たくてしんどかったの。なのに、今は、すっごい心が落ち着いてる……」

ユスティーナの言うように、サウナと水風呂への交互浴は、激しい温度差を感じるものだ。

しかしこの温冷刺激を受けることによって血行がよくなり、体がリラックスした状態になる。この時に得られる陶酔感のようなものが、いわゆる〝ととのう〟という感覚なのだ。

俺は首だけを動かして、すぐ隣にいるユスティーナの様子を窺う。

彼女は口を半開きにさせながら、至福の表情を浮かべていた。サウナの熱気にさらされたおかげで頬は赤く染まり、健康的に映る。交互浴により身体が極限までリラックスしているのか、四肢はだらんと力なく伸びていた。人生初めての〝ととのい〟に、ユスティーナは心から陶酔したような声を漏らす。

「なるほど……あなたがあれだけ執着してたのが、わかった気がするよ……。……これは、気持ちいいや……」

「そうだろう、そうだろう……」

敷かれたマットが小さく、ふたりの体は半分触れあっている。サウナ上がりのユスティーナの体温がじんわりとこちらにも伝わってきて、それもまた心地よかった。

ふと、隣の彼女がもぞもぞと体勢を変える。するとその拍子に、彼女の手のひらが俺のチ×ポに触れてしまった。俺は突然の下腹部への衝撃に、思わず声を漏らす。

「あっ……ふぁ……あぁっ……」

「んー……。どうしたの……?」

敏感なところを触られたせいで、耐えきれずに声が出てしまう。しかしユスティーナは、まだととのっている最中であるせいか、この惨劇に気づいていないようだ。

「ん……なにこれ」

気づいたようだ。

ユスティーナは、チ×ポを手のひらでぎゅっと握ってきた。彼女のしっとりとした手のひらの感触が、チ×ポ全体を包み込んでいる。

「あっ……ああっ……うぁあ……」

「ん……なんだろう、硬くて、長い？　それに、すっごく熱くて……」

ユスティーナは俺のチ×ポの形を確認するみたいに、上下にシゴき始めた。

人生で初めて、女性に手コキをされている。元々高く反り立っていたチ×ポが、より一層硬く膨れ上がっていくのがわかった。

「うああ……まずいって、これはぁ……うああ、はああっ……」

「ねえ、ランスケ。さっきから、何を悶《もだ》えてるの」

「それは、お前が、俺のぉ……っ」

「あたしが、あなたの？」

「チ×ポを、手コキしてるからだろうが……！」

「ふぇっ？」

そこで初めてユスティーナも、自分が触っているものの正体を悟ったようだ。

隣で寝そべるユスティーナの頬が、見る間に赤く染まっていく。

「……ごめんなさい。ぼんやりしすぎてた」

「いや、いいんだ……。それだけ深くととのってくれたってことなんだろうから」

しかし事態を把握したはずのユスティーナは、俺のチ×ポから手を離そうとしない。彼女は未だにゆっくりと、チ×ポを握ったまま上下に動かしている。

「ええと、いつまで握ってるんだ？」

「あ、ごめん。なんか、これ握ってると落ち着くんだ……」

「なんだって？」

怪訝《けげん》そうな俺の表情を見て、ユスティーナは慌てて説明をする。

「あたし、名乗った時にも言ったけど、冒険者だったんだよ」

「言っていたな。それが、俺のチ×ポを握って離さないのと、なにか関係があるのか？」

「あなたのチ×チン、あたしが持っていた剣の柄と握り心地が似てるんだ」

「お前、チ×ポみたいな剣を使ってたのか？」

「そんなわけないでしょ！」

愛剣を侮辱されたと感じたのか、ユスティーナは声を荒げた。

「あたしが持っていた剣の名前は、〝フレイムハート〟っていうんだよ！」

「フレイムハート？」

「そう！　お父さんがまだ生きてた頃に、ここの鍛冶場で作った剣なんだ。どこに出しても恥ずかしくない、名剣中の名剣。それを冒険者になるときにこのお店から持ちだしたのが、あたしの愛剣〝フレイムハート〟だったんだ」

「だったら……なにもチ×ポじゃなくて、その愛剣フレイムハートとやらを握っていたらいいじゃないか」

　俺がそう言うと、ユスティーナは軽く目を伏せる。その表情にどこか翳《かげ》りのようなものが感じられて、なにやら事情があるのだと察せられた。

「……取り上げられちゃったんだ。フレイムハートは」

「取り上げられた？」

「うん。あたし、冒険者としてはそれなりに強かったんだけどさ。あっちこっちの迷宮や洞窟の強いモンスターを倒しまくってたら、周りから目をつけられちゃって。ほら、一般人のあなたは知らないかもしれないけれど、冒険者っていうのは男社会だからさ」

「女のくせに生意気だ、ってことか」

「まあ、平たく言っちゃえばそういうこと。それであたし、いろいろ難癖つけられて、所属していたパーティーから追放されちゃって」

　なるほど。彼女が自分のことを、冒険者〝だった〟と言った理由が、やっと分かった。

　彼女はパーティーから追放されてしまった。つまり、今はもう冒険者ではないのだ。

「追放されたんだからもう必要ないだろって、フレイムハートもその時に没収されちゃって。でもあいつら、ろくに武器の良し悪しも分かんないようなポンコツばっかだったからさ。あれが名剣だなんて、誰もよく分かってないに違いないもの。きっとフレイムハートは、あれから適当な古物商にでも売り払われて、あいつらのその日の飲み代の足しにでもなったんだろうって思ってる。あたしの……親の、形見だったのにさ」

「そいつは笑えない話だ」

「本当だよ。本当に、笑えない。……だから、このチ×チンの感触が、フレイムハートを握った時のものと似てるって思って……懐かしくなっちゃったんだよね」

「そりゃあまた、奇特なことだ」

「あたしもそう思うよ。あーあ。あたしってば、第一線で活躍してる冒険者だったのにな。なんで今は、ランスケのチ×チン握って、自分を慰めてるんだろうね？」

「握ってるチ×ポは俺のだから、自慰じゃなくて他慰じゃないか？」

「どういうこと？」

「すまない。ただの下ネタだ。忘れてくれ」

「あ、そう」

「まあ、なんだ。お前の事情はだいたい分かった。が、俺から言えるのは、ひとつだけだ」

俺はそう言いながら、ゆっくりと身を起こす。ユスティーナが不思議そうに見上げるのを受け止めつつ、俺は言った。

「そういうごちゃごちゃした悩みは、サウナで吹き飛ばすに限る。二セット目だ。当然付き合ってもらうぞ？」

即席のサウナ室となっている鍛冶場へと、ユスティーナとふたりで戻る。熱を発する魔晶石を入れっぱなしだったので、中は未だひどく熱い。

「サウナは一度入るだけでも十分気持ちいいが、複数回入浴を繰り返すことで、よりしっかりととのうことができるんだ」

そう説明しながら、ユスティーナと並んで椅子に腰掛ける。

ユスティーナは先ほどからずっと、俺のチ×ポを握りっぱなしだ。愛剣を奪われてしまっていたのが、これまでよほど心細かったと見える。

握り心地が似ているチ×ポを差し出すことで、ユスティーナの心の安定になるというのならば安いものだ。……と、自分を納得させている。

チ×ポを握られている都合上、自然と俺達の座る位置は近い。ユスティーナの肉感的な裸が、文字通り手の届く位置にある。

「はあ……はあ……やっぱり、この中は熱いね……」

「はあ……はあ……しっかりと汗をかけば、よりととのいやすくなるからな……」

俺達はふたりとも呼吸が荒くなっているが、その理由は異なる。

ユスティーナは単にサウナが熱いからだろう。だが俺の呼吸が荒くなっているのは、ユスティーナにチ×ポを握られているからだ。

あまり何度も言いたくはないが、俺は童貞だ。同世代の女性にチ×ポを触ってもらった経験など、皆無なのだ。

だというのに俺はさっきから、ユスティーナにチ×ポを握られ続けている。彼女はその握り心地を確かめるように、強弱をつけて握ってきたり、時には軽く上下にシゴいてきたりする。

はっきり言って、これはもう手コキだ。女性経験が皆無な俺にとって、人生初の手コキの衝撃はとんでもないものだった。気持ちいい。もう、とにかく気持ちいい。

ユスティーナの手のひらは、元冒険者というには不釣り合いなほどにきれいだった。指の一本一本が長く、竿にしっかりと絡みついてくる。今の俺は、うっかりユスティーナに握られたまま射精をしてしまわないよう、我慢するのに精一杯だった。

「はあ、はあ……少しは熱さには慣れてきたか?」

シコシコと快感に襲われているチ×ポから意識を逸《そ》らすために、俺はユスティーナに尋ねた。

「ううん……やっぱりまだ、すっごく熱い。ほら、見てよ。まだ入り直したばかりなのに、もうこんなに汗が出てるんだよ」

そう言ってユスティーナは、自らの身体を示してみせる。

目の前にいるのは、一糸まとわぬ姿の美女だ。白い肌は赤く火照り、そこかしこから汗が流れている。そしてひときわ目を引くのが、大きなおっぱいだ。まん丸のやわらかそうなおっぱいの表面は、当然びっしょりと汗に濡れている。汗に濡れたおっぱいは、艶やかに光って見えた。そしてその中心に据わる桜色の乳首が、ぷっくりと膨らんで俺のことを見上げている。

ゴクリとつばを飲む。俺の視線は、汗にまみれたおっぱいに釘付けになっていた。するとそこでようやくユスティーナも、自らのおっぱいが無遠慮に凝視されているのに気づいたらしい。

「あっ……いやっ……」

ユスティーナは、チ×ポを握っているのとは逆の方の腕で、おっぱいを隠してしまう。

「ちょっと……そんなにおっぱいだけ、ガン見しないでよ……」

「はあ、はあ……、だが、お前が見てよと言ったんだろ」

「あたしが見てほしかったのは、汗だよぉ！」

「汗も見てたぞ。汗まみれのおっぱい、とんでもなくエロかった……」

「エロかったの!?　汗まみれなんて、汚くない!?」

「バカだなあ。それがおっぱいなら、汗まみれなんてエロくてたまらないくらいだ。そうだろ？」

「同意を求められても……。あ、でも……」

ユスティーナは、そこでなにかに気づいたように目をパチクリさせた。

「ランスケのチ×チン、さっきよりも硬くなってる……？」

「う……すまない。ユスティーナのおっぱいを間近から凝視して、興奮してしまったみたいだ」

「ふうん……男の人って、本当におっぱい、好きなんだね」

それからユスティーナは、なにかを考えるようにうつむき、唇をとがらせる。

シコシコとシゴかれるチ×ポの快感に耐えながら待っていると、彼女はふと顔を上げた。

「そんなに好きなら、触ってみる……？」

「い、いいのか!?」

「うん……。だって、あたしもチ×チン触らせてもらってるもんね。ランスケが触りたいんなら」

「触りたい！」

「あはは、がっつきすぎだよ。じゃあ……これで、あたしがチ×チン触ってるのも、おあいこってことで。いいよね？」

そう言ってユスティーナは、胸元を隠していた片腕をゆっくりと下ろす。

彼女の大きなおっぱいが、ぷるんと揺れた。そして俺はそのふたつのおっぱいに、吸い込まれるように両手を伸ばす。

もにゅんっ。

「ああんっ……」

「や、やわらかい……！」

手のひら全体を使って、ようやくその乳房がおさまるくらいの大きさだ。おっぱいの感触はやわらかく、指の一本一本がむにゅっと沈んでいく。サウナの中ということもあり、びっしょりと汗に濡れたおっぱいは滑りがいい。その豊満なおっぱい全体の感触を味わうように、手のひら全体を動かして、揉み心地を味わっていった。

「すごいっ……！　これがおっぱいのやわらかさ……！」

「あんっ……あんっ……ちょっと、揉みすぎじゃないかな？」

「お前だって、俺のチ×ポ触りすぎだっただろ。このくらいは許されて然るべきだ」

「あたし、こんなに捏《こ》ねるみたいに揉みしだいてないよぉ……」

ユスティーナのおっぱいは、とにかく揉み心地が最高だった。その極上のやわらかさは、俺が指を動かすたびにその形を自在に変えてしまうほどである。

「あん……ランスケ……チ×チン、すっごく硬くなってるよ……。あたしのおっぱいに、そんなに興奮してるってこと……？」

本当に興奮している。ユスティーナに手コキもされている今、いつ射精してしまってもおかしくない状況だ。サウナの熱さも手伝って、俺の頭は最高にハイな状態になっている。

俺はユスティーナのおっぱいから手を離して、彼女に懇願した。

「なあ、ユスティーナ。俺、こっちも触ってみたいんだが、いいだろうか？」

「え、そこは……っ」

俺が手を伸ばしたのは、彼女の下腹部。髪の色と同じ燃えるような緋色をした陰毛の生える、彼女のおま×こだ。

彼女の陰毛は汗に濡れて、てらてらと妖しく光り輝いている。内股で座る肉厚の太ももの間には、ほんのりとピンク色をしたおま×こがチラリと見えた。

「ユスティーナ。俺、もう我慢できないんだ……。俺もチ×ポを触らせてるんだから、構わないだろう？」

「だって、あたしだっておっぱい触らせたから、それでおあいこってことにしたばっかじゃん」

「何言ってるんだ、ユスティーナ。チ×ポと対になる存在は、おま×こだけだろう。チ×ポを触られたら、おま×こを触るべしと偉い人も言ってる」

「言ってないよ！」

言ってるだろう。言ってるよな？　言ってるはずだよ。言ってる言ってる。誰が言ったかは忘れたけど、たしか偉い人が言ってる。

「ランスケ気を確かに！　熱さと興奮で、なんかずっと支離滅裂なこと口走ってるよ!?」

すっかり混乱しているユスティーナだったが、俺ももう限界だった。ユスティーナという魅力的な女性を前にして、繋ぎ止めていた理性もぶっ壊れた。

「触るぞ、ユスティーナ」

「あっ……いやあっ、ランスケぇ……っ！」

俺は有無を言わさず、彼女の下腹部に右手を伸ばす。

まず、しっとりと濡れた陰毛の感触が伝わってきた。毛量の豊かな陰毛は汗に濡れて、下腹部にぺっとりと張り付いている。

「あっ……ああっ……そんなところ、恥ずかしいよぉ……」

「裸で入るサウナは、入った者同士一蓮托生《いちれんたくしょう》だ。すべてをさらけ出して気持ちよくなるんだよ！」

陰毛をかき分けて指を奥まで滑り込ませる。するとそこに、ぷにっとやわらかな感触が伝わってきた。

男の硬く反り立つチ×ポのあるべきところに、全く異なる性器があるという違和感。俺は確かに今、指先でユスティーナのおま×こを触っている。

「ああんっ……あん……いやぁ……っ」

「はあ、はあ……ここが、ユスティーナの、おま×こ……？」

「あんっ……はあ、いやん……言わないでぇ……恥ずかしい」

ユスティーナの真っ赤になった顔を凝視しながら、指先で彼女の股間をまさぐる。今まで画像でしか見たことの無いような、彼女の内部へ潜るための小さな孔《あな》が、そこにはあった。

「はあはあ……この小さな穴が、ユスティーナの……」

「あんっ……んん……触られてるぅ……あたしの、大事なところがぁ……っ」

「指先で触ると……んっ、なんだか……濡れているような気がするな」

「あ、汗っ！　それは汗だからっ……！」

爪の先ほどの小さな穴に、指先を滑り込ませる。すると彼女のおま×こは侵入者を敏感に察知し、きゅうっと濡れる膣肉で締め付けてきた。

「おおっ、すごい締め付けだな」

「や、ああっ……あんっ……あんっ……やさしくしてぇ……おねがい」

「ああ、すまない。だが、思ったより、すごく小さいんだな、おま×こっていうのは……」

「あんっあんっ……あっ……ランスケのチ×チン、すごい。破裂しそうなくらい、膨らんでるよ」

「お互いにチ×ポとおま×こを触りっこしてるんだ。興奮しない方がおかしい。そうだろ？」

「ん……そう、だね。うん、認めるよ。興奮してるよ、あたしも」

それから俺達ふたりは、はあはあと息を荒げながら互いの性器を触り合った。

本人は汗だと言い張っているが、それよりも濃い愛液が指先をびしょ濡れにする。閉め切った鍛冶場の中は、雄と雌の発情した臭いにむわっと満たされていた。

「あん……あたし、もうだめぇ。頭くらくらしてきた」

と、先に言ったのはユスティーナだった。

「ごめん。限界だよぉ……あたし、もうこれ以上は」

「ああ、悪い。俺も調子に乗りすぎたよ」

サウナでは、無理は禁物だ。本人がこれ以上は無理だと感じたら、その時点で出るのが鉄則である。ひとりのサウナーとして、初心者をこれ以上サウナに入れておくことはできなかった。

名残惜しさを感じながらも、俺達ふたりは鍛冶場を出る。

「ユスティーナ。もう水風呂はふつうに入れそうか？」

「う……まだちょっと怖いけど、ととのうためには必要なんだよね？」

「わかってきたじゃないか」

「じゃあ、入る。うぅ……」

ユスティーナはぐっと拳を握り気合いを入れると、俺に先んじて水風呂に潜った。

「んああっ……いやあっ……んっ……あんっ……つめたいっ………」

「ユスティーナ、水風呂に入るときの声、喘ぎ声みたいでいやらしいよな」

「あんっ……そんなぁ……いじわる言わないでよぉ……っ」

はあはあと喘ぐユスティーナを見つつ、俺も水風呂へと入る。

元々人が浸かることを想定されていない水風呂は狭く、ふたりで身を寄せ合うように身体を冷やした。サウナの中で興奮しっぱなしだったチ×ポも、冷やされて少しだけ落ち着く。

熱された身体を急速に冷やされて、ユスティーナは早くも陶酔したような表情を浮かべつつあった。三十秒ほど浸かり、水風呂を出る。先ほどと同じように、中庭に敷かれたマットの上でふたり並んで横になった。

「「はああーっ…………」」

二セット目だ。熱気と冷水にたびたびさらされたことで、さっきよりも深い陶酔感が身体に広がってきた。

冷水に浸かったことで、頭はひどく冴えている。一方で、交互浴をした身体は芯までリラックスしている。だらんと四肢を投げ出したまま、ただあるがままに身体を休めた。

「はあああ…………これぇ、しゅごい……」

ユスティーナが、まるで天国にいるかのような声を漏らした。目を細めて、口は半開き。限界までとろけきった表情をしている。

冒険者としての張り詰めた日々も、そこから追放された悲しみからも、今は解き放たれてリラックスしている。あのやわらかな感触を堪能したおっぱいも、今は気持ちよさそうに呼吸に合わせて小さく揺れていた。

「なんていうか……自分の身体が、自分の身体じゃなくなって、意識だけがふわあっ……て浮いてるみたいな、感覚だね……」

「気持ちいいだろ……ユスティーナ……」

「うん……すっごく……気持ちいい……なんでこんなにすごいものを、今まで知らなかったんだろう……。サウナ、気持ちいいなあ…………いいなあ、これぇ……」

深い快感のなかで、ふたりでゆったりとした時の流れを楽しんでいた。

それからしばらくの間、ふたりの落ち着いた呼吸音だけがＢＧＭとなって辺りに響く。ゆっくりとした時間の流れを贅沢《ぜいたく》に味わっていると、やがて、ユスティーナがポツリと呟いた。

「あたし……冒険者だったときは……こんなに静かな時間を過ごしたこと、なかったなあ……」

俺は彼女の方に目を向けぬまま、声だけで尋ねる。

「忙しいのか……？　冒険者って……」

「忙しいっていうか……常に危険と隣り合わせだからねぇ……。……モンスターと戦ったり……冒険者は荒くれ者も多いから……同業同士での縄張り争いや、喧嘩もしょっちゅうで……だから……ずうっと気を張ってないといけなかったから……」

「そりゃあ…………たいへんだあ……」

「うん……だから……あたしが冒険者のままだったら……こんなふうに……気持ちよく……静かに……ととのう、なんてこと、知らないままでいたんだろうなあ……」

ユスティーナはそう言うと、ふと思い出したように俺の下腹部をまさぐり始めた。お目当てはもちろん、俺のチ×ポだ。

「あは……。ととのってるのに……まだチ×チンは……大きいままなんだね……？」

「全裸のかわいい女の子と……こんな至近距離でくっついてたら……とどのいながらでも勃起するっての……」

「えぇ……？　あたし……かわいいかなあ……」

「……自覚……ないのか……？」

自分の性的な魅力に気づいていないから、街中でもあんな風にビキニアーマーだなんて頼りない服装で平気でいられたのだろうか？

「ユスティーナは……かわいいよ……」

「ん……ありがと……お世辞でもうれしい……」

「お世辞なわけあるか……サウナで……おっぱい揉んだり……おま×こ触ったりして……これ以上ないくらい……チ×ポ硬くしてたのは……お前だって……わかってるだろ……」

「え……まさか……本当に……？」

顔を横に向ける。ユスティーナと目が合った。

彼女の顔は、赤く染まっていた。それが、サウナによって血行がよくなったための赤色とは違うというのは、彼女のその恥ずかしげな表情が物語っている。

彼女が今ゆるく握っているチ×ポは、破裂寸前なほどに硬く大きく膨らんでいる。その理由はもちろん、ユスティーナが執拗《しつよう》にチ×ポを触ってくるせいだ。だが、根本的な理由は、もうひとつある。それは何よりも、全裸のユスティーナがとてもかわいいからなのだ。

「冒険者稼業で荒っぽい奴らとばっか交流していて、知らなかったか？　ユスティーナ、お前はすごくかわいいんだぞ」

「そんな……はじめて言われたよ……」

「周りの冒険者達は、よほどモンスターや財宝にしか興味がなかったらしいな。あるいは、女が冒険者として活躍してるからって理由で、難癖つけて追放する奴らだ。プライドが邪魔して、かわいだなんてヤワなこと、口が裂けても言えなかったのかもな」

「嘘……まさか、本当に……？」

「当たり前だろ」

俺はゆっくりと身を起こす。顔を赤くするユスティーナの上に四つん這いになり覆《おお》い被《かぶ》さると、彼女は潤んだ瞳でこちらを見上げてきた。

「ユスティーナ」

「あ、あ……ランスケ……」

「実はずっと我慢していたんだが……改めて、お前のかわいさを意識していたら、もうたまらなくなっちまった」

「チ×チン……すごく熱い。それに硬いし、太いし。興奮、してるの？　ランスケ……？」

「最初にお前がサウナに全裸で入ってきたときから、ずっと興奮していたよ」

「やだっ！　もっと早く言ってよ！」

「チ×ポ勃起してたんだから、察せよ！」

「わかんないよ！　男の人のチ×チンなんて知らないんだから！」

「ユスティーナ。チ×ポから、手を離して。そして、脚を開いてほしい」

「はあ、はあ……ランスケ……」

ユスティーナは、俺の言ったとおり、チ×ポから手を離した。そしてゆっくりと両脚を開く。彼女のやわらかそうにとろけたおま×こが、ビンビンに突き出したチ×ポの目の前にご開帳となる。

あとほんの数センチ。俺が腰を押し込むだけで、このチ×ポの先端が、おま×この壁を突き破り中へと侵入することができる。

「ユスティーナ。いいか……？」

俺が尋ねると、彼女は静かに目を閉じる。

「……もっかい、かわいい、って言ってくれたら。いいよ……」

「かわいいよ、ユスティーナ……」

突き出した亀頭で、おま×ことキスをする。先ほど手マンをしたおま×こはすでに濡れており、ちゅっ、と小さな水音が聞こえた。

「いくぞ、ユスティーナ……！」

「あっ……あんっ……ランスケぇ……！」

反り立つチ×ポを、ユスティーナのおま×こに突き立てる。彼女のやわらかなおま×こが、みちみちとした膣壁でチ×ポを阻んでくる。だが、亀頭がそれを無理矢理こじ開けて、中へと突き進んでいく。

「ああっ……やあん……あんっ……中に、入ってきてるぅ……！」

「うああっ……ユスティーナの中、ぬるぬるしてて、すごい締め付けだ……！」

どろりとした熱い愛液が、潤滑剤となってチ×ポにまとわりつく。しかしそれ以上に膣肉の締め付けが強烈で、ぎゅうぎゅうと圧迫される感触が心地よかった。

「あんっ……ランスケのチ×チン、熱いぃ……あたしの中で……ああんっ……動いてるの、わかるよぉ……っ」

ユスティーナは、必死にすがりつくように、俺の二の腕あたりを握っている。下腹部に襲いかかる強烈な挿入の感覚に、必死に耐えているようだった。

たっぷりと時間をかけて、チ×ポの先端で膣内の最奥をノックする。チ×ポ全体が熱い感触に包まれていて、もうなにがなんだか分からなかった。

「ユスティーナ……わかるか？　ぜんぶ、入ったぞ？」

「ああん……い……痛い……」

「なに……？」

「痛い……ううっ……痛みと違和感で、あたし今、めちゃくちゃだよぉ……」

「痛いのか？　もしかして、ユスティーナ……処女だったり？」

「当たり前でしょ！　かわいいなんて言われたこともない女が、セックスしてるわけないじゃん！」

「冒険者の荒くれ者どもに負かされて、ガハハ態度はでかいが身体は生娘だなとか言いながら、レイプされてるもんかと……」

「そんなのが横行してたら、冒険者稼業、あっという間に摘発対象だよ！　ていうかあたし、荒くれ者程度に負けたりしないし！」

「そういえばお前、他の男の冒険者達から嫉妬されて追放されるくらいには、強いんだったな。まあ、今は俺のチ×ポになすすべもなく貫かれてるわけだけど……なっ」

「ああんっ……」

言いながら、腰を軽く動かす。するとそれだけで、ユスティーナは耐えきれずに喘いでしまう。

「はあ、はあ……ユスティーナ。痛みに耐えられなかったら、すぐに言ってくれ……」

「ん……いいよ、ランスケ。ちょっとくらいなら、激しくしても。あたしだって、冒険者だったんだし、痛みには慣れてるもの……」

「じゃあ、遠慮なく……いかせてもらうぞ」

「あんっ……あんっ……ああんっ……ひああんっ……！」

リズミカルに腰を動かし、ぱんっぱんっと腰のぶつかる音が響き渡る。ユスティーナの豊かなおっぱいは、俺の腰の動きにあわせてぷるんぷるんと揺れていた。

「あんっ……あんっ……ランスケのチ×チンが、あたしの中でこすれてるの……わかるぅ……っ」

「はあ、はあ……ユスティーナのおま×こが、チ×ポを握りしめて離さないんだ……っ」

お互いに初めてのセックスだ。テクニックも何もあったもんじゃない。体位は正常位のままで変えることなく、愚直にスタンダードなセックスをし続ける。だが、それだけですべての動きが気持ちよく、快感に満ちていた。

気持ちいい。サウナでととのうような、〝静〟の気持ちよさではない。これはむしろ自ら快楽をむさぼるような、〝動〟の気持ちよさだ。そしてサウナでととのったままにセックスをしている今、そのふたつの快感が融合し、極上の気持ちよさへと昇華されようとしている。

ぱんっぱんっぱんっぱんっと激しく腰を動かす。ユスティーナもだんだんと痛みが気持ちよさに変わってきたのか、陶酔した表情でチ×ポの動きに身を委ねている。ここまでたっぷりとユスティーナに手コキをされていたチ×ポだ。そのせいで俺のチ×ポは、至極あっさりと終わりの時を迎えてしまう。

「ああっ……だめだ、ユスティーナ……！　俺、もう……イッてしまう……」

「あんっ……いいよ、中に、出してぇ……ランスケ……！」

「なっ……!?　な、中に、いいのか……ユスティーナ!?」

「いいよ、もちろん……あんっ、あんっ……」

「そ、それは、俺との子供を、」

「避妊用の魔晶石があるから……それを使えば問題ないもんね……えっランスケ？　今、あんっ……なんか言った？」

「なにも言ってないわ！　便利だな、魔晶石ッ！」

「あんっ……便利なんだよ、魔晶石ぃ……あんっ、なんで、ああんっ、激しくするのぉ……っ？」

俺は虚しさをごまかすように、腰を激しく突き動かす。ユスティーナはおま×この中を激しくかき回されて、嬉しそうに目を細めて喘ぎまくっていた。ぱんっぱんっぱんっぱんっと腰と腰とがぶつかり合い、ユスティーナのおっぱいがぶるんぶるんと激しく揺れる。

「はあはあ……ユスティーナっ、中に出すぞ……！」

「うん……きてぇえっ……！」

「うっぐぅっ……あ、はああっ……！」

どびゅるるるるっ！

ビクビクと身体を震わせながら、大量の精液をユスティーナの膣内《なか》に注ぎ込む。

これまで散々我慢していたところから解き放たれた精液は、信じられないほどの量が出た。そしてユスティーナも、ビクビクと震えている。彼女もまた、俺と同時に果てたのだと分かった。

「ああんっ……お腹の中に、熱いのが広がってぇ……っ！　こんな感覚、知らないぃ……っ！」

「うああっ……俺の出した精液が、ユスティーナに受け止められてる……っ！」

ゆっくりと腰を引いて、愛液と精液で汚れてヌルヌルになったチ×ポを外に出す。すると、どろりとした精液が、小さな膣口からごぽりとあふれ出てきた。

「うわ……すげえ……。ユスティーナのおま×こから、俺の精液が出てる……。エロすぎ」

「いやん……そんな、あたしのそこ、凝視しないでよぉ……」

仰向けの体勢で動けずにいるユスティーナの隣に、並んで寝そべる。肌が触れあって、ユスティーナは軽く声を漏らした。

横を向くと、彼女と目が合った。きれいな瞳だ。赤い色をした彼女の瞳は、ガーネットのような輝きをたたえている。激しいセックスで潤んだ瞳で見つめられると、より一層興奮を覚えてしまう。

俺はゆっくりと、顔をユスティーナへと近づけていった。彼女が距離をとる様子はない。むしろ彼女は、俺の意図を悟ったかのように、静かに目を閉じる。

「んっ……」

彼女の小さくすぼめられた唇から、かすかに吐息が漏れる。そんな気の早い唇に、俺は、自らの唇を重ねた。

「ちゅっ……」

「んっ……ちゅっ……」

キスをしながら、ユスティーナは俺のチ×ポをなでてきた。そんなに、愛剣と同じ握り心地のするチ×ポが気に入ったのだろうか。愛液と精液にまみれてドロドロになっているのにも関わらず、ユスティーナは慈《いつく》しむように俺のチ×ポをなで続けた。

たっぷりと唇を重ねたあと、息が続かなくなり、互いに顔を離す。

恥ずかしさからか、ユスティーナはこちらから目をそらして、言った。

「チ×チン、ちょっとやわらかくなっちゃったね」

「そりゃあ、あれだけたっぷり射精したらなあ」

それから俺達ふたりは、セックスを終えたあとの倦怠感に身体を包まれながら、ゆっくりと身を横たえる。こうして静かに寝転がっている時間は、サウナを出たあとの〝ととのっている〟時間と、まるで同じだ。

ぼんやりと寝転がっていると、ユスティーナがぽつりと呟く。

「気持ち良かった……」

「サウナが？　セックスが？」

「どっちも……。どっちも、気持ち良かった……」

サウナに、そしてセックスにすっかり魅了された様子で、ユスティーナは色っぽく息を吐く。

「この世界には……あたしが知らないだけで、こんなに気持ちいいことがあったんだね」

「そうだとも。世界は広くて……そして、一度の人生ではそのすべてに触れることができないくらい、いろんな営みがある」

「そっか……」

「サウナだけに絞ったって、そうだからな？　今回俺達が入ったサウナは、もっともスタンダードなタイプのサウナに過ぎない。だが、サウナってのは奥が深くてな。探せばもっともっといろんなタイプのサウナが存在するんだぞ」

「そうなの？　へえ、すごいなあ……サウナってすごい……」

ユスティーナは、寝そべりながら、自らの下腹部をさすった。

「サウナはさ。最初に入ったとき、ものすごく熱くて。本気で、死ぬかと思うくらい、汗かいて、しんどい思いさせられちゃった」

「今ではそんなにしんどくないだろ？」

「そうだね。水風呂の冷たさも、ちょっと気持ちいいって思えるようになったし。なによりもあの、ととのう感覚は、何にも代えがたいね」

「そうだろう。それが、サウナなんだ」

ユスティーナは、一度呼吸を整えてから、ふたたび口を開く。

「セックスも、最初ランスケのチ×チンが入ってきたときは、すごく痛くて。こんなの、男の人が一方的に気持ちよくなるだけじゃんって思った」

「すごい言われようだな」

「でも、途中からだんだん痛みよりも気持ちよさが勝ってきて……。ランスケのチ×チンがあたしの中をこすってグチャグチャにしていくたびに、どんどん知らない快感に包まれて……すっごく、よかった……」

「セックスの感想を言葉にされるのは、少し恥ずかしいな」

「ランスケは、どうだった？　あたし、初めてで、なんにも動いてあげられなかったけど」

「いや、気持ちよかったさ。ユスティーナが動いていないつもりでも、お前のおま×こがぎゅっと俺のチ×ポを握って離さなかったんだ」

「そうなんだ……あはは、セックスって、すごいなあ」

ユスティーナは、遠い目をしながら青空を見つめていた。

「あたしの人生も……そうなのかも」

ぽつりと、ユスティーナが呟く。

「両親が亡くなって。やっとの事で憧れの冒険者になっても、これからってタイミングで追放されて。……あたし、これからどうしようって途方に暮れてたけど……さ」

「ああ」

「この今の苦しみも、乗り越えた先に、気持ちいいことが待ってるのかもしれないって。そう、思えたんだよね」

「……そうか」

「そうしてその時に振り返ったら、『ああ、あの時苦しかったことにも、ちゃんと意味があったんだな』って……そう思えそうな気がする。あたしの人生が、サウナやセックスと同じなら。きっと……」

「だったら、これから先もがんばっていかないとな」

「うん、そうだね。……って、じゃあこれから何をするのかってところまでは、まだ決めてないんだけどさ」

「ゆっくりでいいんじゃないか。人生は長いんだからな。サウナも、長い時間をかけてゆっくり汗をかいた方が、出たときの水風呂が気持ちいいだろ？」

「そうだね。……うん。そうだといいな」

そうして俺達は、ふたり横になったまま、ゆっくりとした時間を過ごした。

サウナもセックスも。そして、人生も。

こうしてゆっくりと〝ととのう〟時間が、何よりも尊くて、大切なものなのだ。

「……ねえ、ランスケ」

不意にユスティーナが、俺に尋ねてきた。

「ランスケは、この辺の人じゃないんでしょ？　これからどうするつもりなの？」

「ん……さて。どうするかな」

心の底から求めていたサウナにありつけた今、目の前にはどうにも避けられない大きな問題が横たわっている。

それすなわち、これからどうするか。

おそらくは俺は、今まで暮らしていた現代日本の世界から、このファンタジー風の世界へと飛ばされてしまったのだろう。原因は分からないし、これから元いた世界に戻ることができるのかどうかも分からない。

「ううむ……何か目的があってこの街にいるわけじゃないからな。身寄りも無いし、仕事も無いし、なんなら文字も読めないみたいだし」

「あなた、こんなところでのんきにととのってる場合じゃないんじゃないの……？」

こんなところでのんきにととのってる場合じゃないと思う。

ユスティーナの言うことは正論だが、しかし、なってしまったものはどうすることもできない。

俺が今朝まで勤めていたあのブラック企業でも、お客様からクレームが来たり不良品が山のように発生したりと問題が起こることは多かった。だがそうなったからといって、いつまでも途方に暮れていたって仕方がない。まずはお客さまに頭を下げて回ったように。商品の生産ラインの見直しをして、再発防止に努めたように。

自分のできることを、やれるようにやっていくしかないんだからな。

「まあ、そうだな。何年も家畜のようにこき使われてきたんだから、しばらくは仕事する気にはならないとして」

「あなたってもしかして、奴隷出身かなにかだったりする？」

それに近いものではあったと思う。

「こっちの俺は、最初から何にも無いんだ。だったらいっそのこと、この世界で俺の好きなサウナを見つける旅にでも出てみるかな」

俺はそう言って、寝転がったまま両腕を頭の後ろで組む。

なに馬鹿なこと言ってるのさ。そんなこと言ってないで、真面目に働きなよ。

そんなふうな言葉が返ってくるものだろうと思っていた。どれほどサウナが好きだからといって、これはいくらなんでも冗談に過ぎない言葉だった。

ところが、隣に寝転がるユスティーナが、俺にかけてきた言葉は。

「……いいね」

と、俺の背中を押す言葉だった。

顔を向けると、ユスティーナと目が合う。彼女は眉尻を下げ、にこりと笑みを浮かべた。

「さっきあなた、言ってたでしょ。これはスタンダードなサウナだけど、本当はもっといろんな魅力溢れるサウナがあるんだって」

「お、おう……」

「だったら、あたしもそれに入ってみたい。ランスケがそれを探しに行くって言うんなら、もしよければ、その旅に、あたしも……」

冒険者の夢破れて、打ちひしがれながら実家に帰ってきたユスティーナ。

そんな彼女は、俺との出会いを経て、どうやら新しい第二の人生の目標を見つけられたようだった。

第二章　異世界トントゥ

「じゃあ、あたし買い出しに行って来るから。悪いけど、ランスケは少しの間、留守番お願いね」

「おう、任せとけ。俺は社長の留守中にこっそり社長室のふかふかの椅子の上で跳ねて遊んでいたら、うっかり壊してしまったことがある男だぜ」

「不安だよ」

ユスティーナは心配そうに何度もこちらを振り返りながらも、大通りの雑踏へと消えていった。

……しかしあいつ、本当にビキニアーマーのまま、外へ買い出しに行きよったな。知り合ったばかりの俺に簡単に留守を預けるし、いろいろと心配になるヤツだ。

「さて、と」

ユスティーナが出かけたのを見届けて、俺は大通りに面した武器屋の扉を閉める。


俺が異世界へと飛んできてから、一日が経過していた。

もしかしたら時間経過と共に解決する問題かもと期待していたのだが、一日経っても相変わらず俺はこうして異世界に居座ったままである。自然と元の世界に戻れるかもだなんて甘い考えは、捨てた方が良さそうだ。

「しかし、一生社畜として飼い殺しの目に遭《あ》うと思っていた俺が……まさか、サウナ探しの旅に出ることになろうとはね」

現状を確認するように、ぽつりと呟いた。

サウナ探しの旅。それは途方に暮れた俺がふと口にした、冗談交じりの言葉に過ぎなかった。

しかしその提案は、思った以上にユスティーナの琴線に触れたようである。

結局あれよあれよという間に話は進んでいき、俺達はふたりで旅に出ることに決まってしまった。

これが、昨晩までの流れである。

とはいえ、思い立ってすぐに旅に出られるほど、簡単な話でもない。

たった今ユスティーナが出かけて行ったのは、旅の支度を整える買い出しのためだ。

旅なんて修学旅行や社員旅行が関の山の俺であるが、いくらなんでもこの異世界にパックツアーのようなものが無いらしいことくらいは分かる。

「こんなことなら、現代日本でも、せめてゆるいキャンプくらいは経験しておくべきだったぜ」

と、後悔しても後の祭りではあるのだが。

幸いにしてユスティーナは、元旅の冒険者。追放されたばかりとはいえ、こと旅に関しては俺よりも経験がある。ここは悪あがきせず、素直に彼女に任せておくのが無難だろう。

ところで今、俺はユスティーナの買い出しに付いていかずに、留守番役を買って出ている。

実はこれには、とある重大な理由があったりする。それはユスティーナにも内緒の理由なのだが……。

「ふふふ……。ユスティーナの出かけている隙に、俺はもう一度あのサウナを楽しませてもらうとするかな」

俺は呟き、ひとりほくそ笑む。……ユスティーナにも内緒の理由だ。

「せっかくいつでも入れるサウナを作ったんだ。これをそのまま捨て置くのはもったいない。別に抜け駆けしてるわけじゃないぞ。ユスティーナは買い出し。俺はサウナ。適材適所ってやつだろ」

誰にともなく言い訳を口にしつつ、薄暗い武器屋の奥へと向かう。

そこにあるのは、昨日もお世話になった鍛冶場だ。ここの炉の中に魔晶石という魔力の籠《こ》もった石を放り込むことで、高温に熱されたサウナをこの異世界に再現することができる。

「サウナを探すためとはいえ、旅に出てしまえばもうそう簡単にはサウナには入れなくなりそうだからな。そうなる前に、もう一度サウナでととのわせていただくとするかね。へっへっへ……」

人を買い出しに行かせて、自分だけととのうなんてズルい！

ユスティーナにバレれば、そう言って拗《す》ねられるのは目に見えている。だが俺にとってサウナは、空気といっしょで生命維持のために必要不可欠なのだ。

「だから許してくれ、ユスティーナよ。大丈夫、この旅でもっと良いサウナを見つけてやるからな……って、んん？」

鍛冶場の手前まで辿り着いた俺は、そこでふと違和感を覚えた。

一体何だろう、と首を傾《かし》げて、すぐにその違和感の正体に気がつく。

鍛冶場の中から、熱気が漂ってきているのだ。

「おや、おかしいな。昨日はサウナをあがったあと、ユスティーナは確かに魔晶石とやらを炉から取り出してたはずなんだが……」

鍛冶場の扉は閉められており、窓も無いのでその向こうの様子は窺《うかが》えない。

しかし扉に近付けば、確かにその向こうから、ジリジリとした熱気が漏れ出てきているのが肌感覚で分かった。

間違いない。この鍛冶場の中は、昨日と同じように、サウナのような熱気に包まれているらしい。

しかし、一体誰が準備をしたのだろう。

たった今入ろうとやってきたばかりの俺ではないし、そうなるとユスティーナだろうか……？

「……まあ、考えても仕方ないか。時間ももったいないし、入っちまおう」

何事も深く考えないのは、日本のビジネスマンの必須スキルである。パソコンがエラー吐いてる？　気にすんな気にすんな。エンターキーでも連打しとけば、そのうち直るよ。

俺はポイポイと着ていたスーツを脱ぎ去り、あっという間に素っ裸になった。そして漏れ出てくる熱気にほくそ笑みつつ、サウナと化した鍛冶場へと繋がる扉を開ける。

扉の向こうには、魔晶石の効果によってうっすらオレンジ色に照らされた小部屋があった。

内装は昨日見た時と変わりはない。窓が無く四方を壁に囲まれたその部屋は、大人が四人も入ればいっぱいになりそうなくらいの広さだ。

そしてその鍛冶場の真ん中には、かつてこの店の職人が使っていたのだろう作業台や椅子が置か

れており、

「……ふぅーー…………っ」

その大きな作業台の縁《ふち》にちょこんと腰掛けるようにして、見知らぬ裸の女の子が、熱さに耐えるように深く息を吐いていた。

「…………!?」

思わずビクッと動きを止める俺。ゴシゴシと腕で目を擦《こす》る。改めて見やる。いる。女の子だ。明らかに、ユスティーナとは異なる容姿の女の子だ。

とりあえず扉を閉めて、中に入る。熱気が逃げるからな。

椅子のひとつを寄せて、腰掛ける。椅子を引いた際に物音がしたはずだが、その子がこちらに意識を向けてくる様子は無い。

その子のあまりの無反応っぷりに、俺はひとまず自分のサウナ浴を優先することにした。

昨日と同様に鍛冶場はジリジリとした熱気に包まれている。呼吸のたびに鼻が焼け付くかのようだ。しばらく熱さに身を委《ゆだ》ねていると、程なくして肌の表面には玉のような汗が浮かび始めた。

厳しい熱気に恍惚《こうこつ》の溜め息をつくと、俺は改めて、目の前の先客の女の子を観察し始める。

まず目につく特徴として、その子は小さい。とても小さい。それは年齢がという意味合いではなく、文字通り身体の大きさそのものが小さいのだ。

おそらくは百二十センチほどの……成人男性の平均的体格である俺の、その胸元に届くかどうかというほどしか無いだろう。しかしその小ささに反して幼児体型ということはなく、むしろ大人び

た容姿にすら感じられた。腕周りや腰はほっそりとスリムで、一方で胸元には女性らしく丸みのある果実を実らせている。

顔立ちも、その小ささにそぐわぬ成熟した雰囲気を感じさせた。閉じた瞳の睫毛《まつげ》は長く、くるんとカールしている。鼻筋は通っており、薄い唇は艶やかな赤。ふわふわとした薄緑色の髪は腰まで伸びている。

そしてなによりも目を引く、その女の子のもっとも大きな特徴としては……

「翅《はね》が、生えてる……？」

ピンと姿勢良く座る彼女のその背中からは、一対の翅が生えているのだ。昆虫を思わせる細長く半透明の翅が、まっすぐ綺麗に伸びている。

すると俺の声が聞こえたのか、その女の子は瞼《まぶた》をピクピクと動かした。そしてゆっくりとその瞼を開き、エメラルドの瞳でこちらを見やり……そして、俺とバッチリ目が合った。

「…………」

「…………」

「…………どうも」

「!?」

沈黙に耐えかねて会釈すると、その子はぎょっと目を見開いた。

「なな……な……な……」

「な？」

「な、なぜじゃ……？　お前さん……わえのことが、見えとるのか？」

「は？　見えてるけど」

「……なぜじゃ？」

「なぜじゃって言われてもな」

やけに老獪《ろうかい》な喋《しゃべ》り方のその子は、ぽかんと口を開いたまま、意味が分からないとでも言いたげに俺のことを見つめてきた。

「わ、わえは人の子には見ることも触れることもできぬ、〝妖精〟じゃぞ。それが、なんでお前さんは……？」

「見ることも触れることもできぬ、だって？」

「ひゃあっ」

汗にまみれたその子の細腕を、むんずと掴む。その子は怯えた様子で悲鳴を上げているが、今は無視だ。

手のひらにはやわらかな弾力のある細腕の感覚が、ハッキリと感じられる。サウナで火照っているせいか体温は高く、汗のせいでぬるりと滑る。

「見ることも触れることも、できるみたいだけどな」

「な、なぜじゃ……なぜなんじゃ……？」

「それは知らんけども」

「妖精であるわえのことを見ることができるということは、まさかお前さんは人の子ではない……？　も、もしや、ゆ、ゆゆゆ幽霊っ？」

顔を真っ青にした彼女は、恐怖に満たされたような表情で俺のことを見てくる。背中の翅も、その心持ちを反映しているかのようにブルブルと震えていた。妖精なのに幽霊は怖いのかよ。

「落ち着けよ。別に俺は幽霊じゃないっての。この通り生きているからな」

「本当かの……？」

「ああ。ほら、俺のことも触ってみろよ。ちゃんと身体の感触があるだろ？」

俺は掴んだままの彼女の腕を引っ張り、自分の身体に押し当ててやる。

「うぅむ。確かに触れた感触はあるようじゃな……。しかしお前さん。なぜわえの手を、よりによってチ×ポに押し当てたのじゃ？」

「触りやすいかと思って」

正体不明のちまっこい身体とはいえ、サイズ感が小さいだけでその体つきは成人女性のそれと同じだ。そんな女性の裸を前にして、俺のチ×ポはやはり硬く勃起してしまっていた。ビンビンに腫れ上がる棒状のそれは、混乱状態でも握りやすいように思えたのだが……だめだったかな。

「ええい、わえを愚弄する気か。手を離せ、痴《し》れ者め」

彼女は荒っぽく俺の手を振りほどくと、ふんすと鼻を鳴らした。

そんな様子を見て溜め息をつきつつ、俺は口を開く。

「俺からもひとつ、尋ねさせてもらってもいいか？」

「なんじゃい」

「人の子には見えない妖精……といったか？　お前こそ、何者なんだよ。どうしてユスティーナの家の中で、我が物顔で過ごしているんだ？」

「は。何を尋ねてくるかと思えば、そのようなことか」

彼女はこちらを小馬鹿にするような笑みを浮かべた後、言葉を続けた。

「我が物顔も何も、ここはわえの家じゃ」

「は？　なにを言って……」

「わえはこの家を護《まも》りし妖精じゃ。あの子の……ユスティーナの、親の親の、そのまた前の親の代から、ずぅっと見守ぅとる妖精なのじゃ」

「この家を護る、妖精……？」

「そうじゃ」

彼女……この家を護る妖精だというその存在は、昔を懐かしむように目を細めた。

「ユスティーナが生まれた時も、わえは当然その場に居合わせておった。あの子の母親が苦しんで産み落とした、一粒種じゃ。よく笑い、よく泣く、元気な子じゃった。小さな時分には、危ないから入ってはならぬと言われておったこの鍛冶場にも、よく忍び込んでは叱られておったのう」

ユスティーナのヤツ、昨日は鍛冶場には入れてもらえなかったって言ってなかったか？

実はこっそり忍び込んでやがったのかよ。やんちゃな娘さんだこと。

「あの子が冒険者になってこの家を飛び出してからも、わえはずっとここを護っておった。誰もおらぬ数年は長く感じたが、家を護りし妖精の役目を捨てるわけにもいかんのでな。ずっとあの子の帰りを、この家で待っておった」

「ふーん。ああ、それでついに昨日、ユスティーナが帰ってきたってわけか」

「うむ。どこの馬の骨とも分からぬ男を連れてな」

……気のせいだろうか。妖精の俺を見やる視線の温度が、いくらか冷え冷えしたものに変わったような気がしたのだが。

「しかも何を血迷ったか、両親との思い出も残るこの鍛冶場を、なんぞよく分からんサウナとやらに改造してしもうた」

「う……そう言われると、なんだか急に罪悪感が」

「ふん。じゃがのう。ほんに小さな時分から見守っていたユスティーナじゃ。あの子のすることを頭から否定するような真似はしとうなかった。そこで、わえはじゃな……」

妖精の言葉を聞きながら、俺はふとその先に続く言葉が分かった気がした。

俺は目の前のその小さな存在に向けて、尋ねてみる。

「それで、そのサウナってヤツがどんなもんなのか、自分でも試してみることにしたってことか」

「……ま、そんなところじゃ」

妖精は苦笑しつつ、頷いた。

「とにかくひどく熱いが、これはこれで存外悪くはない。汗をかくというのも、とんと久しい感覚じゃ。バケツでもひっくり返したかのように汗が噴き出て、なかなかおもしろいものじゃの」

「なるほどなるほどな……」

妖精の言葉を聞きつつ、俺もまた得心がいった。

「俺もようやく分かったぜ。お前の正体が、何者であるのかがな」

「？　じゃから、さっき言うたじゃろ。わえはこの家を護りし妖精……」

「そう、家を護る妖精。それに小さな子供のような背丈。加えてサウナが好きとなれば、答えは決まったも同然だ」

ふっふっふ……と笑みを浮かべて、俺は目の前の妖精を指さした。

「お前の正体は……サウナの妖精、〝トントゥ〟だろ！」

「は？」

正体を看破されたことがよほど意外だったのか、妖精……いや、トントゥは目を丸くしている。

そんなトントゥに向かって、俺は畳み掛けるように言葉を続けた。

「サウナ発祥の地フィンランドでは、トントゥと呼ばれる妖精の存在が伝わっていると聞いたことがある」

「フィンランドってどこじゃ」

「曰《いわ》くそれは森の中や民家の屋根裏などに隠れ住む、守り神のような存在として信じられてきたそうだ」

「だからフィンランドってどこじゃ」

小さな子供ほどの背丈であるその妖精トントゥは、人の見ていないところで家畜の世話をしたり、農作物の世話をしてくれたりと、実に働き者な存在として伝えられている。住み着いた家に繁栄をもたらすという意味では、日本の座敷童にも近いものがあるだろう。

「そしてそんなトントゥはだな。サウナの守り神としても、その存在が伝えられているのだ！」

「お、おう……そうなのか」

今目の前にいる妖精は、自らそう説明をしたように、ユスティーナの家を護ってきた妖精だ。それに老成した雰囲気に反して、背丈は非常に小さい。さらに決定的なのは、サウナ好きだということだ。

「いや、ちょっと待つのじゃ。確かに今わえはサウナに入っておるが、別にサウナが好きだというわけでは……」

「以上のことから！　俺はお前がトントゥであると見抜いたわけだ！」

「だから待てと言うとるに。わえは種族も名前も、トントゥとやらではない。わえの名前はじゃな、」

「いやあ長年サウナーをやってるが、さすがにサウナの妖精に会うのは初めてだぜ！　よろしくな、トントゥ！」

「いやだから、わえの名前はじゃな、」

「でもトントゥにこんな翅が生えてるなんて話は、聞いたことないぞ？　まあでも民間伝承だからな。実際の姿と、世俗に伝わった姿が異なるってのはままあることか」

「こいつ、とんと人の話を聞かんやつじゃな」

トントゥは眉間に皺を寄せて、なぜかずいぶんとくたびれた表情をしていた。

彼女は右手の人差し指でこめかみをトントンと叩きつつ、なにかを思案するように呻く。それから溜め息をついたかと思うと、そのエメラルドの瞳で俺を見上げてきた。

「もうええ。好きにせえ。わえはトントゥじゃ」

「おお！　やはり！　うおおお、本物のトントゥだ！　すげえすげえ！」

諸手《もろて》を挙げて喜ぶ俺とは対照的に、トントゥは苦々しい顔つきで俺を睨んでくる。なんでだよ、トントゥなんだろ。

トントゥはじっとりと汗に濡れた額に手を添えると、軽く首を左右に揺らした。薄緑色の髪が、首の動きに連動してふわふわとたゆたう。

「お前さんと話してたら、クラクラしてきたわい」

「おっと、そいつはまずい。長話してしまったから、のぼせちまったかな」

「そうではないのじゃ……って、おい。何をするのじゃ」

俺は作業台に腰掛けるトントゥの、ほっそりとした腕を取る。体格差があるためか、トントゥの手を引き、立ち上がらせるのは簡単だった。

「のぼせたんだろ。ふらついたら危ないからな。外まで俺が案内してやるよ」

こうしてふたりで立って並ぶと、改めてトントゥの小ささが際立つ。見た目は成熟した女性といった感じなのに、サイズ感だけが小学生だ。騙し絵《だまえ》でも見ているような気分になる。

改めて間近で見ると、トントゥの肌は非常にきめ細やかで美しい。上質な絹のようなその肌は、細い腕とも相まって、慎重に触らないと壊してしまいそうだ。

そしてやはり特に目を引くのが、背中から伸びる半透明の翅だろう。隣を歩きながらこっそり観察してみると、背中から直《じか》に生えているのが分かった。そこにも汗腺はあるのか、サウナの熱気を浴びてしっとりと汗に濡れているようである。

トントゥを伴い、鍛冶場の外へと出てきた。汗にまみれた足の裏が、ぺたぺたと歩くたびに音を立てる。

「確かサウナを出た後は、水風呂に浸《つ》かるんじゃったな」

「おお！　さすがはサウナ妖精・トントゥ！　サウナに関することならばすべてを熟知しているというわけだな！」

「単に昨日のお前さんらがやってるのを、見てただけなんじゃが……」

水槽の中には、汲み上げたらしい地下水が張られている。これもトントゥが用意したものなのだろう。だが元々ひとりで浸かるつもりでいたせいか、その水量は昨日よりも少なめだった。

「ふむ。まあ、トントゥは小さいし、ふたりでくっつきながら入れば問題無いか」

「問題あるじゃろ。なんでお前さんとくっつきながら入るのを、当然のように受け入れると思うとるんじゃ」

「さあ行くぞ、トントゥ！」

「話も聞かんし。こいつほんときらいじゃ……」

なぜかしかめっ面のトントゥの手を引いて、水風呂に片足を突っ込む。すると高温で熱された肌が、見る間に冷水によって引き締まっていくのが感じられた。

「おおお……これこれ……！　いい感じだぜ……！　トントゥもそう思うだろ？」

「む……なかなかに冷たいが、それがまた火照った身体に心地よいな」

「そうだろ！　ユスティーナのヤツは初めての水風呂はぎゃあぎゃあ騒いでたけど、やっぱりサウナの神様は水風呂の楽しみ方を分かってるな！」

俺はトントゥを伴って、そのまま彼女ごと水風呂へと沈み込んでいった。

体中から噴き出した汗は、冷たい水によって洗い流されていく。高温になった肌にキンと冷たい水は刺激的で、くせになる。俺は手で水を掬《すく》って、パシャリと顔に叩きつけた。

「いやーやっぱ水風呂は気持ちいいな！　なあ、トントゥ！」

「そうじゃな。悪くないものじゃ」

「そうだろうそうだろう！　ところでだな、トントゥ」

「なんじゃい」

「さっきからどうしてお前は、俺にしがみついたままなんだ？」

そう尋ねると、トントゥの身体がビクッと小さく震えた。

トントゥは俺の身体の真正面から、背中に腕を回すような形で抱きついてきている。身体の前面が密着しているため、サイズ感がミニとはいえ確かに膨らみのあるトントゥのおっぱいや、ほっそりとした腰の感触が、余す所なく押しつけられているのだ。

当然そんなことをされてしまえば、水風呂で一旦落ち着いたチ×ポもぐぐぐっとまた熱を帯びてしまうわけなのだが……。

「……別に、しがみついて、おらなんだが？」

「いや、思いっきりしがみついているだろ。その、お前の身体があちこち押しつけられていて、結構大変なことになっているような気がするんだが……」

「しがみついて、おらなんだが？」

「……そうかい」

どうやらトントゥは、ぎゅっと抱きついているという事実を認めるつもりは無いらしい。

サウナもそうだが、水風呂でも無理は禁物だ。三十秒ほど浸かったところで、ざぱんと音を立てて水槽から上がる。

「おい、トントゥ。上がったぞ。もう冷たくないぞ」

「しがみついてなど、おりゃせんのじゃが？」

「わかったわかった」

仕方がないので、しがみつくトントゥを身体の前にぶら下げたまま、中庭のマットを敷いた休憩スペースに行く。

どうにも離してくれないので、トントゥをお腹の上に乗っけたまま横になった。実家の猫が、寝てる俺のお腹の上に乗ってきた時のあの重みによく似ている。ふたりで寝そべっていると、徐々に身体から力が抜けていき、快感が訪れる感覚が全身を支配していく。

水風呂によってシャッキリした頭が、リラックスした身体のふわふわとした高揚感を十二分に味わわせてくれる。確かに寝そべっているのに、浮遊感に身体を支配されているような、不思議な境地……。そしてさらに、お腹の上に乗っけたトントゥの肌のあたたかさが、じんわりとした心地よさを感じさせた。

耳を澄ませば、トントゥの「すぅ……すぅ……」という夢見心地の呼吸音が耳に届く。どうやら彼女もサウナを堪能《たんのう》しているみたいで、よかった。

俺は改めて目を閉じ、このサウナから出た至福の時間を味わい尽くしていく。

ああ、めちゃくちゃ気持ちいい……とのうぅ～………。


……どれほどそうしてリラックスしていただろうか。不意にお腹の上で、トントゥがもぞもぞと動き始めた。

ずっとこちらにしがみついていたトントゥが、ようやくゆっくりと身を起こしたようだ。

「……うむ。わえとしたことが、少し気を抜きすぎてしもうたようじゃ」

「いいじゃねえか、別に。サウナの妖精が、サウナでリラックスすることの何が悪い」

「わえは別にサウナの妖精では……いや、こんなに気持ちよいのであれば、それを名乗るも一興かもしれんの」

トントゥはなおも俺の身体の上で、もぞもぞと動き続けている。一体何をしているのだろうか。

俺が不思議に思っていると、不意に自らの下腹部、チ×ポをむんずと鷲づかみにされる感触に襲われた。

「……っ!?　な、なんだ!?」

「おう、悪いのう。少し強く触りすぎたじゃろうか？」

思わず目を開けると、まず最初に視界に入ったのは、俺のお腹の上に座り込むトントゥの後ろ姿だった。ふわふわとした薄緑色の髪越しに、彼女の半透明の翅と、綺麗な真っ白い背中が見える。さらに視線を下にやれば、ぷりっと丸いお尻。

そして同時に、チ×ポをシコシコと上下にシゴかれる、心地よい感触。ととのっている間に少し萎んでしまっていたチ×ポを、やさしく起こそうとするようなその感触は……まさしくトントゥの手によるものに違いなくて。

「と、トントゥ。お前、俺のチ×ポ触ってるのか?」

「なんじゃ。さっきは有無も言わせず、自分からわえの手を押しつけよったくせに。人から触られるのは苦手か?」

そう言いながらトントゥは首だけでこちらを振り返る。どうやら彼女は俺の身体の上に馬乗りになりながら、その小さな手のひらで俺のチ×ポをシゴいているようだった。

「な、なんで……お前、俺のチ×ポを……」

「あ? なにを言うとるのじゃ。これも昨日、お前さんらがしとったことじゃろう」

トントゥはそう言って、不思議そうに小首を傾げた。そして同時に俺は思い出す。

そうだ。昨日の俺とユスティーナは、サウナに入ってととのったあと……そのまま流れでセックスをしてしまった。

そしてトントゥは、そんな昨日の俺とユスティーナの様子を、陰からこっそりと見ていたと言っていたではないか。

俺がようやく事情を悟ると、トントゥはちろりと舌先で口の端を舐《な》める。彼女はニヤリと笑い、そして俺を見下ろして言った。

「ユスティーナを魅了した、サウナとやらの真髄《しんずい》。わえにも教えてもらいたいもんじゃのう」

「い、いや……あのセックスは、本来のサウナとは関係が……」

「お。ほれ、お前さんのチ×ポも、準備ができたようじゃぞ」

困惑する俺とは異なり、シゴかれたチ×ポはすっかりビンビンに膨れ上がってしまっていた。トントゥは上機嫌そうに体勢を変えて、再びこちらに向き直る。背丈の小さなトントゥの、その真っ白い肌と、サイズ感に見合わず膨らんだおっぱい、キュッとくびれた腰つき、陰毛の生えていないつるつるの下腹部、そのすべてが俺に向かってさらされていた。

彼女はゆっくりと前傾姿勢を取ると、俺に顔を近寄せてくる。

「わえの大事なユスティーナを、お前さんは連れてくんじゃろ。わえのことを納得させられるくらい、気持ちようさせい」

……ああ、そうだ。

この家を代々護ってきた妖精であるトントゥにとって。両親を事故で亡くしたユスティーナは、今のこの家に帰ってくる唯一の存在だ。

そんな彼女がようやく家に帰ってきてくれたのに、またサウナ探しの旅に出てしまう。

そのことに対して、トントゥが何も思うところが無いわけがない。ずっとずっとひとりでこの家を護っていた妖精が、何にも寂しく思っていないわけがなかったんだ。

……ならば。

「分かったよ」

俺はひとつ頷いて、お腹の上に跨《また》がるトントゥを見上げた。

「ユスティーナを魅了させた、サウナとセックスの気持ちよさ。お前にも、心の底から味わわせてやるぜ」

「ぬかしよるわい」

トントゥは腰を浮かすと、勃起したチ×ポの亀頭におま×こを触れさせた。陰毛の生えていないおま×こはつるつるで、触れるだけでもうすでに気持ちいい。

「失望させるなよ、人の子」

トントゥはゆっくりと腰を下ろしていく。ミチミチと膣肉を押しやり、チ×ポが奥深くへと侵入していく感覚。

トントゥは見た目こそ成人女性のそれだが、実際のサイズ感は幼女そのものだ。従って、おま×この大きさも相応に小さい。そこに俺の大きく勃起したチ×ポをねじ込んでいるのだから、相当な負担があるはずだ。

「ぬぅ……こ、これは……想像以上に、きついのう……」

「大丈夫かよ、トントゥ？　お前、身体が小さいんだから、あまり無理はしない方が……」

「ふん。わえを心配しとる暇があるなら、早々に果てんように気張っておれ。……ほれ、どうじゃ。妖精と交わる機会など、そうそうあるものではないぞ？」

トントゥのおま×こは小さい。それ故にねじ込まれたチ×ポにかかる膣圧もまた、強烈なものだった。

しかしながら彼女のおま×こはしなやかな柔軟性があり、大きなチ×ポをやさしく受け止めてくれている。

妖精と言うだけあって身体の仕組みも人とは違うのか、トントゥ自身はそう痛がる素振りもなく、チ×ポを根元まで挿入してしまった。

「ほれ、動くぞ人の子」

「うあ、ああ……うあ、気持ちいい……っ！」

ぎゅうぎゅうとキツい締め付けで、ガシガシとシゴかれる感触。愛液がたっぷりと分泌されているのか、竿の表面におま×こが擦りつけられ滑っていく感触がひどく気持ちいい。

トントゥは俺のお腹の上に両手をついて、パンッパンッパンッと腰を上下に跳ねさせている。その度に彼女のふわふわした薄緑の髪が跳ね、透明な翅が揺れる。

「んっ、んぅ……はあ、はあ……お前さんのもの、暴力的なまでの硬さじゃ」

「ああ……さすがは妖精だ。キツキツおま×この中もぬるぬるで気持ちいいし、肌もすべすべだ」

「んっ……こら、無遠慮に触るでない」

お腹の上で騎乗位するトントゥの、やわらかな太ももを撫でる。さらりとした肌触りが気持ちよくて、いつまでも触っていたいくらいだ。

「あ、ああ……トントゥ……お前のおま×こで搾り上げられてるみたいで……めちゃくちゃ気持ちいいぞ……！」

「んっんっ……わえも、初めての感覚じゃ。ああ……お前さんのもので、わえの中が、ぐちゃぐちゃに掻き乱されておる……」

「お前のその滑らかな腰使い……やっぱりお前、只者じゃなかったんだな……！」

「妖精じゃと明かした時に、只者じゃないと思うて欲しかったものじゃがのう」

そこでふとトントゥは、寝転がる俺の胸元に向かって両手を差し伸ばす。

なんだろうと見ていると、なんと彼女は伸ばした両手で俺の乳首をつねり始めたのだった。

「うあっ……な、何をして、トントゥ……!? うあっ、はあっ……」

「ほう、男でも乳首を触られると、感じるようじゃな」

「お、おい、トントゥ……！」

「お前さんがあんまりに巫山戯《ふざけ》倒しとるものじゃからのう。少しばかり、反省が必要かと思うてのう？」

「あ、ああっ、そ、そんなふうに乳首、触ったら……ああっ！」

トントゥは俺に乳首に小さな指先を這わせると、つねる、捏《こ》ねる、撫でさするといった刺激を繰り返し与えてきた。

乳首開発なんてされてない一般男性たる俺だが、トントゥの小さくて繊細な指先が這い回ると……それだけで、乳首が、感じてしまうぅ……！

「あっあっ……トントゥ！　それ、だめだってぇ……！　へ、変な扉が開いちゃいそうだから！」

「ふんっ。たかが乳首ひとつで、大袈裟な男じゃ。それじゃお次は……こうしてくれようかのう」

ようやく俺の乳首から手を離したトントゥは、今度は前傾姿勢になったかと思うと、一層激しく腰を動かし始める。

「うああ……妖精トントゥの、杭打ちピストン騎乗位……！　これは、気持ち良すぎるぞ……！」

「んっ、んっ……おいこら人の子。わえの性技を、そんな下品に表現するでないわ」

「で、でも気持ち良すぎて、これ……うああっ……！」

トントゥの激しい杭打ちは、締め付けの強さも相まって強烈な快感を俺にもたらしていた。

この小さな身体に俺の太いチ×ポをねじ込んでいるという背徳感もスパイスとなって加わり、不思議な悦《よろこ》びに俺の心は支配されていく。

いつまでも味わっていたいような快感だったが、いかんせん小さなおま×こにシゴかれているせいで、刺激も非常に強い。チ×ポに襲いかかる締め付けに、絶え間なく激しいピストン運動が加わって、こちらとしてはもうたまったものじゃない。

「あっああ、トントゥ……うう、気持ちよすぎて、はあはあ、頭が真っ白だ……！」

「ふふっ。情けない顔をさらしとるのう。だが、わえも……お前さんのチ×ポが……ああ、たまらんのう……」

そんなふうに妖精の激しい攻勢に晒《さら》されていた俺は、結局あっさりと限界を迎えてしまった。

「うああっ……トントゥ……それ以上は……俺、もうダメだ……イッちまう……」

「ふんっ……。人の子にしては、我慢した方ではないかの。よいぞ、中に出せ……わえが許す」

「んあっ……はあはあ……トントゥ、トントゥ……！」

びゅるるるるるっ！

我慢しきれず、チ×ポから精液を思いっきりぶちまける。トントゥの小さなおま×この中はまたたく間に精液で満たされ、どろりとした液体が接合部からごぽりと漏れ出てきた。

「んっ……んふぅ……はあ、はあ……っ」

俺の膣内射精を受けて、トントゥもまた目を細めて嬌声を漏らした。それと同時、彼女の翅が傍目で見てもよく分かるくらいに、ピンと張り詰め、ビリビリと震える。妖精の身体の仕組みは分からないけれど、たぶん彼女もイッたのだろう。

トントゥは力なく俺の身体の上に倒れ込み、はあはあと荒い呼吸を繰り返す。

どれほどそうして身体を休めていただろう。不意に、トントゥが口を開いた。

「なるほどのう。……これが、ユスティーナを魅入らせたサウナかえ」

「納得していただけたかな」

「ふん。好きにせえ。あの子の人生じゃ。最初からわえが口を出す権利などあるまいて」

どうやら納得していただけたらしい。

するとトントゥはもぞもぞと身体を動かして、俺の胸元にぴったりと両手を添えた。

「……トントゥ？　なにしてんだ？」

「仮にもユスティーナを連れてく男じゃ。旅に役立つスキルでもくれてやろうと思うてな。わえからの餞別《せんべつ》として、受け取るがよいぞ人の子よ」

「スキルって何だ？」

「……黙って受け取れ、人の子」

トントゥが苛立たしげにそう言ったかと思うと、次の瞬間、ぽう……というおぼろげな光が胸元に灯った。

微かな温もりを感じさせるその光は、まるで溶け込むように俺の胸の内へと消えていこうとする……のだが。

「む。この感じは……」

トントゥは何かに気づいた様子で、眉を顰《ひそ》める。

「ふむ……この感覚。なるほどのう、今までずっと抱いておった違和感の正体はこれか」

「トントゥ？」

「なに。スキルを授けるために、ふたりの間に一時的に魔力のパスを繋げたのじゃがな。お前さんはこの世界の人間とは、少しばかり仔細《しさい》の異なる魔力構造をしとるようじゃ」

「はあ……魔力……？　つまり、何が言いたいんだよ」

「さてはお前さん、この世界の人間ではあるまい？」

やましいことを指摘されたわけでもないのに、ぎくりと心臓が嫌な感じで脈打つ。

俺の表情を見たトントゥは、納得したように頷いた。

「であれば、お前さんがわえのことを見ることができたのにも得心がいったわい。大方、異邦人たるお前さんは、偶然妖精たるわえとの魔力の波長が合うたのじゃろう」

「お、おいおい。俺ってもしかして、この世界の人間と体のつくりが結構違ったりするのか。それって大丈夫なのか？　なんだか急に不安になってきたんだが……」

「ふん、安心せいて。この世界の人間との差は微細なものじゃ。お前さんがこの世界で生きていくのに、なんら問題は無かろうて」

「……なんかお前のこと、本当に妖精みたいに思えてきたよ」

「本当に妖精なんじゃよ」

トントゥは俺の胸元を、仕上げとばかりにポンと叩いた。もうそこには、温もりも違和感も何も残っていない。けれど確かに俺の身体の中に、なにか新たな能力が芽生えた感覚だけが残っていた。

「わえが授けたのは、どこでも水の在処《ありか》が分かるスキルじゃ。旅に出れば、物資の補給もままならん異国に行くこともあろうて。そういうときに、命を繋ぐための能力じゃ。せいぜい役立てよ」

「どこでも水の在処が分かる能力!?　マジか！　これでどこにいても水風呂を探し当てて、サウナのととのいに役立てられるわけか!?　ひゃっほい！　サンキュートントゥ！」

「違う……そうじゃないのじゃ……」

喜ぶ俺のお腹の上で、なぜか不服そうな表情を浮かべるトントゥ。なんでだよ。サウナの妖精なんだから、水風呂の能力を授けてくれたんだろ。あれ？　違う？

トントゥは溜め息をひとつつくと、俺の胸元に頭を預けて目を閉じる。

「わえは疲れた。このまま一休みさせてもらうのじゃ」

「おう。ととのいの続きか？　じゃあ俺もご一緒させてもらうとするか」

「ふん」

それから俺達ふたりは身を寄せ合ったまま、セックスを終えた後の気だるい感覚に浸りながら身を休めた。意識がぼんやりと眠りの中へと落ちていく寸前、トントゥが小さく囁く声が、耳に届く。

「お前さんのことは気に入らん。気に入らんが……ユスティーナのこと、よろしく頼むぞ」

気に入らねえとは何事だ。そう応えようとしたが、眠すぎて言葉は口にできなかった。そうして俺の意識は眠りの中へと落ちていき……


「こーらっ。なーにやってんの」

「んがっ」

ほっぺたをぺちん、と叩かれる感触で、目を覚ます。

眠い目を擦りながら身を起こすと、そこには赤い髪をポニーテールにまとめたビキニアーマーの女性……ユスティーナがしゃがみ込んでこちらを見やっていた。

「なーに服も着ないで、こんなところで寝っ転がってんの」

「んが……」

まだ寝ぼけた頭で、辺りを見回す。中庭で寝転がっているのは、俺だけだ。そのお腹の上に確かにあったはずの重みも温もりも、もうそこにはない。

「あれ……？　トントゥは？　あいつ、どこ行ったんだ」

「トントゥ？　誰それ。まだ夢うつつってわけ？」

「いや、この家の住人のトントゥだけど……」

「なにそれ。悪いけど、そういう怖い話聞かされてもビビらないからねあたし」

呆れ顔のユスティーナは立ち上がると、ガラス戸の向こうにある鍛冶場の方を見やった。そこには魔晶石で熱せられた鍛冶場と、跳ねた水しぶきの跡の残る水風呂があるはずだ。床にはスーツが脱ぎ捨てられ、挙句ここ中庭では、全裸で横たわる俺がひとり。

ユスティーナはすべてを察した顔で俺を見下ろすと、「へー?」と口の端を歪めて言った。

「あたしが買い出しに行ってる間、あなたはひとりでサウナに入って、ととのい三昧《ざんまい》してましたってわけね」

「ちが……いや、違わないんだが、話を聞いてくれユスティーナ……」

「そんなにここのサウナが好きなんだったら、一生そこでととのってたらいいんじゃない？　ま、あたしはもう準備しちゃったし、これから旅に出ようと思うけどね」

「いや待て。俺もついてくから、すぐに支度を……っておい。なんでお前、俺のスーツをまとめて持ってこうとしてるんだ？　おい、俺の服、そのスーツしかないんだぞ？　お、おい待てユスティーナ！　行くな！　行くな！　敷居を越えるな！　あああ悪夢のような現実がそこには待っていました！　置いてかないでくれ！　おいこらユスティーナあああ！」

本当に店から出て行こうとするユスティーナを、慌てて素っ裸のまま追いかける。

そんな騒がしさの中で、建物のどこかで小さく漏れ出た、俺ともユスティーナとも違う誰かの溜め息を……その時、確かに聞いた気がしたのだった。

第三章　異世界塩サウナ

俺の目の前には、オークがいた。

身の丈は二メートルをいとも簡単に超し、肌の色はダークカーキ。筋骨隆々ながっしりとした体つきに、迫力ある太鼓腹。じろりとした三白眼でこちらを見下ろす顔に、感情の起伏は薄い。鼻は豚のように大きく、口の端からは牙が覗く。

粗末な布を腰に巻きつけただけというスタイルのオークは、威圧されて身動きひとつ取れない俺に向かって、左手をグッと差し出してきた。

そしてオークは、地の底から響くような低音で俺にこう告げたのである。

「ハーブティーだど」

オークが差し出した左手には、木材を削って作ったと思《おぼ》しきコップが握られていた。中には薄く緑に色のついた液体が、ゆらゆらと揺れている。

「……どーも」

会釈しつつ、渋みを感じさせる香りの立ち上るコップを受け取る。それを見たオークは、グフグフと声を漏らしつつ口元を歪めてみせた。笑っているのかもしれない。

「ごゆっくりくつろぐだど」

オークはそう言って、カウンターの向こうに戻っていった。

俺は渡されたコップを握りなおすと、辺りにいくつか並んでいるテーブルを見回す。するとそのうちのひとつの席に先に陣取っていたユスティーナが、こちらに手をあげた。彼女の座る椅子の横には、ここまでの長旅を象徴するかのような、大きなリュックサックが置いてある。

ユスティーナは初めて出会った時と同じ、赤いビキニアーマーにその身を包んでいた。その豊満なおっぱいの谷間まではっきりと見えてしまい、いまだに目のやり場に困ってしまう。

一方で俺もまたユスティーナと初めて出会った時と同じ、ネクタイを締めたビジネススーツ姿のままである。右手にはビジネスバッグも持ち歩いているし、見た目は社畜時代とほぼ同じ。唯一異なる点といえば、ウエストバッグ付きのレザー製ベルトを腰回りに巻いているところだろうか。中には地図や飲み水など、旅の必需品が入れてある。書類しか入らないような薄っぺらのビジネスバッグしか持っていない俺を案じて、ユスティーナがくれたものだ。

俺がユスティーナの向かいの席まで歩み寄ると、彼女は呆れた様子で小首を傾《かし》げた。

「なあに、ランスケ。まだオークがおっかないの？」

「ううむ。オークを前にするとどうしても身構えてしまうんだが、思ったより温厚なもんだから戸惑ってしまうんだよな」

「いい加減、慣れなよ。人間と縄張り争いをしていたような大昔ならともかく、今の時代のオークなんて、ちょっとでっかいくらいの人間とそう変わらないって」

「そうだろうか……？　これは俺が悪いのか……？　潜在的な偏見というやつなのか……？　俺は人種差別問題の、根幹に触れようとしているのだろうか……？」

「なに小難しいこと言ってるの。少なくともこの辺りのオークは、あなたを襲ってくるようなことなんてないから安心しなさい」

ユスティーナは頬杖をついて、カウンターの向こうで働くオークの姿を見つつ、言葉を続けた。

「なにせここはオーク自治領。歴史上初めて、オーク達だけで治めることを許された土地なんだからね」


さてここで、俺達が今どういう状況にいるのかを、軽く説明しておこうと思う。

異世界から飛んできた俺と、冒険者パーティーを追放されたばかりのユスティーナ。偶然出会った意味の分からない取り合わせの俺達ふたりは、現在サウナ探しの旅の真っ最中である。

栄都アーゴノーツ。それは俺達の出会った、ユスティーナの家のある町の名前なのだが、そこを出立したのは、ほんの数週間ほど前のことだった。

「サウナっていう、まだ知られていない文化を探すのであれば、あたし達人間とは全く異なる種族の治めている土地に向かうのがいいと思うの」

当面の旅の目的地を定めるにあたって、ユスティーナは俺にそう言った。

「ここから西の方へと向かったところに、オークだけで統治することを許された地区、オーク自治領ってところがあるんだけどね」

「オークだって?」

オークといえば、異世界ファンタジーでも比較的ポピュラーな存在ではないだろうか。

筋骨隆々で人間よりもはるかに大きく、そして力強い存在として描かれる亜人型のモンスター。

同じく亜人系であるゴブリンに比べてもはるかに強く、そして知性も優《まさ》っている描写が多い。好戦的なイメージもあり、もしも女戦士が彼らに捕まったが最後。「くっ、殺せ!」プライドの高い女戦士がそう言い放つも、オークは彼女達を生かさず殺さず、仲間同士で代わる代わるいたぶり、犯し尽くしてしまうのである。

俺はユスティーナの肩をガシッと掴むと、思わず大声で叫んでしまった。

「お、お前……いいのか!? そんなところに、自分からのこのこ出向いてしまって?」

「え? だってサウナあるかもしれないし」

「軽っ! いやしかしお前、ビキニアーマーの元冒険者だろ!? いかにもオークの格好の的って感じじゃん!」

「ビキニアーマー関係なくない!?」

「くっ……まさかユスティーナがそこまで命を張る覚悟でサウナを求めてくれていたとはな! そこまでの気概《きがい》があるなら、いいぜ! 俺も付き合ってやろうじゃねえか! もしもユスティーナがオークに襲われたら、骨くらいは拾ってやるぜ!」

「助けてはくれないの!? ていうか、襲われないし!」

ユスティーナの貞操が心配ではあったものの、さしあたって最初の目的地はオーク自治領に決まった。

そして時系列は現在に戻り、俺達はそのオーク自治領内に到着していた。

現代日本ほど交通機関の整備されていないこの世界では、街と街の間の移動は、馬車が基本であるという。初めて乗る馬車は、揺れるわ遅いわブルンブルンヒヒィィインとうるさいわで乗り心地劣悪。オカマを掘られたわけでもないのに、お尻が痛いのなんの。

そんなこんなでオーク自治領に辿り着いたのは、今朝方のこと。それからさっそく半日ほどかけて、このオーク自治領の中をいろいろと見させてもらっていたのだが……。

俺はガックリと項垂れつつ、溜め息をついた。

「まさかこの世界のオークが、あんなに温厚で人当たりがいいとはな」

「だから、ずっとそう言ってるじゃん」

ユスティーナは呆れたみたいに半眼で俺のことを見た。

そうなのだ。この世界のオークは、俺の異世界ファンタジーのイメージとは全く異なり、ひどく温厚で心優しい。

明らかにオークとは異なる見た目の俺達が街中を歩いていても、「おお、旅の人だど？ ゆっくりしていくといいど」「ここはいいところだど。ゆっくりしていくといいど」「よかったらオーク自治領名物の饅頭を食べていくといいど。ゆっくりしていくといいど」などと気さくに声をかけてくれるのだ。あと、やたらゆっくりしていくことをお勧めされる。

「くっ……そうか。そうなのか。女冒険者のユスティーナを見るなり、斧を片手に滅多打ちにしてきて、下卑た笑いを浮かべながら犯してくるようなオークはいなかったってことか」

「あなた、その偏見は絶対に他のオークに言っちゃやだめだよ？」

などとしょうもない会話をしている俺とユスティーナは、オーク自治領内にある喫茶店のようなところにいた。喫茶店〝のようなところ〟というのは、ここが俺の知る喫茶店とは趣《おもむき》が異なるせいである。

天井も壁もない広場のようなところに、椅子とテーブルが並べて置いてあるだけ。あとは調理用の道具の並ぶカウンターが置いてあるだけ。オープンカフェと言えば聞こえはいいが、俺には戦後の青空教室にしか見えない。白い岩を削っただけのテーブルは天板がゴツゴツしており、気をつけて置かないとコップは簡単に倒れてしまう。

コップを口元にやると、ツンと刺激的な匂いが鼻につく。ハーブティーと言ってただろうか。意を決して口の中に液体を流し込むと、渋い苦味に舌がビリッと痺れた。

「うへー、なにこれ。苦ぁ」

見れば、ユスティーナもハーブティーを口に含んで顔をしかめている。俺が異世界人だから口に合わない……というわけでなく、ユスティーナにとっても苦いらしい。

辺りを見回すと、同じオープンカフェの客はすべてオークだった。粗末な布を腰に、女性であれば胸にも巻いただけの、大柄なオーク達。

俺らにとっては苦いだけのハーブティーも、オークにとっては美味しいのだろうか。彼らは歓談しながら、手元のコップを口元にやり、グビグビと飲んでいる。

「苦げえど」

「苦げえど」

「オークでも苦げえのかよ」

呆れつつ、視線を目の前のユスティーナへと戻す。彼女は血色の良い唇を開いて、言った。

「元々オークっていうのは迫害されていた種族でね。それが近年になって、迫害に対する非難の声が人間側からも大きくなってきて。そこで彼らオークをひとつの種族として正式に認めて、オークだけで統治することを許された地区が、ここオーク自治領ってわけ」

「なるほどな」

俺達ふたりは朝にオーク自治領に到着して以降、そろそろ夕刻を迎えるという今にいたるまで、ずっとこの辺りを探索していた。

主にサウナやそれに近いものを知らないかという聞き込みや、それらしい施設がないかどうかを調べていたのだが……。

「まあ、結果は空振りだったたね」

ユスティーナは苦そうにハーブティーを啜《すす》りつつ、言った。

彼女の言う通り、サウナに関する収穫はゼロだった。どのオークに尋ねてみてもそれらしいものは知らないと言うし、見たことも聞いたことも無いと言う。

オーク達も近年まで迫害されていた影響か、この自治領内もまだあまり発展しているとは言い難《がた》い。見て回った限り、石造りの粗末な家や、畑がぽつぽつとあるくらいで、お店も少ない。というかそもそも、目下建設中のところばかりで、営業中の建物自体が少ない。あるにしても、今いるオープンカフェのような最低限の設備を置いただけ、という簡易的なスペースが多かった。

サウナに関してそれらしい情報などなにひとつなく、その尻尾すら掴めそうになかった。

残念な結果であるが、しかしユスティーナは気丈に振る舞っている。

「まあ、仕方ないでしょ。元々、どこにあるかも分からないものを、探しに行こうって言ってるんだもの。いきなり最初から見つかるだなんて、思ってないから。……苦ぁい」

「苦げえど」

「苦げえど」

「なんでお前ら、苦いのに無理して飲もうとするんだよ」

しかし、そうかあ。サウナ無いかあ。

いや、正直ちょっと期待してたんだよなあ。こっちの世界でしか入れない特別なサウナとか、そういうのに。

はあ、サウナが恋しい。異世界転生って、辛いんだな……。サウナが無いことで実感する異世界転生のしんどさ。

と、そうしているとユスティーナはやっとの思いでハーブティーを飲み干したらしい。コップの底がテーブルにぶつかり、コンと音を立てる。

もうすっかり黄昏《たそがれ》時だ。オープンカフェも、夕焼けによってオレンジ色に照らされている。

見れば他の席のオーク達は席を立ち、帰り支度を始めているようだった。

「あたし達も、そろそろ行こうか」

「そうだな。暗くなってから道でオークと遭遇したりしたら、うっかりちびっちまいそうだしな」

「あなたまだオークのこと怖がってるの？　ていうかそれ、ハーブティーまだ残ってるじゃない。もったいないから、ちゃんと飲みなさいよね」

「ええ……でも俺、これ苦くて嫌い……」

「そのハーブティーの代金、誰が払うと思ってるの？」

「うぐぅ……」

ユスティーナの指摘に、ぐうの音も出ない。

そう。遠い異世界からなんの前触れもなく飛んできた俺は、こっちの世界で使えるお金はびた一文持ち合わせていないのだ。そのため俺のこちらの世界での生活費は、すべてユスティーナが立て替えてくれているのである。なお、返済の見通しは今のところ立っていない。

そんなわけで頭の上がらないユスティーナに促され、俺も苦いお茶を無理やり飲み干した。苦げえ。苦げえど。うげえええ……だど。

眉をひそめつつ、先に席を立ったユスティーナを探す。すると彼女は店員と思しきオークに、小さな布袋を渡していた。手のひらの上に乗っけられる程度の、お手玉サイズの袋だ。そして彼女は大きなリュックサックを背負い直すと、オープンカフェをさっさと後にする。

「じゃ、いこうか」

「お会計はいいのか？」

「今のがお会計なの」

「あ、もしかしてあの袋の中にお金が入っていたのか？」

「ううん。お金じゃなくて、調味料。オーク自治領には通貨が普及してなくてね。物々交換が基本なんだよ」

「ほう、そうなのか」

舗装されておらず埃《ほこり》っぽい地面を歩きながら、ユスティーナが言う。

「昼間のうちに、泊まれそうな宿を聞いておいたから。今晩はそこにお世話になろうか」

「おお。やっと宿に泊まれるのか、俺達は」

栄都アーゴノーツを出立してからオーク自治領まで、俺達は乗り合い馬車を乗り継いでやってきた。そしてその間は、宿に泊まることもせずに、ずっと野宿をし続けていたのである。

「野宿って、言い方ひどいなあ。せめて野営って言ってよ」

「せめてで言い方変えても、そんなに意味合い変わってないだろ」

「仕方ないじゃない、お金だって節約しないといけないんだし。ちゃんとあなたにも、寝袋ひとつ貸してあげてたでしょ」

「元旅の冒険者のユスティーナにとっては、野営は当たり前なのかもしれないがな。現代日本のサラリーマンに過ぎない俺にとって、ガチキャンプは一大イベントなんだからな」

この辺りの気候が現代日本でいうところの春から夏にかけてくらいの気温で、本当に助かった。

異世界であり旅の冒険者も多いこの世界において、街と街を移動する間の野営はわりとポピュラーなようであった。道中は俺達以外にもたくさんの野営する人の姿を見ていたので、だんだん感覚が麻痺してきていたが、いざ宿に泊まれるとなると、やっぱり連日野宿させられていたのは異常だったと思う。ユスティーナなんか、ビキニアーマーの無防備な格好のまま平気で寝やがるし。

「そういえばオーク自治領は物々交換が基本なんだよな。それだったら、もしかして無一文の俺でも、ユスティーナに立て替えてもらわずに自分の力で泊まることができるんじゃないのか?」

「え? まあ、ランスケが交換できそうなもの持ってるなら、そうかもだけど。あなた、なにか交換できそうなもの、持ってるの?」

ユスティーナの言葉に、俺は自らの右手に提《さ》げたものを見下ろす。そこにあるのは、現代日本から持ってきたビジネスバッグだ。

「案ずるなよ。俺はビジネスマンだぜ? 鞄の中には、何かしら有益なものが入ってるさ」

「そこはかとなく不安なんだけど」

「なあに、いけるって。とりあえずその宿まで案内してくれ」

ユスティーナの案内で、小さなログハウスのような、粗末な建物へと訪れた。

宿屋の主人であるオークに話を聞くと、宿泊用の部屋はふたつあるらしい。そのうちのひと部屋は、これからユスティーナが借りることになる。そして残るもうひとつの部屋を、俺が借りてみようと思うのだが……。

「ちなみにユスティーナは、何で支払うんだ?」

「あたしは……っていうか旅人の場合は、ほとんどがさっきみたいな調味料とか、香辛料みたいなものだね。持ち歩いてもかさばらないし、価値があまり変動しないから」

「なるほどな」

さすがにビジネスバッグの中に、調味料だの香辛料だのなんて入ってない。仕方ないので、他に適当なものがないかを漁《あさ》ってみた。

「これとかどうだ。名刺入れなんだが」

「前に見た、自己紹介の時に渡す紙じゃん」

「あれがたくさん入っている入れ物だ」

「価値があるように思えないんだけど」

案の定、オークのご主人は首を横に振っている。まあ、名刺入れなんて、俺にとっても価値が無いものだしな。

「これとかどうだ。クリップペンシル。書きやすいししまいやすいし、アンケート用紙の記入にぴったり」

「オークはまだ質のいい紙を使う文化が無いと思うよ」

オークのご主人は、パピルスみたいなゴワゴワした紙にクリップペンシルを押しつけ、無残にペン先をへし折った。

「じゃあこれだ。ポケットティッシュ。駅前で配ってたのをしまいっぱなしで忘れてたんだ」

「こんなの、ちり紙じゃん。価値つくわけないでしょ」

オークのご主人はビニールからティッシュを取り出すと、もぐもぐ咀嚼《そしゃく》し始めた。用途が違う。

「背に腹は代えられない……。この腕時計でどうだ」

「これが時計？　どうやって読むのさ。え、短針と長針が……うーん、よくわかんないよ」

「じゃあこの携帯型ゲーム機〝スワップ〟はどうだ！　いろんなゲームが遊べるぞ！」

「この固い板がなんなのさ」

「定期券！」

「これも固い板でしょ」

「スマホ！」

「あなた、固い板何枚持ってるの？」

全敗だった。

現代日本の持てる技術を結集した所持品の数々が、この異世界ではものの見事に無価値であった。なんなら、こいつらを入れてるビジネスバッグの方が、単なる袋として値段をつけてもらえそうなレベルだった。

所持品のあまりの価値のなさに、オークのご主人も呆れを通り越して憐憫《れんびん》の視線を向けてきている。オークに憐れまれるだなんて、貴重な経験だなあハハハ。笑いごっちゃねえわ。

「ねえ、やっぱり意地張ってないで、あたしに頼りなさいよ。立て替えてあげるから」

見かねたユスティーナが心配して、そう声をかけてきた。そんな彼女の顔を見て、俺の脳裏にひとつの妙案が浮かぶ。かくなる上は、仕方あるまい。

「なあ、ユスティーナ」

「なあに？」

「このオーク自治領内では、物々交換が基本だと言っていたよな……？」

「うん。だからあなた、困ってるんでしょう？」

俺はこちらの顔を覗き込んでくる、ユスティーナの手をがっしりと掴んだ。

「ひぇっ!?　な、なにさ!?」

「頼む！　ユスティーナ！」

俺は彼女の手を握ったまま、まっすぐにその瞳を見つめた。

「俺と、取引をしてくれ！」


見た目は掘っ立て小屋のその宿は、中身も当然のごとく粗末なものだった。造りは見た目の通り、丸太を適当に組んだだけ。壁と天井があるだけマシ、レベルのものである。

家具らしいものといえば、藁《わら》を中に詰めただけのゴワゴワとしたベッド。そして大きな岩から削り出したらしいローテーブルがあるくらいだ。そりゃあ調味料少し渡すだけで、泊まれるわけだ。

照明器具なんて上等なものがあるはずもなく、オークのご主人からは燭台をひとつ渡された。

そんな薄暗い部屋の中で。俺は全裸になって、ベッドに横たわっていた。

そしてそもそもの話として、だ。この部屋は、俺の借りた部屋ではない。

部屋を借りた主……ユスティーナは、呆れた表情を浮かべ、全裸で横たわる俺を見下ろしている。

「よくもまあ、恥ずかしがる様子もなく、裸になれるよね」

「裸同然のビキニアーマーで街中を闊歩《かっぽ》するお前ほどじゃないさ」

「なんか言った？」

「なんでもない」

ユスティーナは溜め息をつくと、自らもビキニアーマーを外す。背中に手を回して金具を外したのか、ビキニアーマーのトップスがゆるみ、ぷるんとしたおっぱいが顔を覗かせた。

俺が宿を得るためにとった行動。それは、ユスティーナとの取引だった。具体的に説明するならば、俺はユスティーナと物々交換をしたのだ。

ユスティーナが支払うのは、俺が泊まるための宿。そして俺が支払ったのは……俺自身の身体だ。

俺はユスティーナに、物々交換として、こう持ちかけたのである。

『あの日みたいに俺のチ×ポを好きに触らせてやるから、いっしょの部屋に泊めてくれ』

と。

「……別にこんなことしなくたって、ふつうにお願いしてくれたら、あなたの部屋代くらい立て替えてあげたのに」

「これはプライドの問題なんだよ。一度いけると言ってしまった手前、いけませんでしたとすごご引き下がっては男が廃《すた》るからな」

「その代わりに素っ裸になってチ×チン晒《さら》してる時点で、男のプライドもなにもあったもんじゃないと思うんだけど……」

そうぼやきつつもユスティーナはビキニアーマーを脱ぎ捨て、完全に素っ裸になる。蝋燭の頼りない明かりだけが、彼女の豊満なバストや、くびれた腰を薄らぼんやりと照らしていた。

「おお……ユスティーナ。さっきまでも裸同然だったけど、やはり実際に裸になると……ものすごく興奮するな」

「あなたって、ビキニアーマーのこと、なんだと思ってるの？」

ユスティーナの大きなおっぱいは、一歩ずつこちらに歩み寄るたび、ぷるんぷるんとやわらかく揺れる。そんな光景を目の当たりにして、俺のチ×ポもムクムクと膨らんでいった。

「……っ、大きいね。ランスケのチ×チン」

「ユスティーナの好きなように、触ってかまわないんだぞ？」

「じゃ、じゃあ……」

ユスティーナは、大きく勃起したチ×ポに手のひらを這わせる。長い指先が竿に絡みつき、しっとりとした肌の感触が心地よい。

そして俺のチ×ポを軽く握ったユスティーナは、ほう、と溜め息をついて。

「あぁ……落ち着くぅ……♡」

そう言ったユスティーナは、嬉しそうに目を細めた。

「やっぱりこの握り心地、変わってないや。あたしが冒険者やってた頃に使ってた愛剣……フレイムハートとまったく同じだよ。ああ、落ち着くなあ……」

彼女はそう言いながら、嬉々としてチ×ポを上下にシゴき始める。シュッ、シュッ……、と、ゆっくりとした手コキが、こちらに極上の快感を与えてきた。

俺の勃起したチ×ポは、ユスティーナの奪われた愛剣フレイムハートの柄の握り心地と酷似している。彼女は俺に、そんなふうに話していた。

信じ難い話ではあるが、実際にチ×ポを握って嬉しそうに微笑むユスティーナを見ると、それが嘘だとはとても思えない。彼女は確かに今、俺のチ×ポを握りながら、かつてその手にあった愛剣との思い出に浸っているのだろう。

つまりは、これが俺とユスティーナの行った取引というわけだ。

俺は屋根の下で夜を越すことができる。ユスティーナはチ×ポを握って心の安寧を得ることができる。どちらにも利がある、Win-Win の取引だ。

ちなみに俺が素っ裸になっているのはユスティーナにチ×ポを触ってもらうためだが、そのユスティーナもいっしょに裸になっている理由は、俺を興奮させてより硬く勃起させるためである。

「はあはあ……ユスティーナ。俺のチ×ポは、落ち着くか?」

「うん……。チ×チン触って落ち着いてる自分に、自分でちょっと引いてるけど……」

「旅に出発してからは、ずっと野宿続きで触らせる機会も無かったからな。久しぶりのチ×ポの感触、しっかり味わえよ」

「ばか……変なこと、言わないでよ。ああ、でも……本当に落ち着く。この感触、許されることならずうっと触っていたいくらいだよぉ」

「俺も、ユスティーナに触られて……すごい、気持ちいいぞ」

「あっ、ちょっと。チ×チンの先っちょから、なにか出てきてるんだけど」

そういえば先ほどから、チ×ポをシゴく音に水音が混じっているような気がする。興奮が高まりすぎて、先走り汁があふれてきてしまったようだ。

「ユスティーナの触り方がいやらしいから、俺も興奮してしまったみたいだな」

「ちょっと！　誰の触り方がいやらしいってのさ!?」

「そんなふうにねっとりチ×ポをなでられたら、誰だって興奮するだろ」

「ねっとりなんて触ってない！」

そう反論しながらも、ユスティーナは俺のチ×ポから手を離そうとはしない。

彼女はぷくっと頬を膨らませると、不機嫌そうに俺に言う。

「あなた、少し調子に乗りすぎじゃない？」

「別にそんなつもりはないんだが」

「分かってる？　あなたはあたしと取引したんだよ。あたしはこの宿をあなたに提供したの。そしてその見返りに、あたしはあなたからこのチ×チンを好きに触っていいと言われているの」

確かにそういう契約だった。だからこうして俺は、チ×ポをユスティーナに自由に触らせている。

するとユスティーナは、ちろりと舌で唇の端を舐《な》めた。

「好きに触っていいってことは、さ」

「ん、……なんだ？」

「当然、こういうふうに触ったりしても、いいってことだよね？」

ユスティーナはそう言いながら、チ×ポからその手を離した。かと思うと今度は上半身をゆっくりと近づけてきて、その豊満なおっぱいで……チ×ポをむぎゅっと挟み込んでくる。

「うっ……うあ、ユスティーナ……！　それ……！」

「どう？　あなた、あたしのおっぱい好きでしょ？　こんなふうにおっぱいでチ×チン触られたら……気持ちいい？」

「き、気持ちいい……なんてもんじゃない！　こいつは、凄《すご》すぎる……！」

ユスティーナはふたつの大きな乳房でチ×ポを挟み込み、ぎゅっぎゅっと上下に擦り始めた。いわゆるパイズリというやつだ。大きなおっぱいに挟み込まれると、手で握られるのとは違った強烈な乳圧の感触がたまらない。

「ランスケ……チ×チンすっごく硬くなってるよ。どう？　少しは調子に乗ったこと、後悔した？」

「うあああ……はあはあ……やばいってぇ、これ……！」

俺が悶えているのを見て、ユスティーナは嬉々としてパイズリを続けてくる。あまりにも規格外なボリュームの乳だ。時折谷間から亀頭が覗く程度にしか、埋もれたチ×ポを見ることができない。人生初のパイズリ。当然そんなふうに激しく攻められてしまえば、チ×ポもキュンキュンと切なくなってしまう。

「だ、だめだ……ユスティーナ！　それ以上やったら、俺、もう……！」

「射精しちゃいそう？」

俺の言葉に、ユスティーナはようやくパイズリ攻勢を止めてくれた。

ホッと息を吐く俺だが、しかしユスティーナの艶っぽい雰囲気は治まらない。むしろ熱っぽい瞳で俺を見つめるユスティーナは、物欲しげに唇を震わせていた。

「ねえ。ランスケ。あたし、あなたからサウナを教えて貰って、すごく人生が変わったんだ。ととのうって感覚、あんなに気持ちいいんだってことをはじめて知ったよ」

「お、おお……そいつはよかった」

「でもサウナだけじゃなくって、その後にランスケとしたセックスも……同じくらい刺激的で、気持ちよかったの。あの快感が、あれ以来ずっと、あたしのことを捉えて離してくれないの」

ユスティーナの真っ白い肌の表面は、火照ったように薄ピンク色に染まっていた。そして彼女の右手は、また俺のチ×ポをやさしく撫で始める。

「ランスケ……あたし達、初めてサウナに入ったあの日から、ずっとしてない。もう、これ以上我慢できないよ」

彼女のぷるんとした唇が、妖艶に言葉を紡ぐ。ドキドキと心臓が強く高鳴り、痛いくらいだ。

ユスティーナはゆっくりと体勢を変えると、こちらに向かってお尻を差し出してくる。そのプリッとした桃尻を、誘うように軽く振りつつユスティーナは言った。

「射精するなら……あたしの中に出して？　ランスケ……」

その言葉のあまりの甘美的な響きに、俺の理性は一発ノックアウト。

「いいぞ。ユスティーナ。俺のチ×ポは、お前に売り渡したんだ。お前のしてほしいように、してやるからな」

俺はゆっくりと膝立ちになる。ごわついたベッドの上で四つん這いになったユスティーナの、そのお尻をなで回す。

「あ、あん……はあ、はあ。ランスケ……早く……」

「ああ。俺ももう我慢できない。すぐに入れてやるからな……っ」

俺はユスティーナのお尻を掴むと、要望通りその背後からチ×ポをねじ込んでやった。

「あっ……ああんっ……入って、……きたぁ……っ」

「はあ、はあ、ユスティーナ。ああ、この肉厚なおま×この感触、たまらないな……」

ユスティーナのお尻を掴んだまま、ぱんっぱんっとリズミカルに腰をぶつける。腰とお尻がぶつかるたびに、彼女のポニーテールや豊満なおっぱいがゆさゆさと揺れた。四つん這いになったユスティーナは、背後から襲いかかる快感を享受しながら、嬉しそうに喘いでいる。

「あんっ……あんっ……気持ちいい……あんっ……いいとこ、あたってるよ……」

「バックは動きやすくていいな。本能の赴くままに、こんなことだって、できるんだぜ」

「あっ……ランスケったら……ちょっとお……」

俺はユスティーナの左右の二の腕を、両手で掴む。上半身を起こされたユスティーナは、なすすべもなく俺の激しい腰使いにメロメロになっていた。

「あっ……あんっ……あんっあんっ……やぁっ……はあんっ……気持ち……っ」

「はあ、はあ……ああっ……お前、ま×この締め付けが激しくなったぞ……乱暴にされるのが、いいのか？」

「そんなわけないでしょぉ……ああんっ……やんっ……はぁん……」

ぱんっぱんっぱんっぱんっ。

ぷりっぷりのお尻の肉は、腰がぶつかるたびに非常に良い音を奏《かな》でてくれる。

どこをとっても、ユスティーナという女は魅力的だ。セックスをしている間、ユスティーナの全身のすべてが性器に等しいエロティックさに包まれている。

俺たちは激しく腰をぶつけ合い、セックスを楽しんだ。粗末なベッドは、それ以上やったら壊れてしまうぞと抗議するようにギシギシと軋む。しかしベッドが限界を迎えるよりも前に、俺達ふたりが果てる方が早かった。

「あんっ……ランスケぇ……あたしもぉ……もうだめぇ……イくぅっ……！」

「ぐあああ……俺も、だ……！　膣内《なか》に、出すぞ……！」

限界まで我慢しながら、最後の最後までユスティーナの膣を突き続ける。

そしてチ×ポの先端が、最奥にぐにっと押しつけられたとき。

びゅるるるるるっ！

激しい勢いで、精液がぶちまけられた。

「ああっ……ぐああっ……！」

「ひあああ……！　あたしの、深いところに、ランスケの熱い精子がああっ……！」

ユスティーナはビクビクと身体を震わせながら、俺の膣内射精を受け入れていた。吐き出された

精液はたっぷりとユスティーナの膣内に注ぎ込まれ、彼女の中をどろりと熱くさせる。

たっぷりと射精の快感を味わった後、ユスティーナはベッドの上にゆっくりと倒れ込んだ。その隣に並ぶように、俺もどすんと音を立てて倒れ込む。

寝転がった俺達ふたりは、どちらからともなく、顔を見合わせる。

果てたばかりでとろんとしたふたりの視線が、そこで混じり合う。

そして。その時、俺とユスティーナは同時に悟った。

お互いに、相手が全然満足していないという、その事実を。

「……足りない」

ぽつり、とユスティーナが言った。

「足りないな」

同意するように頷きながら、俺も言った。

「全然足りない。今のセックスもよかったけど……前にあたしの家でした時は、もっと……」

「ああ。あの時のは、まるで全身がとろけてしまうくらいの、濃厚なセックスだった」

さっきのものも十分に激しいセックスで、お互いに果てた。

けれど何かが決定的に違う。まるで紛い物のようなセックス。

ユスティーナと初めてセックスした時には、この身がとろけるかと思うような極上のセックスだった。そしてトントゥとした時も、同様に凄まじい快感を味わうことができたのに。

だがしかし、その時の俺達はもうすでに理解していた。今まで経験してきた、あの極上のセックスに至るためには、あとひとつだけ足りないものがある。それは……。

「……やっぱり、サウナが必要だよね」

「ああ。ととのいながらするセックスは、格別だった」

斯《か》くして俺とユスティーナは、このオーク自治領にて、あの極上のセックスをもう一度味わい尽くすべく、この地でのサウナの発見が急務であると、結論づけたのであった。


「ウゴ。昨晩はお楽しみだったど」

「オークのご主人でも、そういうこと言ってくるんだ」

ユスティーナにチ×ポを好きに触っていいと差し出した、その翌日。

オークのご主人から冷やかされつつ、俺達ふたりは宿を出た。

「さて、じゃあサウナ探すか」

「待ってよ！　なんであなた、そんな冷静なのさ!?」

「あん？」

見れば、ユスティーナは顔を真っ赤に染めて恥ずかしそうにしている。今更そのビキニアーマーの露出度の高さに気づいたのだろうか。

「ああもう恥ずかしい！　そうだよね、粗末な宿屋なんだもん！　ちょっと激しく動いたら音が聞こえちゃうことくらい、考えたらすぐ分かることだったよね！」

「なにかと思えば、さっきのオークのご主人のことを言ってるのか」

「そうだよ！　むしろあなたは恥ずかしくないの!?　あたし達がその……昨晩、めちゃくちゃエッチしてたのが、ぜんぶ丸聞こえだったんだよ!?」

「そりゃあ多少は恥ずかしいけど、今はサウナ探す方が先決だから」

「そうだよね！　あなたはそういう人でした！」

ユスティーナはうーうー呻いては、恥ずかしそうに顔を両手で覆っている。だが一刻も早いサウナの発見を必要とする今、そんなことをしている暇は無いはずなのだが。そのうーうー言うのをやめなさい！

「うーむ。とはいったものの、昨日の聞き込みをした感じからすると、サウナをそのまま探しても無駄そうだな。ユスティーナの家でやったみたいに、サウナを再現できる環境があれば、それが一番なんだが、その辺どうだろう？」

ユスティーナの実家には、武具を鍛えるための鍛冶場があった。俺とユスティーナは、その鍛冶場に火を入れることで、サウナの代わりとしていたのだが。

俺に尋ねられたユスティーナは、ようやく恥ずかしさを飲み込んでくれたのか、「そうだね……」と口を開いた。

「あたしの家ならともかく、初めましてのオークさんに、鍛冶場をサウナにするから貸してくれって言っても、貸してはくれないと思うよ」

「そうだろうな。となると、また別の手を考えないとだめそうだ」

俺とユスティーナは、連れだってオーク自治領を歩き出す。

ユスティーナの説明によれば、見渡す限りのこの山々一帯が、オーク自治領として定められているらしい。山々は岩肌がむき出しになっており、緑は少ない。足下の地面もゴツゴツとして固く、靴を履いていても歩くだけで疲れる有様だ。

街の中を歩いていると、住民と思しきオーク達と多数すれ違う。いずれも筋骨隆々で威圧感のある見た目だが、やはり温厚な性格なのか、こちらに襲いかかってくるような野蛮な様子は見られない。

「本当にこの辺りには、オークしかいないんだな」

「一応あたし達みたいに、旅行者が入ることは許されてるけどね。特別見るものも無いから、外から来る人はほとんどいないみたい」

ふと見れば、街のあちこちで建設途中の建物が多くあった。いずれもたくさんのオーク達が汗を流しながら、建設作業を続けている。

「迫害されていたオークに正式な居住地が認可されたのは、本当に最近のことなんだよ。だから、オークも自分達の街を整備するために、あっちこっち工事してるってわけ」

「ずいぶんと親しみやすいオーク達だな」

「外から観光客を呼び込めるようになれば、貨幣文化も浸透していくだろうし、一気にこの辺りも豊かになると思うんだけど。まあ、しばらくは自分達の生活基盤を固めるのに必死なんだと思う」

「俺のイメージより、百倍生活感のあるオーク達だな」

俺は現場作業中のオークに声をかけると、この辺りで熱気の強い場所に心当たりは無いかと尋ねてみた。

「熱気の強い場所？　知ってるど」

「本当か!?」

「ああ。そりゃあ、このオーク自治領全体だど。オークの街を盛り上げていこうと、みんなで熱気を持って活動してるんだど」

「……そうかい。がんばってくれたまえよ応援してるぜ」

その他のオークに尋ねてみても、結果は似たり寄ったり。やはり何も無いところから、サウナに近いものを見つけ出すのは簡単にはいかないようだ。

昨日よりも広範囲をふたりで手分けして聞き込み調査をしてみたが、結果は芳《かんば》しくない。何ら手がかりを得られないまま、気がつけば昼になっていた。

俺とユスティーナは、昼休憩として、昨日と同じオープンカフェに腰を落ち着ける。

「やっぱり、無いものは無いみたいだね。全然、それらしいものも見つからないよ」

「ううむ。入れないと思うと、ますますサウナへの欲求が高まっていくな」

俺は溜め息をつくと、改めてオーク自治領を見渡した。

辺りは白い岩肌の覗く山々が並んでいる。高い建物が無いため、自然の景色が何にも遮られず見ることができた。俺はそんな集落を囲む白い山を見上げながら、ふと疑問を抱く。

「そういえば、なんであの山って白いんだ？　ふつう、山だったら、もっと緑とかが生い茂ってるもんじゃないのか？」

「ああ、あれ。なんか、火山のせいらしいよ」

「火山？　あれって、火山なのか？」

「うん。苦っ」

ユスティーナは、例の苦いハーブティーを飲みながら解説をしてくれた。

「何十年か前に、ここら一帯の火山が噴火したことがあったみたいでね。火山灰がそこら中に降り注いで、大変だったみたいよ。そのせいでこの辺の山々は緑が失われて、真っ白く染まっちゃったんだってさ」

「やたら岩肌が多いのも、その時噴き出した溶岩が、冷えてかたまったのが原因か」

「そう。それで人間が住むには過酷な土地になっちゃったんだけど……オークは頑健な種族だからね。当時、人間達とは別の居住区を求めていたオークに対して、これ幸いにと自治領として与えられたのがこの辺の成り立ちってわけ」

「ふうん……」

ユスティーナ先生による歴史の授業を聞きながら、火山だという山々を見上げる。

全体をかたまった溶岩や火山灰に包まれた、ゴツゴツとした山。そんな景色を見上げて、ふと頭をよぎるものがあった。

「ユスティーナ。このハーブティー、お前にやる」

「ちょっと。苦いからって、あたしに押しつけないでよね」

「それ飲んだら行くぞ。ついてこい」

「苦っ。えっ、行くって、どこへ？　苦いっ！　ちょっと待ってよ！　苦っ！」

さっそく席を立とうとする俺に、ユスティーナが尋ねてくる。それに対して、火山灰で白く染まった山を見上げながら答えた。

「山」


「はあはあ……いったい誰だよ、山なんて登ろうとか言い出したやつは……」

「ランスケでしょ」

「くそぅ……革靴は登山に向いてなさすぎる……足痛てぇ……もう歩けねえ……」

「情けないなあ」

俺とユスティーナは、オーク自治領内にある山を登っていた。しかし山といっても、土や緑はほとんど無い。かつて噴火した際に流れ出た溶岩がかたまってできた、ゴツゴツとした硬い岩肌が広がっているばかりだ。

当然そんなところを登っていれば、通常の登山に比べても格段に疲れる。リュックサックやビジネスバッグなどの荷物は宿に置いてきたのだが、それでもかなりしんどい。

「はあ、はあ……ユスティーナは全然疲れてないんだな……」

「あたしは冒険者だったからね。このくらいの山道じゃあ、登山にもならないよ。せめてモンスターの一匹でも襲いかかってこないとね」

「登山のハードルが高すぎる……。ふつうの登山は、モンスターなんて襲ってこないんだよ」

「それにしても、ずいぶんと高いところまで登ってきたね。見て、オーク自治領が見渡せるよ」

ユスティーナに言われて、俺はゆっくりと振り返った。確かに、眼下にはさっきまでいたオーク自治領が一望できる。まだあちこちを建設途中の、これから発展していこうとしているオークの街だ。俺達が今登っている山の麓にも、たくさんの建設中の建物がある。

この山の麓を通った際には、「ここをリゾート地にして、人間の観光客をたくさん呼び込むんだ ど」と意気込むオークがたくさん見られた。まだまだ殺風景で良い景色とは言いがたいものの、そこには確かにオーク達の営みが感じられる。

しばらくぼんやりとオーク自治領を見下ろしながら休んでいると、ユスティーナが尋ねてくる。

「それで？　ランスケはどうして、この山を登ろうって思ったわけ？」

「ここが火山だって聞いたからだよ」

「火山だとどうして登ろうって思うの？　熱いから？　あ、わかった！　噴火口に入ってって、その熱さをサウナの代わりにするつもりなんでしょ！　ねえ、当たった？」

「噴火口にのこのこ入り込んだら、死んじゃうだろうが！　だがまあ、あながち間違いとも言い切れないか」

「どういうこと？　噴火口じゃないなら、この山には何があるっていうのさ」

ユスティーナの問いには答えず、俺は軽く俯《うつむ》いて自らの足をマッサージした。

予想ではこの先に〝それ〟があるはずなのだけれど、足が疲れてきたせいか不安も強くなってくる。

果たして、俺が求めているものは、本当にこの山の中にあるのだろうか、と。

そこで俺はふと、自分には、あるひとつの能力……スキルが備わっていることを思い出した。

トントゥから授かった〝水の在処《ありか》が分かるスキル〟。今こそあれの使いどきじゃないだろうか。

「……試してみるか。せっかくだしな」

ボソリと呟いた俺は、その場で自らの意識をぐっと集中させる。

あの時トントゥから与えられたスキルは、どうやって使うものだとかの説明はされなかった。しかしいざ使ってみるかと思い立つと、まるで昔から当たり前に使っていた能力であるかのように、体がそのスキルを理解している。乗ったことのない乗り物のはずなのに、一発で簡単に乗りこなせてしまえたような不思議な感覚。

ともあれ、俺はトントゥより授けられたスキルを無事に発動し……そして、それを知った。

俺は立ち上がると、また白い岩肌を登り始める。しかし真っ直ぐにひたすら山頂を目指していたさっきまでとは違い、今度は横方向にも移動していった。いきなりはっきりとした目的地を目指すような歩き方になった俺に戸惑いながらも、ユスティーナは口も挟まずについてくる。

俺は歩きながら、後ろのユスティーナに声をかけた。

「さっき、この山には何があるのかって言ってたな？」

「え、うん」

「あれだよ」

俺は前方を指差して、進む先の山肌を示した。

「あれ？」

つられてユスティーナも、向こうを見やる。

見上げた先に広がっているのは、相変わらず木の一本すら生えていない白い岩肌だ。

しかしよく目をこらすと、俺達が向かっている先に、ほんのかすかに靄《もや》のようなものが見える。

「あれは……湯気？」

ユスティーナが、ぽつりと呟いた。

俺達は小走りになりながら、見えてきた湯気の立ち上る一画を目指して進んでいく。

ほどなくして。

「温泉だぁっ！」

と、ユスティーナが歓声を上げた。

ゴツゴツとした岩肌に囲まれた、山脈の中の一画。そこにはおそらく自然にできたのだろう窪《くぼ》みがあり、天然温泉が堂々と鎮座していたのであった。

大喜びのユスティーナを横目に、俺もまた安堵《あんど》していた。どうやらトントゥから授かったスキルは、何の問題もなく効果を発揮してくれたようである。

こうして見事に俺は、天然温泉の在処を探し当てたというわけだ。

本来であれば、飲み水もないような異国の地で、飢えや渇きから逃れるために……というつもりで与えられたサバイバル系のスキルなんだろう。が、俺からしたら温泉探しのダウジング代わりとしての方が、ずっと有用だった。

このことをトントゥに知られたら「そんなことに使うために授けたわけじゃないのじゃ」と臍《へそ》を曲げられてしまいそうだが。……まあ、あいつサウナ妖精・トントゥだし。別にいいだろ。

そこに湧いた源泉の湯の色は美しいコバルトブルーで、見るものを魅了する。天然のガスが噴き出ているのか、ボコボコと表面が波打っていた。真っ白な湯気がそこかしこから立ち上る様子は、非常に迫力がある。

「すごいすごい！　見てよランスケ！　温泉だよ、温泉！」

「サウナは知らなかったのに、温泉は知ってるんだな」

「は？　なに言ってんの？　温泉は温泉でしょ。わーい！　すごいすごい！」

ユスティーナは嬉々として温泉に向かって駆けていく。そしてボコボコと湧き上がる温泉のすぐそばにしゃがみ込むと、わくわくした顔で手を湯の中に入れて、

「熱っつ！！！！！」

すぐに引っ込めた。

「熱っ！　熱いよ！　なにこの温泉!?　熱すぎだよ！　バカじゃないの!?」

「いや、見るからに熱そうだっただろ。あんなにガスが噴き出してボコボコいってるし、湯気の量も尋常じゃないし」

見た感じ、湯の温度は百度近くはありそうだった。熱い風呂が大好きな江戸っ子でも、裸足で逃げ出すレベルの高温だ。

「温泉ではしゃぐのもいいが、俺達が目指しているのはあくまでサウナだからな」

「うう……温泉は温泉で入りたかったよ……」

ユスティーナは、なおも未練がましい瞳で温泉を見つめていた。

「ていうか、ランスケ。よくこんなところに温泉があるって分かったね」

「この山が火山だって教えてもらったからな」

「へえ、火山があると温泉があるんだ？」

「詳しいメカニズムまでは、俺もよく知らないけどな」

ユスティーナの言葉に、頷いてみせる。

「火山の下には高熱のマグマがあるだろ。地下水がそのマグマに熱せられて、地表に湧き上がることで温泉になるんだ」

「へえ、そうなんだ」

「高温のマグマからは水蒸気やガスが出ている。で、それらが溶け込んでいるために、天然温泉には独特の色がついていたり、効能があったりするんだとさ」

「よく知ってるね。そんなこと」

「よく行くスーパー銭湯の大浴場に、そんな感じの解説が書いてあった」

完全に受け売りなので、感心されると少し気恥ずかしいものがある。

「この山の麓の建設作業員のオークが、ここをリゾート地にして人間の観光客をたくさん呼び込むんだって息巻いていただろ。あれはたぶん、麓の方でも温泉がよく湧いていたからなんだろう」

「なるほどね。その温泉を観光資源にして、オーク自治領に観光客を呼ぼうと考えているわけだ」

「そんな観光資源でなけりゃ、こんな殺風景なとこを観光地にしようとは思わないだろうしな」

俺はそう説明しながら、改めて温泉地を見渡した。

この辺りはまだオーク達も整備をしていないようで、自然にできた温泉がそこら中に湧いている。

それらを見遣りながら、ふとユスティーナが尋ねてきた。

「ていうか、よく見たらこの辺、すっごい火山ガス出まくってるんだけど。大丈夫なのこれ？」

「麓で話を聞いたオーク達も、ゆくゆくはこの山にもホテルを建てたいとか言ってたからな。少なくとも、人体に有毒なガスは出てないんだろう。たぶん」

「たぶんじゃ困るってば」

あいつらも人間相手の観光業をやろうってんだから、ちゃんと考えてやってるだろ。たぶん。

そんなふうにユスティーナと問答している間に、俺の目はサウナにするのに実におあつらえ向きな場所を発見した。

「ユスティーナ。あれを見てみろ」

俺が指をさすと、ユスティーナもすぐに気づいたようだった。

「あれは……洞窟？」

ゴツゴツとした岩山の中に、洞窟らしき口がぽっかりと開いている。

そしてその洞窟の中からは、先ほどからひっきりなしにモワモワと湯気が立ち上っていた。

俺とユスティーナは、すぐに洞窟へと駆け寄る。

「うわっ！　すっごい湯気！　熱っつい！」

「中の様子を確認してみるか」

洞窟はせいぜいが高さ百五十センチくらいのもので、俺達ふたりが立ち入るには腰をかがめて入る必要があった。中は明かりもなく、薄暗い。その上、常に蒸気が立ちこめているため、視界は極めて悪かった。

奥行きはほんの十数メートルほどの浅い横穴だ。蒸気で熱された壁に手をつきつつ進んでいくと、ほどなくこの異常な量の蒸気を生み出す源泉に突き当たった。

「うわっ……すっごい。これも温泉なの？」

「これも百度くらいはありそうだけどな。ユスティーナ、絶対に手を突っ込むなよ？」

「いくらなんでも、ここまで沸騰《ふっとう》してる温泉には手を入れないよ！」

「さっき入れただろ……」

洞窟の奥には、ひときわ激しく沸騰している源泉があった。ボコボコとひっきりなしに泡が出てきて、煮えたぎっている様子がよく分かる。

大きさは一メートル四方くらいの小さな源泉だ。この小さい源泉からあの異常な量の蒸気が出ていると考えると、どれだけの高温であるかも分かろうというものである。そしてそんな高温の源泉が、こんな狭い洞窟の中で蒸気を出し続けているということは。

「なあ、ユスティーナ。この洞窟の中の熱さ。使えると思わないか？」

「あっ……」

ユスティーナも、気づいたようだ。

洞窟の中はひどく蒸し暑い。この熱量があれば、俺が追い求めていたサウナの条件に十分一致する。ここならば、サウナとして使うことができそうだ。

俺とユスティーナは、一度洞窟の外に出た。乾いた新鮮な空気を吸い、人心地つく。

「すごいよ！　すごい、ランスケ！　まさか本当に、サウナにできそうな場所があるだなんて！」

ユスティーナはすっかり興奮した様子で、ぴょんぴょん飛び跳ねている。ビキニアーマーに包まれた軽装備のおっぱいが、ぷるんぷるんと揺れるのが目に毒だ。

「さっきも火山なら温泉があるって説明してたけど、よくここまでおあつらえ向きな場所があるなんて分かったね。こんな普通な洞窟に、あんな高温の源泉があるなんてさ」

「いや。さすがに俺も、ここまで良い条件とは思わなかった」

「えっ？」

「本当は適当に高温の蒸気を噴き出してる源泉を見つけたら、その上に小屋でも建ててサウナにするつもりだったんだが」

「小屋建てるつもりだったの!?」

「麓でオーク達がやってることと同じようなものだろう？」

「個人で小屋建てる労力は比べものにならないと思うよ!?」

「この洞窟を見つけたおかげで、わざわざ小屋を建てる必要は無さそうでよかったよ」

「嘘でしょ……。この人、サウナのためにそこまでやるつもりだったの……？」

なんでユスティーナはドン引きしているのだろう？　ふつうサウナのためならやるだろ？　な

あ？

しかしこれでようやく、このオーク自治領内でも、サウナっぽい環境を見つけることができた。

「あとはサウナのお供として、水風呂が欲しいところなんだが……」

俺は言いつつ、ちらりとユスティーナを見やる。するとそれを受けた彼女は、ふふんと得意げに笑うと、腰に提げたポーチに手を伸ばした。

「あるよ。温度を変える魔晶石。この前の鍛冶場の炉で使ったのとは逆で、温度を下げるやつね」

「おお！　さすがユスティーナ！　おっぱい大きい！」

「おっぱい大きいのは、今、関係ないでしょ！」

俺達は辺りを散策して、水風呂に使うのにちょうどよさそうなポイントを探し始めた。すると洞窟の裏手近くに、人間ふたりが並んで腰掛けられそうな、ちょうどいい湯だまりがあるのを見つける。

ユスティーナが青い色をした魔晶石を放り込むと、もわもわと湯気を発していた湯だまりが、みるみるうちに水風呂へと変わった。

手を突っ込んでみると、温度はややぬるめの二十度程度。元々が湯気をたっぷりと立ち上らせていた温泉であるためか、魔晶石を以ってしてもこれが限界らしい。サウナ通には少し物足りないくらいだが、まだまだ初心者のユスティーナには十分冷たいだろう。

「サウナよし。水風呂よし。用意すべきものは、全部そろったな」

「そ、それじゃあ……」

ユスティーナは、わくわくした様子で尋ねてくる。

俺は彼女に向かって、力強く頷いてみせた。

「サウナ、入るぞ！」


もうもうと激しく蒸気の噴き出す洞窟の前で、俺とユスティーナは全裸になった。

俺はもちろんフルチン丸出しだ。しかしユスティーナは周囲を気にするように、自らの腕で胸元や下腹部を隠している。

「なんだか……誰もいない山の中とはいえ、こんな野外で全裸になるのは、恥ずかしいね」

「ここは温泉地で、目の前にはサウナがあるんだぞ。裸になって当然だ。気にすることはない」

「あなたはもう少し、その大っきくなったチ×チンを隠すとかする気ないわけ!?」

ユスティーナの言うとおり、俺のチ×ポは早くもバキバキに硬く膨れ上がっている。理由はもちろん、目の前にユスティーナの全裸があるからだ。俺が身じろぎするとチ×ポの先端がぶらぶらと上下に揺れて、顔を赤く染めたユスティーナの視線も合わせて上下に揺れる。

「無理をするなよ、ユスティーナ。俺の勃起したチ×ポ、握りたいんだろ？」

「うう……勘違いしないでよね。あたしだって、別に、エッチな理由でランスケのチ×チンに触りたいわけじゃないんだからね」

「分かってるよ。フレイムハートとやらの柄と、同じ握り心地だから、だろ」

「分かってるならいいいんだよ」

「でもどっちにしろ、お前が俺のチ×チン握りたがってるという点では同じだからな？」

「わざわざ言わなくてもいいじゃんね！」

俺達ふたりの脱いだ服は、洞窟の入り口横にたたんで並べてある。そこに置かれたユスティーナの荷物を見て、ふと俺は彼女に尋ねた。

「オーク自治領では、調味料を物々交換に使うって言ってたよな。ここにも持ってきてるのか？」

「あるよ」

「ちょっと貰っていいか？」

「いいけど、何に使うの？　中でなにか買うわけ？」

「洞窟の中に店なかっただろ」

俺はユスティーナの了承を得て、ウエストポーチの中から調味料の入った袋を取り出した。

「よし。じゃあ、さっそくサウナに入るとするか」

俺達ふたりは、素っ裸のまま、並んで洞窟の中へと入り込む。

すると早速、身体の前面が、洞窟の奥から噴き出してくる蒸気によって熱されるのが分かった。

「ひゃあっ。熱いね！」

「本物のサウナと遜色ないな、これは」

むき出しの岩の上を、ぺたぺた足音を立てながら奥へと進んでいく。

薄暗い洞窟の中に入ると、ユスティーナはおずおずと俺のチ×ポに手を伸ばしてきた。辺りを気にせず、おっぱいを隠さずともよくなったせいだろう。ビンビンに膨れ上がったチ×ポを、彼女の手のひらがきゅっと優しく握ってくる。

最奥までたどり着くと、ボコボコと激しく煮立った源泉があった。すぐ目の前で高温の源泉が沸き立っているせいか、ここまで近づくと非常に蒸し暑い。

あまり奥行きのない、浅い洞窟である。そのため、わずかに差し込んでくる陽光だけでも、十分辺りの様子は窺《うかが》えた。ほんのりと薄暗い空間の中で見やる隣のユスティーナは、いつもよりもいくらか艶っぽく見えてしまい、不覚にもドキッとしてしまう。

俺とユスティーナは、源泉の目前にあった平たい岩の上に腰を下ろした。ユスティーナが俺のチ×ポを握っているため、ふたりの距離は肌がくっつき合うほどに近い。

洞窟の中に腰を下ろして、まずはほっと一息つく。むわっとした熱さが肌にまとわりついて、早くも息苦しさを感じる。

「なんだか、前にあたしの家でやったサウナとは、入った感じが全然違う感じがするよ。この洞窟サウナは、蒸気すごいし」

確かにユスティーナの言うとおり、このサウナは常に蒸気が噴き出している環境だ。そのため一般的なドライサウナと比べると、湿度が非常に高い。

「前にユスティーナの家の鍛冶場でやったときは、熱源を放り込んでひたすら温度を上げただけだったからな。あの時のサウナは百度近くあったと思うけど、今のこのサウナの温度は五～六十度くらいだと思う」

「えっ。ウチのサウナより、温度低いんだ」

ウチのサウナ、とか言い出しやがったぞ。ユスティーナ、もうすっかりあの鍛冶場をサウナだと認識しているようだな。

「ユスティーナのところのやつは、湿度の低いドライサウナと言うんだ。一方でこんなふうに蒸気で満たされた湿度の高いサウナは、スチームサウナという。スチームサウナはだいたい五～六十度くらいの温度だが、湿度が高いのでドライサウナよりも熱さを感じやすい」

「確かに……体感的には、こっちの洞窟のサウナの方が、熱い気がするよ」

「だろ。温度は低くても、体感温度が上がってるから、ドライサウナ同様しっかり汗がかけるぞ」

「なるほどねえ。ほんとに、いろんな種類のサウナがあるもんなんだなあ」

ユスティーナは得心がいったように頷くと、俺のチ×ポをシコシコとシゴいた。俺のチ×ポを、がっ○んボタンみたいに使うな。

ユスティーナにチ×ポをシコシコされて、はあはあと呻きながら、俺はサウナの中に持ち込んでいた袋を持ち上げた。するとユスティーナは、めざとくそれに気づいて尋ねてくる。

「それ、さっきあたしの荷物から借りていった、調味料だよね。こんなところで何に使うの？　もしかして、料理をするとか？」

「サウナに入りながら料理か。いつかはそんなこともやってみたい気はするが、今日のところはそうではない」

ユスティーナと話をしながら、俺は袋の中に手を入れる。すると中には、調味料や香辛料を種類別にまとめてあるのだろう、小分けの袋がいくらか入っていた。

俺はその中のひとつに当たりをつけると、袋の中から取り出す。ユスティーナは、俺が取り出した小袋を見て、その名を呟いた。

「それは……お塩？」

「具体的に何を持っているかまでは聞いていなかったが、代表的な調味料だから、まああるだろうと思ってな」

小袋を開けると、白くてざらりとした塩が手のひらの上に落ちてくる。何の変哲も無い、ごくふつうの塩だ。

一握りぶんほどの塩を出して手に取ると、俺はそれを自分の身体に塗り広げはじめた。

「なにやってんの!?」

「なにって……塩を身体に塗っているだけだが？」

「ちょっとちょっと！　お塩なんて、ふつうは料理に使ったりするだけのものでしょ！　それにこの辺では通貨の代わりにもなるんだから、そんなふうに無駄にしないでよ！」

「無駄ではない。これにもちゃんと意味があるんだよ」

そう言いながら、俺は自分の腕や脚、それにお腹、頭の上にまでしっかりと塩を乗せていった。

全身に塩を乗せ終えた俺は、ふぅー、と息を吐きつつ、洞窟の壁に背中を預ける。

するとその様子を見ていたユスティーナは、ごくり、とつばを飲み込んだ。

「それ……ちゃんと意味がある行為なんだよね？」

「もちろんだ。でなければ、誰が好き好んで塩まみれになるものか」

「そうだよね……。でも、お塩、お塩を全身に塗るとか……」

理解できない行為を目の当たりにしたユスティーナは、うんうんとしばらく唸っていた。

だが、結局はサウナに魅入られたひとりとして、好奇心に抗えなかったのだろう。

「あたしも……ちょっと、お塩、もらっていい……？」

結局、最後は折れて、そのように言ってきたのだった。

「もちろんだ。というか、元々はユスティーナの塩だからな。好きに使うといいさ」

「そうだよね。人のお塩をいきなり身体に塗りたくり始めるものだから、ちょっと気が動転しちゃったよ」

ユスティーナはチ×ポから手を離すと、こちらに手のひらを差し出した。俺はその上に、一つかみの塩を乗せてやる。

ユスティーナはしげしげとその塩を見つめた後、おずおずと自分の身体に塗り始めた。

「ユスティーナ。塩はぐいぐい塗りつけると、肌が傷《いた》むぞ。軽く乗せるくらいで、大丈夫だ」

「わかった」

俺のアドバイスを受けたユスティーナは、ていねいに腕や脚、胸やお腹、そして頭の上に塩を乗せていく。

「……あたし、なんでオーク自治領の洞窟の中で、素っ裸でお塩まみれになってるんだろう？」

「急に我に返るなよ」

ユスティーナは不思議に思うようだが、この身体に塗った塩にもしっかりと意味はある。現代日本でサウナに行った時には、よくこうやって塩の世話になったものだ。

今となっては懐かしい思い出に浸っていると、ユスティーナもようやく静かになってくれた。あまりに理解できない状況に陥ったせいで、何もかも諦めてすべてを受け入れる気になったのかもしれない。

静かになったユスティーナは、しかしおずおずと俺に尋ねてきた。

「……チ×チン、触ってもいい？」

「手の塩は落とせよ」

「わかってるってば」

ユスティーナは嬉しそうに、俺のチ×ポをきゅっと握ってきた。手の塩は落とせと言ったはずなのに、少しジャリッとした感触が伝わってくる。

「はあー……」

「はあ、はあ……」

ようやく静かになった俺達は、呼吸を整えながら洞窟サウナを楽しむ。すぐ目の前で高温の源泉がボコボコと沸き上がっているのが、自然のＢＧＭのように感じられた。

薄暗さと真っ白な蒸気のせいで、視界は非常に悪い。しかしすぐ隣で、チ×ポを触れるほどの距離にいるユスティーナの横顔は、はっきりと見ることができた。

大きなおっぱいの上にも白い塩をまぶして、じんわりと汗を流している。ぷるんとしたおっぱいも、やわらかそうなお腹も、ここまでの登山を苦ともしない太ももも、リラックスしたようにサウナを楽しんでいた。

時折、ユスティーナがチ×ポをシコシコとさすってくる以外は、穏やかな時間が流れていった。

ひたすらに水蒸気を生み出し続ける源泉の音を聞きながら、静かに蒸されていく。

湿度の高い環境に長くさらされたため、肌からはだらだらと汗が流れている。俺は腕を軽く上げて、そこに乗せていた塩の様子を確認した。ふむふむ。なるほどね。いい感じじゃないか……。

「おい、ユスティーナ。塩の様子を見てみろよ」

「お塩？」

熱に浮かされてぽーっとしたユスティーナが、言われて自らの腕を持ち上げた。

「わ……。お塩が溶けてる」

「塩が溶けるくらいたくさんの汗をかいたってことだな」

「うわ……すごっ。あたし、こんなに汗かいちゃってたんだ……ひえぇ……」

手足に白くまぶされていた塩は、汗に溶けたことで半透明になっている。

全身は、汗でびっしょりと濡れていた。手のひらで軽くなでると、とろりとしたなめらかな手触りが感じられる。

「うわあ、すごい……。なんか、全身がゆで卵みたいにつるっとしてるっていうか……トゥルントゥルンしてる？」

「そうだ。この美肌効果が、塩サウナの特徴だ」

塩サウナはよく美容に良いと言われるが、その最たる理由がこの美肌効果である。

身体の表面に塗った塩は、汗と混じり液体となることで、電解質溶液となる。この電解質溶液にはタンパク質を溶かす力があるため、毛穴の奥に詰まった皮脂や汚れ、皮下脂肪を溶かしてかき出してくれるというわけだ。

さらにもうひとつの効果として、浸透圧というものが挙げられる。

浸透圧というのはふたつの液体が水分の濃度を一定に保とうとするために、濃度の薄い方から濃い方へと水分が移動する効果のことをいう。これを塩サウナに当てはめると、肌の表面に塩の溶けた汗が広がることで、身体の内側から古くなった皮脂や汗の排出が促進される効果が生まれる。

「まあ、簡単に言うなら、体内の老廃物や毒素を排出するデトックスみたいなものかな」

「デトックス……？」

「おっと。町娘さんとかならいざ知らず、冒険者としてモンスター相手に暴れ回っていたユスティーナには、ちょっと難しい言葉だったかな？」

「ランスケ、もしかしてチ×チンをシゴいて欲しくて、わざと言ってるわけ？」

「ああっ！　はあんっ！　そういうわけでは決して……あはあっ！」

さっきからユスティーナにはチ×ポをずっと握られていたわけで、俺の我慢もそろそろ限界だった。マジでこれ以上激しくされては、無様に射精してしまいかねない。

俺は全身が汗と塩でトゥルトゥルになったのを確認すると、ユスティーナに言った。

「それじゃあそろそろ、サウナを出て水風呂の方へんほぁあ……チ×ポを解放してぇ……！」

明かりのない洞窟の中から外へ出ると、一瞬目がくらむほどに世界はまぶしかった。

ようやく目が慣れてきた頃、ユスティーナは洞窟を振り返って驚きの声をもらす。

「わっ、すごい蒸気。あたし達、こんなすごい蒸気の中に長いこといたんだ」

洞窟の中からはひっきりなしに白い蒸気が噴き出し続けている。改めて洞窟内の熱さ、そして湿度の高さを客観的に思い知らされた。

そしてそんな中にいた俺達ふたりは、当然のことながら全身が汗まみれである。

汗に濡れて艶のあるユスティーナの全裸は、とんでもなく魅力的だ。洞窟の中で散々チ×ポをいじられたおかげで、こちらは暴発寸前である。

俺達は急ぎ足で、事前に用意しておいた水風呂へ向かった。

塩サウナに入った後は、水風呂に入る前に塩をシャワーで洗い落とすのがマナーである。

しかし例によってここは俺達以外誰も使うことのない、プライベートサウナだ。誰に気を使うでもなく、俺たちは塩にまみれたまま水風呂へと突っ込んでいった。

「うあああああっ。これは気持ちいいぜ……！」

「ああっ、ちょうどいい冷たさで……はああ、さいっこー！」

水風呂に入ると、全身にまとった塩が一気に洗い流される。火照った体を冷たい水にさらし、蒸されて広がった毛穴を引き締める。俺達ふたりは、気持ちよさにたまらず声をあげた。水風呂にしては控えめの水温ではあるが、今まで熱かったぶん、その温度差が気持ちいい。

「はあー……はあー……あぁ……水風呂、気持ちいい……」

「ユスティーナも最初はあれだけ嫌がってた水風呂なのに、今はすっかり虜《とりこ》って感じだな」

「うん……もう、これ無いと無理……生きてけないかも……ああ、気持ちいい……」

「順調にサウナにハマってるみたいで結構なことだ」

一分ほど水風呂に浸かってから、俺達は目配せし合って窪地を出る。

そして俺達ふたりは、素っ裸のままそこら辺の岩場に寝そべった。

これも偶然見つけた、切り立った岩場だ。あまり岩の表面がゴツゴツしていないため、裸のまま寝そべっても問題ない。

「…………はあー…………」

目を閉じて、深く溜め息をつく。

山の中で全裸で寝転んでいると、吹き抜けるそよ風が心地よい。

サウナで火照った体は、肌の表面こそ水風呂で冷やされているが、芯の方はまだ熱を持ったままだ。そよそよとやわらかな風が、肌の上をやさしくなでてくれる。

目を閉じて、自然の環境に身を任せる。耳に聞こえてくるのは、辺りの源泉が湧き上がるゴボゴボという音。そして驚いたことに、耳を澄ますと鳥の鳴き声のようなものも聞こえてくる。噴火によって生物が生きるには過酷な環境になったものだと思っていたのだが、自然生物達は人間が思うよりも強いのかもしれない。少し鼻をヒクつかせれば、辺りの源泉から漂う独特の香りも味わえる。

サウナを終えたあとの独特の浮遊感の中、俺は確かにこの山とひとつに溶け合っていた。自然の風で身体の火照りをゆっくりと冷ます外気浴は、やはり格別だった。

岩がむき出しの完全な野外で、裸になって自然を味わいながら〝ととのう〟というこの行為。今の俺は、心の底からリラックスしていた。身も心も軽く感じて、万能感すら覚えていた。

ああ……。

ととのうって、最高……。

ふわふわと意識を漂わせながら、極上のリラックスを味わう。するとそんな俺の身体を、もぞもぞとまさぐる者があった。

目を開けずとも、誰か分かる。今この場にいる人間は、俺を除けば、あとはもうひとりしかいない。こちらに近づいてきたユスティーナは、俺のチ×ポをおもしろそうに触っていた。

「わあ。ランスケのチ×チン、すっごくすべすべになってるよ。塩サウナの効果、出てるんじゃない？」

「チ×ポがすべすべになってもなあ……」

「そう？　あたしはランスケのチ×チンがすべすべになったら、嬉しいよ？　あたしの愛剣が綺麗になったみたいで」

「触り心地が似ているというだけで、俺のチ×ポはお前の愛剣じゃないんだが？」

ととのったことで一度は落ち着いていたチ×ポが、ユスティーナに触られて再び熱を持ち始める。

硬く膨らんだチ×ポを、ユスティーナは嬉しそうにシコシコとなで始めた。大自然の中で全裸になっているという事実が、俺達を開放的にしているのだろうか。

俺は身を起こすと、ユスティーナの身体に手を伸ばす。

「そんなに言うなら、俺にもユスティーナの触り心地を確かめさせてくれよ」

「ん。あたしの身体に触りたいの？」

ニヤニヤした笑みを浮かべたユスティーナの挑発するような視線を、敢《あ》えて無視する。

まずはその豊満なおっぱいを、手のひら全体で持ち上げるようにして揉みしだいた。

「あっ……あんっ……ああんっ……」

「おおっ……すごい。ユスティーナのおっぱいも、ものすごくすべすべになってるぞ！」

もっちりとやわらかいユスティーナのおっぱいだが、その肌はまるでシルクのような触り心地だった。おっぱいをなで回すと、さらりとした心地よい感触が手のひらに伝わってくる。気がつけば俺はユスティーナのふたつの乳房の間に、顔を埋めてその感触を味わっていた。

「あっ……あんっ……ちょっとランスケ……息が熱い……あんっ……」

「はあ、はあ、ユスティーナの大きなおっぱい……最高だ……ちゅっ、ちゅっ……」

「あっいやん……乳首、舐めないでぇ……」

「塩サウナの影響か？　ちょっとしょっぱくて、美味しいぞ……」

「いやあん、恥ずかしいよお」

俺はユスティーナを岩場に押し倒すと、思うさまおっぱいをなで回した。俺にされるがままのユスティーナは、ひたすらにおっぱいを揉まれては、嬉しそうに喘ぎ声をあげている。

「いやん……あたし、こんな青空の下で、おっぱい揉まれちゃってる……。すごい……」

「野外でこういうことをするのも、気持ちいいだろ？　ほら、火照った身体が、自然の風に吹かれる感覚はどうだ？」

「あんっ……気持ちいい……ああっ……」

ユスティーナはおっぱいを揉まれながら、まぶしそうに顔の前に手でひさしを作った。まだ高いところにある太陽の光が、目に入ったのだろう。

太陽の光。時折吹くそよ風。少し湿った岩場の感触。鳥の声。虫の音。源泉の湧く音。そんな自然を全身に感じながら、俺達は互いの身体をまさぐり合う。

「ユスティーナ。俺のすべすべになったチ×ポ、もっと味わいたくないか？」

「はあ、はあ……うん。そのすべすべになったチ×チン、あたし、すっごく好きかも」

「ならそろそろ……このチ×ポを、ユスティーナのおま×こに入れてみようじゃないか」

「あはは……おま×こで、すべすべになったチ×チンの違いとか、分かるかなあ？」

ユスティーナは苦笑を浮かべつつ身を起こすと、同じく身を起こした俺へと正面から抱きつくようにしなだれかかってくる。そして俺たちは対面座位の体勢で、興奮から硬く反り上がったチ×ポを、ユスティーナのそのやわらかなおま×こへと挿入していったのだった。

サウナにしっかり温められたおかげか、おま×この中は火傷しそうなほどに熱い。そして彼女のおま×こは、潜り込んできたチ×ポを歓迎するみたいにぎゅっと締め付けてきて離そうとしない。

「うああっ……すごい締め付けだ……きっ、気持ちいい……！」

「ああんっ……ああ、はあ……はあ……う、動くよぉ……ランスケぇ……！」

「ああ、きてくれ……！」

俺が頷くと、ユスティーナは待ってましたとばかりに腰を動かし始める。彼女の中に満たされたぬるぬるとした愛液の感触が、極上の快感を伝えてきた。

「はあ、はあ……ユスティーナ……っ！　おま×この中、気持ちいいぞ……！」

「あんっあんっ……あたしもっ……ああっ、気持ちいい……っ！　ああんっ……やっぱり、ととのってからするセックス、すごくいいぃぃ……！」

ユスティーナの言葉の通りだ。

昨晩もセックスをしたが、明らかにすべてが違う。

ととのったことでシャッキリとした頭が、体中に襲いかかるすべての快感を逃すことなく味わっている。

これがととのいセックスだ。普段のセックスでは味わえない、極上の快感がここにはある。俺とユスティーナは、そうはっきりと理解していた。

そのうえ、今の俺達のセックスは、塩サウナのあとのものだ。当然、そこには塩サウナ特有の恩恵がある。

「ああんっ、前よりもチ×チンがあたしの中でぬるぬる動いてぇ……ああんっ、いいとこに当たってるぅ……！」

「おおっ、そうか？　チ×ポがすべすべになったおかげかもなっ……！」

俺は腰の上にまたがって動いてくれているユスティーナをぎゅっと抱きしめてやった。彼女の柔肌は塩サウナの効果で全身がつるりとしており、肌を触れあわせるだけで心地よい。

「ああっ……あんっ……ぜ、全身がランスケに抱きしめられてるぅ……ああんっ！」

「お前の肌、すごくすべすべで気持ちいい……！　もっとくっついても、いいか……？」

「もちろんだよぉ……ああんっ、ランスケもっ、すべすべで、気持ちいい……！」

俺達は互いの肌を求め合うように、身体のあちこちをくっつけ合い、なで回した。おっぱいも、お腹も、背中も、お尻も……。そのどこを触っても、つるりとしたなで心地が手のひらに伝わってくる。そんな彼女の心地よい柔らかさを、ととのった頭ははっきりと感じ取っていた。

あまりにも気持ちよすぎる。脳みそが熱暴走してしまいそうなほどに、強烈な快感に襲われ続けていた。俺達は全身でお互いを感じ合いながら、腰を揺さぶり続ける。

パンッパンッパンッパンッ！

「あんっあんっあんっ……激しっ……ああんっ！」

「もっと、もっと……もっとユスティーナの肌を感じさせてくれ……！」

「いいよ……もっと触ってぇ……あんっあんっ……！」

青空の下、素っ裸になって行為に及んでいると、まるで自分が野生動物になったような感覚を覚えてしまう。ならばここは、本能のままにユスティーナにすべてをぶちまけることにしよう。

「はあはあっ……ユスティーナ……！　このまま、中に出すからな……！」

「うん……きて……きてぇ、ランスケ……！　ランスケの精子、欲しぃぃ……！」

「はあ、はあ、はあ……ユスティーナっ……！」

「ランスケぇ……っ」

「ううっ……い、イくぅ……！」

どびゅるるるるるるるるっ！

「いやああんっ……あたしのお腹の中が、……あ、熱い……！」

昨晩とは比べものにならないほどの、大量の精液が出た。たっぷりとユスティーナの膣内に、溢れ出るほど注ぎ込んでやった。

はあはあと荒い呼吸を整えながら、俺達は互いに顔を寄せる。

唇を重ねる。サウナでととのい、研ぎ澄まされた感覚で、ユスティーナの唇を味わう。ぷにっとしてやわらかく、しっとりした唇だ。

次いで舌をねじ込んで、彼女の口内まで深く犯していく。ねっとりとした唾液が混じり合う。ぞろりとした舌と舌とがこすれ合う感触を覚えて、背筋にぞぞぞっと快感が走る。

セックスもキスも、あまりに情報量が多すぎた。

快感という快感が脳みそに襲いかかり、このままでは脳のニューロンが焼き切れてしまう。俺達はぶるぶると震える腕を無理やりに動かして、ぎゅっと互いを強く抱きしめた。

「ああ……すごかったよ……ランスケ。ととのってするセックス、すごすぎる……」

「本当にそうだな。気持ちよすぎる……これはすごい」

これがととのいセックスの威力か。まるで劇薬のような破壊力だ。素人がおいそれとやっていい

ような行為ではない。しかし俺とユスティーナは、この味を知ってしまった。

「ランスケの言うとおりだったね」

「なにが?」

「サウナはまだまだいろんなものがあるんだって話。サウナすら知らなかったあたしにとって、塩サウナなんて本当に驚きの連続だったよ」

低温のスチームサウナでじっくり汗をかきながら、塩を使って美肌効果を狙う。それが塩サウナだ。

確かに、サウナ好きな俺であっても、初めて塩サウナを見たときには「なにこれ?」と思ったもんだ。サウナすら知らなかったユスティーナにとっては、とんでもない驚きだろう。

「こんなに肌がトゥルントゥルンになるなんて、本当にすごいよ。またこの塩サウナのために、オーク自治領に来たいくらい」

「はは。元冒険者のユスティーナも、ようやく女の子らしく美肌を気にするようになったのか?」

「そ、そりゃあそうだよっ……」

俺の冷やかす声に、ユスティーナは照れたように返してきた。なんだろうと目を向けると、彼女の頬は赤く染まっている。

不思議に思う俺に、ユスティーナは言った。

「あなた、あたしにかわいいって言ったでしょ」

「えっ」

「そんなこと言われたら、嫌でも意識するっての」

ふんっ、とユスティーナはかわいらしく顔を背けてしまう。見れば彼女の顔は、頬のみならず、耳まで真っ赤になってしまっていた。

ユスティーナは、かわいい。それは当たり前の事実だ。

だが男社会で冒険者達に揉まれていた彼女は、周囲からそんな言葉をかけられることなく成長していった。

だからだろうか。どうやらユスティーナは、「かわいい」という言葉に、耐性が無いようなのである。それこそ、初めてのセックスの時に俺が言った「かわいい」という言葉を、まだこんなふうに覚えてくれているくらいには。

本当にこの女、元冒険者なのか？　いくらなんでも、ちょっと、かわいいが過ぎるだろ。

ユスティーナはこちらをチラリと見て、つんと唇を尖らせる。

「……チ×チン、大っきくさせないでよ。ばか」

そんなかわいいところを見せられて、そうそう我慢できるほど、俺は人間ができちゃあいない。

萎えかけていたチ×ポを再度大きくさせた俺は、そのまま情欲の勢いに任せてユスティーナとの二回戦へと突入していくのだった。

第四章　異世界ロウリュ

そして俺の視界は、真っ白に染まった。

肌の表面をチリチリと刺すような、張り詰めた寒さを感じる。強い風がひっきりなしに顔に当たり、白い粒をたたきつけてくる。スーツの裾は煽《あお》られ続け、耳には「びゅおおおお」という激しい轟音が鳴り響いてた。

「お、おご……ほげ……」

口を開こうにも、寒さに凍えてうまく呂律が回らない。歯と歯をガチガチとカスタネットのように連打しながらも、俺はこの状況を正しく理解していた。

どうにか無理くり口を開いて、俺は叫んだ。

「うわあああああああ寒みいいいいいいいい！　ふ、吹雪だあああああああ！」

そう！　雪である！！

あたり一面、雪に包まれた銀世界！　しかも絶賛吹雪が吹き荒れ中！

寒い！　めちゃくちゃ寒い！

「寒い！　寒い！　寒い！　寒い寒い寒い寒い寒い！」

「ええい、ランスケうるさい！」

俺がブルブル震えながら叫んでいると、背後からそんな声が聞こえてきた。それと同時、俺の背中にバフっと何やらやわらかくモコモコしたものを叩きつけられる。どうやらそれが防寒着であるらしいことに気づいた俺は、かじかんだ手を必死に動かしながら袖を通した。

「うああ……た、助かった……はあ、はあ……」

「このバカランスケ！　だからコートを着ていけって言ったでしょ！」

「まさか、こんないきなり吹雪になるとは思わなくて……」

ついほんの少し前までは、雪こそ積もってはいたが吹雪いてはいなかった。このくらいならば大丈夫だろうと高を括《くく》って、ビジネススーツ姿のままウロウロしていたのだが……それが一瞬にして天候が崩れ、吹雪き始めて、視界は真っ白。痛いくらいの寒さに襲われたものだから恐ろしい。

防寒着を身に纏ったことで、ようやく厳しい寒さも少しはましになってくる。

見てみれば、ユスティーナもまた、モコモコした枯れ草色のコートに身を包んでいた。さすがにこの酷寒《こっかん》の地では、彼女もビキニアーマーじゃいられないらしい。

ようやく人心地ついた俺の様子を見て、ユスティーナは積もった雪の上をザクザクと歩きつつ溜め息をついてみせた。

「雪国の寒さを舐《な》めてると、あなた本当に死んじゃうからね？」

「まさかここまでだとは思わなかったんだ。本当にえらく寒い土地なんだな、ここは」

「年がら年中雪が降り積もる雪国だからね。まあでも、そのくらいの寒ぅ～い地方だからこそ……

あたし達もこうしてやってきたってわけだもん。そうでしょ？　ランスケ」

「……そうだな」

そう。俺達がわざわざこんな寒い雪国にやってきた理由は、もちろん他でもないサウナのためだ。

俺はひとつ頷いてから、この場所を訪れた目的を確認するように口を開く。

「こんなふうに厳しい寒さの襲う地方でなら、身体を温めることのできるサウナの文化があるかもしれないからな。よし、気合い入れて探していくぞ！」

「おーっ！」


寒都ノーザンライプ。それが、今俺達のいる極寒の雪国の名前である。前に滞在していたオーク自治領から、はるか北へと向かった先に位置する街だそうだ。

俺の知るサウナという文化は、フィンランドが発祥とされている。フィンランドはヨーロッパ北東部に位置する共和制国家であり、その全土が北緯六十度以北に含まれているという。国土がすべて北海道より北にあり、一部が北極圏に入っていると言えば、その寒さ具合も少しは伝わるだろうか。

そんなフィンランドでの長く厳しい冬の寒さを乗り越えるお供《とも》として愛されているものこそ、体を芯まで温めてリラックスすることのできるサウナというわけだ。

そして寒冷国であるフィンランドでサウナという文化が生まれたというのならば、同じく寒い国であるこのノーザンライプという町にも、同様にサウナが存在するのではないか。この天才的な読みにより、サウナ探しの旅の次なる目的地はここノーザンライプへと決まった。

オーク自治領からは、またしても数週間ほどの時間をかけての移動となった。それまではずっと乗合馬車での移動だったのだが、街が近づくにつれて降り積もる雪も多くなっていき、とても馬車の進める環境ではなくなってしまった。

それではどうするのだろうかと思っていたら、なんと続いて登場したのはトナカイに牽《ひ》かせるソリである。そのあまりにも北欧チックな光景に、俺は本当に雪国に来たんだなと感動すら覚えたものだった。残念ながらこっちの世界のトナカイも、空は飛ばないようだったが。ユスティーナには「は？　飛ぶわけないじゃんトナカイが。何言ってんの？」と言われたけど。俺のいた世界では飛ぶトナカイもいたんだよ。ほんとだもん。ほんとにトナカイ飛ぶんだもん。嘘じゃないもん。

そんなこんなでようやくこの雪国に到着したのが、昼過ぎのこと。早速借りた宿に荷物を置いて、天候の安定しているタイミングを見計らって「さあサウナを探すぞ」と意気込んで飛び出していき
……その直後に猛吹雪に見舞われたのが、冒頭の出来事である。

ユスティーナに防寒着を貸してもらったお陰で、雪国対策は万全。

さあ改めてとばかりに周辺の住人達に聞き込みに回っていたのだが……。

「ぜんっっっぜん、見つからなかったな」

「本当にね」

俺は疲労困憊《ひろうこんぱい》を隠すことなく、溜め息をついた。向かいのテーブルに腰掛けるユスティーナも、真っ赤でボリュームのあるポニーテールが、心なしか常よりも萎《しお》れているように見える。

あれから俺達はサウナを求めて、吹雪の中を必死に進軍し続けた。雪をかき分け、かじかむ指先を摩《さす》り、はあはあと息を荒くしながら手当たり次第にそこら中を探し回ったのだ。

しかし、この通り収穫はゼロ。これだけ寒い国なのだから、おそらく……！　という期待があった分、空振りした時の落胆も大きかった。

夕刻になったことで、仕方なく俺達はサウナ捜索を打ち切った。同時にまた強く吹雪き始めたのを見て、近場にあった大衆酒場へと避難してきたというわけだ。

店内には程よく暖房が効いていたため、借りていたコートは椅子の背にかけておいた。ユスティーナも同じくコートを脱いでおり、ビキニアーマー姿で椅子に座っている。

「……お前、あの寒い中で、コートの下はビキニアーマーだけだったのかよ」

「それになんの文句があるの？　ちゃんとコートは着てたじゃない！　なんであなた、事あるごとにあたしのビキニアーマーに突っかかってくるわけ？」

ユスティーナが苛立たしげに、木製のテーブルを拳で叩く。するとその衝撃で、ビキニアーマーに包まれた丸《ま》あるいおっぱいが、たゆんと揺れた。

俺は指先を掻きつつ、ユスティーナに向かって口を開く。

「別に突っかかってるわけじゃないけどさ。やっぱりビキニアーマーって、結構刺激的な格好なわけじゃん。色々と気になっちゃうわけで」

「これは立派な冒険者用の防具なんだから、文句言われる筋合いは無いっての」

「お前はもう冒険者じゃないんだから、普通の服着たっていいはずなのにな」

「その変な黒い服着てるあなたに言われたくない。なんなの？　その窮屈そうな格好は」

「これはスーツっていうんだよ。俺の地元では、『企業の歯車として組み込まれたお前らには、ひとりひとりに個性は必要ない』という意味合いから、こういう無個性な服を着るように強制させられているんだ」

「そのキギョー？　ってのは、どんだけアブない組織なの……？」

「ブラック企業……資本主義が生み出したモンスター、とも言えるな」

俺はユスティーナに応えつつ、指先をまた掻きむしる。

するとそれをめざとく見つけたユスティーナは、こちらに尋ねてきた。

「それ。手、どうしたの？　さっきからずっと掻いてるみたいだけど」

「ん？　ああ。なんかこの寒さで、霜焼《しもや》けになっちまったみたいでな」

そう言って彼女に向かって、手の指を差し出して見せる。するとそこには、痛々しい赤い発疹ができてしまっていた。ジンジンと熱を持った痒《かゆ》みを、さっきからずっと感じていたのだ。

「大丈夫？　あんまりひどいようなら、診療所とかで診てもらった方が……」

「霜焼けくらい、別に大したことないと思うんだが」

「でも、あんまり掻いたらまずいよ」

ユスティーナは防寒用で身につけていた手袋を、こちらへと押し付けてきた。

「ほら、これ。手袋貸してあげるから、それ以上掻かないように気をつけなさい」

「すまねえ……」

と、俺達がそんな話をしていると、テーブルの横にトレーを持った店員がやってきた。

サウナが見つからずに落胆していたのも事実だが、疲れた体には栄養が必要である。今は目の前に運ばれてきた食事に集中するとしよう。

「あいよ。野ウサギ肉のパイと、モグラ肉の包み蒸しね」

ドン、ドン、と音を立てて、テーブルの上にふたつの皿が置かれた。

ずんぐりむっくりの毛むくじゃらな店員（ドワーフなのかもしれない）が立ち去ったのを見て、ユスティーナは俺に尋ねてきた。

「あなたの……その……なに、それ？」

「野ウサギのパイ……なのだそうだが」

俺の目の前にあるのは、香ばしい匂いをただよわせる焼きたてのパイだ。生地全体にオレンジ色の焼き目がついていて、実に美味しそうな見た目をしている。

しかし極めて異質な要素として、パイの中央には野ウサギの生首が鎮座していた。

メニュー表には写真がなかったから、まさかこんな猟奇的な見た目の料理だとは思わなかったのだ。しかもこの野ウサギ、口角を吊り上げられていて、どうやら笑っているらしい。

タベテ……タベテ……オイシイヨ……。

「これは、この野ウサギの顔も食ったほうがいいのかな？」

「あたしに聞かれても知らないよ」

ユスティーナは、俺の皿から目を逸らしつつ言った。この世界の住人から見ても、ゲテモノ料理なのかよ。なんてものを頼んじまったんだ、俺は。

こっちを見つめる野ウサギと目を合わせないようにしつつ、パイをナイフで切り分け、フォークで口に運ぶ。

「美味《うま》っ」

思わず笑っちゃうくらい美味かった。

まずパイ生地がパリパリで食感がいいのだが、その上、野ウサギ肉がジューシーで美味い。噛むたびに歯ごたえのある肉からうまみがあふれだし、舌の上に広がる。パリッとしたパイ生地が肉汁でしっとりとしていき、食感が変わっていくのもおもしろい。

なるほど、こいつは美味い。

オイシイ……？　ヨカッタネ……。オイシク……タベテネ……。

……本当に。この、にやけ面の野ウサギの生首さえなければ、最高なんですが……。

野ウサギを見ていると食欲が減退していくので、向かいに座ったユスティーナの方を見やる。彼女の料理はモグラ肉の包み蒸しとのことだが、見た目はどうやらシュウマイに近い。

ユスティーナは包み蒸しを一口頬張り、「ん～っ♡」と表情をほころばせた。平和的食事シーンだ。俺もあっちにすればよかった。

「それにしても、こんな雪国に来てもサウナが無いだなんて。これ以上どこを探したらいいのか、皆目見当もつかないよ」

美味しそうに目の前の料理を口に運びながら、ユスティーナが言った。話題はもちろん、見つけられなかったサウナについてだ。

「そもそもの話、ランスケはどこでサウナを知ったわけ？」

「俺の地元には、ふつうにある文化だったんだよ」

「ふうん。ランスケの地元って、どこなの？」

「日本」

「ニホン……？」

「周りを海に囲まれた、歴史ある島国だよ」

「なぁーんだ、島かあ。そりゃあ独自進化して変わった文化が生まれるわけだよ」

こいつ、日本のことを、海の中にぽつんと浮かぶ孤島みたいにイメージしてないか？

「そっかあ。じゃあ、そのニホン？　ってところまで行かないと、サウナって無いのかもね」

「分からんぞ。俺みたいに日本からやってきたやつが他にもいて、そいつがサウナを他の土地にも伝えているかもしれない」

「わざわざ外に出てきてまでやることが、サウナを伝えることなの？」

「大事だろ、サウナ。現代知識で無双できるのは、料理や薬やゲーム知識だけじゃないんだぜ」

俺達がそんなふうに会話をしながら舌鼓を打っていると、お店のドアが開いた。

料理の見た目はともかく、腕は確かなようで、店内には他のお客さんの姿も多い。

「こんな雪の日でも、客が来るなんて。繁盛してるんだな」

「ランスケ。それはあたし達が雪に慣れてないからだよ。逆に考えるんだ。『いつも雪降ってるしな』と考えるんだよ」

「ここら辺の人にとっては、このくらいの降雪が平常運転だってのかよ」

と、そこで俺達は気がついた。俺達が座っているテーブルのすぐ横に、誰かが立っている。

全身を漆黒のロングマントで覆った人物だ。頭部もフードに覆われているせいで、その相貌は窺《うかが》い知れない。片手には捻れた木でできた、古めかしい杖を携えている。一目見て異様なオーラを放つ、怪人物であると理解した。

どうやら、たった今入店してきたばかりのお客さん、であるらしい。だが、少なくとも俺はこんなマント姿の怪しげな知り合いに、心当たりは無い。ユスティーナも同じらしく、困惑した表情を浮かべていた。

するとその時。押し黙っていたマントの人物が、すっと息を吸う音が聞こえた。

「……やっと見つけたっす」

そう言って、自ら頭部を覆っていたフードを脱ぎ、その素顔をさらけ出した。

フードの下から現れたのは、深い青色をした、耳が隠れる程度のショートカットの女性。レンズの大きな丸眼鏡をかけており、その向こうに睫の長い半眼が覗く。鼻梁はすっと通っており、薄い唇は真一文字に引き結ばれている。端整な顔立ちは、人目を引く美しさがあった。

フードを脱いだ拍子に黒マントの前面がはらりとはだけ、その内の服装があらわになる。

まず見えたのは、胸元の大きく開いたデザインの、黒のビスチェだ。大きく実ったふたつの乳房は、彼女が身じろぎする度にたゆんとやわらかく揺れる。下は丈の短いスカートで、肉付きの良い太ももがチラリと覗いていた。

改めてその容姿を確認してみても、やはりピンと来るものはない。しかし俺と同席している彼女にとっては、そうではなかったらしい。

ユスティーナはガタンと音を立てて席を立ち、黒マントの女を驚きの表情で見やっていた。

「もしかしてあなた……サラちゃん？」

恐る恐るといった様子で、尋ねるユスティーナ。

それに対して、サラと呼ばれた彼女は、こくりと頷いた。

「……探したっすよ。先輩」

「えっえっ……？　誰……？　なに……？」

いきなりの展開に、ついていけない俺が呟く。

するとようやくこちらに意識を向けたユスティーナが、彼女のことを説明してくれた。

「えと……、ランスケ。彼女の名前は、サラちゃん。サラ・ヘイキンヘイモ」

「ユスティーナの知り合いなのか？」

「うん、そう」

ユスティーナは、こくりと頷いて、続けてこう言ったのだった。

「あたしの冒険者時代の、仲間だった女の子だよ」

「なんだって？」

どうしてまたそんなヤツが、今ここで俺達の前に現れるっていうんだ？

サラと呼ばれた彼女のことを、もう一度見やる。年齢的にはユスティーナと同程度くらいに見えるが、「先輩」と呼んでいるということはユスティーナよりいくらかは下なのだろう。

サラはユスティーナと一緒にいる俺のことを「なんだこいつ」と言わんばかりに見つめていたが、すぐに興味を失ったらしい。彼女は再びユスティーナに向き合うと、口を開く。

「先輩。ウチは納得いかないっす。なんで、ウチに黙ってパーティーからいなくなったんすか？」

「いや、だって。あたし、冒険者は追放されちゃったし。それなのにサラちゃんと一緒にいたら、あなたにも迷惑かけると思って……」

「先輩にとって、ウチはそんな簡単に割り切れる存在だったんすか？　それでもウチは、先輩といっしょにいたかったんす」

「そんなこと言わないで。あなたには、冒険者として成功してほしいと思ってるんだから」

「それじゃあ、先輩はどうなるんすか」

「あたしは、ちょっと運が無かっただけだよ。諦めるしかないよ」

「そんなっ」

「待て待て待て。盛り上がってるところ悪いが、ちょっと落ち着けお前ら」

口論するユスティーナとサラの間に割って入ると、サラは見るからに不機嫌そうに表情を歪めた。

「誰なんすかアンタ。ウチは今、先輩と喋《しゃべ》ってるんす」

「気持ちは分かるが、とにかく落ち着けよ。目立ってるぞ、お前」

「む……」

俺に指摘されて、彼女もようやく自分が店内で悪目立ちしていることに気づいたようだ。

そりゃあそうだろう。いきなり店に入ってきて、客のひとりと口論し始めたら、嫌でも目立つ。決して少なくない数のテーブルはどれも埋まっていて、客達は興味深そうにこちらを見ていた。

「とりあえず、座りなよ。サラちゃん。ご飯、まだなんでしょ？」

「……っす」

ユスティーナの言葉に、サラは渋々ながら頷いた。

サラは長い杖を机に立てかけて、ユスティーナの隣の椅子に座る。

すると、タイミングを見計らったようにドワーフらしき店員さんが、お冷やとメニュー表を持ってきた。サラはメニューをサラッと眺めると、さっさと注文してしまう。

「トナカイのステーキ。焼き加減はブルーでお願いするっす」

ブルーってあれか？　レアよりもさらに火を通してない、表面をさっと焼いただけのやつのことか？　トナカイだなんて珍しい肉を、よくそんな状態で食う気になるな。いや、この辺では案外ポピュラーな料理だったりするのか？　野ウサギの生首をパイの上にトライッ!!　しちゃうくらいの料理の感性だしな……。

さっと表面を焼くだけのステーキであるため、料理はすぐに出てきた。鉄板が目の前に置かれると、サラの丸眼鏡がキラリと光る。

「んんん～～～～っ、おいひいっふ！」

さっそくトナカイ肉を頬張ったサラは、とろけるように表情をほころばせた。そのあまりに無垢な表情に、さっきユスティーナに突っかかっていた女と本当に同一人物なのかが怪しく思えてくる。

サラはサンダルみたいな大きさのトナカイステーキを、切り分けては口に放り込む。

俺は頃合いを見計らって、ほっぺたをリスみたいに膨らませてるサラに声をかけた。

「それで、お前はサラって言ったか？」

「ほっほっほっほっほ」

「口の中を飲み込んでから喋れ。笑ってる仙人みたいになってるぞ」

サラは慌てて口の中のものを咀嚼《そしゃく》すると、緩めていた表情を再びキリリと引き締める。

「口の周りがステーキの脂でべっとりしてるぞ」

ユスティーナがナプキンでサラの口を拭いてやる。サラは目を細めて、されるがままだ。子供か。

「そっす。ウチはサラ。ユスティーナ先輩の、冒険者仲間っす」

元、な。

「そういうあなたは何者なんすか」

「俺は株式会社波羅黒《はらぐろ》事務用品第一営業部所属の、坂津蘭介だ。これ、名刺な」

「なんすかこの紙。いらねっす。かたくて、口拭くのにも使えねっすよ」

ケツを拭く紙にもなりゃしねえ、の食いしん坊な言い回しかな。

「それでその……カブの人がどうして先輩といっしょにいるんすか」

「それじゃ毎年お歳暮にカブを贈ってくる人みたいだろ。じゃなくて、坂津蘭介だ」

喋りつつ、俺は向かいの席のユスティーナにチラリと目配せをする。それに気づいた彼女は、こちらにこくりと頷き返してきた。どうやら正直に話してしまっていいらしい。

「いいかサラ。実は俺はな、ユスティーナといっしょに旅をしているんだ」

「なっ……!?」

サラが次の一口として口元に運んでいた肉塊が、ぽろりとフォークの先から落っこちる。それをさすがの反射神経で、ユスティーナが床に落ちる前にキャッチした。ホッと胸を撫で下ろしたユスティーナがその肉塊を再び皿の上に戻しているのにも構わず、サラは俺に向かって言った。

「な、な、なんでなんすか!? なんでアンタみたいなのが、ウチを差し置いて先輩と、旅を……!?」

「それはまあ、いろいろと成り行きみたいなのがあってな」

「超絶納得できねーっす！」

サラは大声をあげて髪を掻きむしると、隣に座るユスティーナに向き合う。

「先輩！　ウチは先輩が冒険者を追放されたのが納得できなくって、それで先輩のこと追いかけてきたんす！」

サラは堂々と胸を張り、ユスティーナに言った。

「間違ってるのは、あの男の冒険者どもっすよ。女が冒険者の、それも戦闘職で活躍してるからって。僻《ひが》んだあげく追放するとか……信じられねっす」

「それはあたしもそう思うし、悲しかったけど……」

「そっすよね！　だから先輩がパーティーを追放されて出て行ったって聞かされて、超絶にびっくりして。それでウチも、慌ててパーティー抜けて先輩のこと追いかけてきたんすよ」

「サラちゃんもパーティー抜けちゃったの!?」

「先輩のいないパーティーに、未練なんてないっすから」

サラはさっぱりとした笑顔で言った。

「いや、大変だったんすよ。先輩がどこに向かったかわかんないから、とりあえず地元だって聞いていたアーゴノーツまで向かって。その街で聞き込みをしてまわって、やっとご実家を見つけたかと思ったらもぬけの殻で。近所の人に聞いたらオーク自治領に向かったとか言われるっすし。それで急いでオーク自治領に向かったら、今度は『その旅行者たちだったらノーザンライプに向かったど』とか言われるっすし……」

「あ、ごめん。なんか色々動き回っちゃってて……」

「でも、ようやく見つけたっす」

サラは瞳を輝かせると、ユスティーナの手を取った。

「先輩。ウチといっしょに、もう一度首都に戻るっす」

「ええっ!?」

「そんで、実力を見せつけて、冒険者に復帰するんすよ。先輩を追放した奴らに、吠え面かかしてやるんす」

サラは鼻息も荒く、自らの……いや、ユスティーナの野望を語る。そしてその野望は、サラの中ですでに決定事項になっているようだ。

サラはユスティーナの手を取ったまま、言い聞かせる。

「いいっすか。先輩は冒険者として、超絶優秀っす。先輩が冒険者を辞めたことによって、今後はダンジョンや未開の地の攻略が滞り始めるに決まってるっす」

「いやいや。あたしひとり抜けたくらいで、そんな変わらないでしょ」

「抜けても情勢が変わらない程度の冒険者を、連中はわざわざ追放したんすか？　そんなわけないっすよ。はっきりと、先輩が飛び抜けて強いから、目をつけられたんす」

サラの言い分に納得したわけではないだろうが、ユスティーナは黙り込んだ。それを肯定と受け取ったらしいサラは、さらに言葉を重ねる。

「冒険者は腐っても実力主義の場所っす。だから今からでも、首都に戻って力を示すんす。誰もが無視できないくらいに、超絶圧倒的な力を。そうしたら、追放だなんだ言ってた連中だって、黙らざるを得なくなるはずっすから」

「サラちゃん……」

「先輩！」

瞳を輝かせて、サラはユスティーナに迫る。

しかし。目を伏せたユスティーナは、ゆるりと首を横に振った。

「先輩……？」

「あたしは、いいよ。別に、そういうのは」

「なにを、言って……？」

「今のあたしは、別に冒険者に未練はないよ。そりゃあ追放された時はショックだったし、これからどうしたらいいのかなって悩んだりとかもしたけど……」

そこでユスティーナは顔を上げると、ちらりとこちらを見やった。目が合うと、赤い瞳がキラリと輝いたのが分かる。

「それでもあたしは、もう吹っ切れたから。これからやりたいことも見つかったし、むしろ今はそっちに夢中な感じだし」

ユスティーナはそう言って、にこりと笑った。

ユスティーナが見つけた、これからやりたいこと。それはきっと、彼女が虜になった、サウナを探す旅のことだろう。

俺が教えたサウナを、今度はユスティーナが自ら追い求めている。

それまでの彼女の人生の中心にあった、冒険者への未練をすっぱりと断ち切るくらいに……ユスティーナは、サウナのことを好きになってくれている。

「だから、ごめんね。サラちゃん。あたしのことは気にしないで。サラちゃんだけでも首都に戻るといいよ。あたしと違って、あなたは追放されたわけじゃないから。今からでも冒険者には戻れると思うし。ね？」

「そんな、先輩」

しかし残されたサラは。ユスティーナと違って、サラの方は気持ちの整理がつかないのだろう。

まさか断られるとは思っていなかったらしく、サラは見るからに落胆してしまっていた。

「なんで、そんなこと、言うんすか。あんなやつらに一方的に追放されて、やられっぱなしでいいんすか？　先輩は……」

「そりゃあ思うところはあるけど、でも、あたしはもう吹っ切れてるから」

「先輩は、悔しくないんすか？」

ユスティーナは、なんと言ったものか答えあぐねている。うまくサラを傷つけずに、穏便にこの場をおさめられないかと考えているのだろう。やさしいユスティーナの考えそうなことだ。

だが、俺はやさしくない。だから代わりに、俺がサラに言ってやった。

「そのくらいにしておけよ。サラ」

いきなり口を挟んできた俺に、サラは目を見開いて視線をよこした。けれどすぐにその瞳はいつもの半眼に戻り、じとっとこちらを睨む。

「……なんすか。アンタは今、関係ないっす」

「関係ないことはないさ。なにせ俺は、ユスティーナの言ってる『これからやりたいこと』を教えた張本人だからな」

「なっ!!　つまりあなたが諸悪の根源っすか。死ね、悪党めが。お尻の穴に逆剝《さかむ》けできろ」

「そこまで言うことなくない？」

「いったい、どんなろくでもないこと、吹き込んだんすか。ウチの先輩を返すっすよ」

ウチの先輩、と来たか。

「わきまえろよ。ユスティーナはお前のもんじゃない。ユスティーナのもんだろ」

「なっ……」

「そのユスティーナが、前を向いて新しい道を見つけたって言ってるんだ。冒険者を追放されて落ち込んでた、その張本人がだぞ」

そうだ。俺は、ユスティーナが、彼女の家で途方に暮れていた姿を見ている。冒険者を追放されて、これからどうすればいいのか悩んでいた彼女を知っている。

だからこそ、ユスティーナがサウナという新しい生き方を見つけたことを……新しいサウナを探して旅に出ているというこの状況を、我がことのように嬉しく思っているのだ。

「でも、先輩は冒険者の才能があるんす。だから、才能を活かして冒険者としての道に戻るのが幸せな生き方で……」

「だから、それを決めるのはユスティーナ本人だって言ってるんだよ」

「あっ……ううっ……」

俺に言い負かされたサラは、萎縮《いしゅく》したように首をすくめる。

もちろんサラだって、ユスティーナが幸せになることを望んでいるはずだ。だが、サラは今まで、〝ユスティーナはもう新しい道を見つけている〟ということを、知らなかった。だからこそサラは、ユスティーナが幸せになるためには、自分が奮起して彼女を連れ戻す必要がある……という考えに駆られてしまっていたのだろう。

サラはなにか言い返そうにも、しかし口をパクパクさせるだけで何も言葉にできない。やがて彼女は悔しそうに唇を噛む。

そして、恐る恐る隣に座るユスティーナを見上げた。

「先輩」

「うん」

「ウチ、それでも悔しいっす」

「うん……そうだね。ごめんね、あたしのために」

「いいんす。ウチが勝手に悔しがってるだけっす。……でも、ウチはまだ納得できてないっす」

サラはそう言って、首を横に振った。

追放された冒険者仲間を引っ張り戻すために、わざわざ追いかけてくるほどの女だ。説得されても、そう簡単に引き下がれはしないのだろう。

「だから、先輩」

そして。サラは、あるひとつの条件をユスティーナに提示する。

「先輩がこれからやりたいと思っていることを、ウチに教えてほしいっす。それが本当に先輩のためになることだと判断したら……」

そこで一度言葉を句切ると、サラは続けてこう言ったのである。

「そしたらウチも、先輩を冒険者に連れ戻すことを諦めるっす」

「サラちゃん……」

サラの譲歩に、ユスティーナも思うところがあったのだろう。彼女はひとつ頷くと、サラに向かって口を開いた。

「あのね、サラちゃん。あたしが新しく見つけたものの名前は、サウナっていうんだけど……」

そうしてユスティーナは、サラに語り始めた。

ユスティーナが魅了されているもの。これからやりたいと思っていること。今のユスティーナの心をとらえて離さない、その「サウナ」というものの魅力について、サラに語っていった。

まだ見ぬサウナを追い求めて、こうして旅に出ているという旨も、隠すことなく全てを曝《さら》け出して語ってみせた。

それは傍で聞いているだけの俺でさえも、ついつい目頭の熱くなるような、熱量のこもった素晴らしい語りだった。俺はうんうんと何度も頷きながら、ユスティーナのサウナに対する熱い気持ちに、強く胸を打たれる想いだった。

のだけれども。

「サウナぁ〜〜〜〜？　なぁ〜〜んすかそれぇ〜〜〜〜？」

肝心のサラの方はというと、それはもう胡散臭そぉ〜〜〜〜〜に感じているのを、隠そうともせずに言うのだった。

「熱い部屋に入った後、冷たい水に入って、ととのうぅ〜〜〜〜？　それ、本気で言ってるんすかぁ〜？」

サラは眉間に皺を寄せ、口をへの字に曲げて、顎にも皺を寄せている。およそ女の子が人前で見せていい表情とは思えない。

「いやっ、あのっ、本当に気持ちいいんだよっ。あの、ほらっ。熱い部屋でぅ〜〜〜んって熱くなった後にね、冷たい水を浴びてひゃ〜〜〜〜〜ってなるでしょ？　そしたらね、なんだか頭がぽわ〜〜〜ってなってきて。ふわ〜〜〜って感じになっちゃうの。それがひぇ〜〜〜〜って感じで、ふぅ〜〜〜って感じなんだよ」

見てくれよ、このユスティーナの説明能力の無さ。言葉は抽象的だし、感覚のことしか言ってないし、何にも情報が入ってこない。

確かに熱量の感じられる説明だったので、サウナを知っている俺ならばジンと感動するプレゼンであった。しかしその俺からしてみても、サウナを知らない立場で聞いたとしたら、怪しい宗教にハマってるようにしか見えないだろうなとも思う。

サラはすっかり疑わしげな目を、俺の方へと向けている。あいつからしたら、ユスティーナが気の弱っているところにつけこんで、怪しい宗教に誘い込んだようにしか見えないのだろう。

「いや本当に気持ちいいんだってば！　なんていうか、不安が全部吹き飛んでいって、ふわぁ〜〜って心が浮いちゃうみたいな……！」

「もうやめろユスティーナ！　それ以上は怪しいオクスリの話みたいに聞こえるから！」

「あと痩せる気がするし！（汗とかかいて）」

「やめろ！（汗をかいて）」

「衛兵に連絡するっすか？（目つきが冷たい）」

「やめて！（背筋が冷たい）」

しかし困ったことになった。

せっかくサラが歩み寄りを見せてくれたというのに、ユスティーナの説明がへたくそなせいでまったく話が進まない。

むしろサラは「サウナ」というものに対して、懐疑的《かいぎてき》にすらなってきてしまっている。

「一生懸命話してくれてる先輩には悪いっすけど、これじゃあとてもサウナのことを認める気にはならないっす」

「ええっ！　なんでえ！　こんなにがんばって説明しているのにぃ！」

「サウナが良いものであると納得できない以上、ウチはやっぱり先輩はもう一度冒険者に戻るべきだと思うっす！　考え直すっす先輩！」

「うう〜〜……さ、サラちゃ〜〜ん……」

ううむ、困ったことになったな。サラを説得して納得してもらうつもりが、むしろサウナ（と俺）に対して強い不信感を抱かせてしまったようだ。

サラを説得するためにいちばん確実な手段は、やはり彼女を実際にサウナに入れてしまうことだろう。百聞は一見にしかずというやつだ。

だが俺達はこの街でも、サウナを見つけられていない。となるとサウナを用意するには、かつての鍛冶場のように、自分達で環境を整えてやるほかないようだ。

「ううん。この街でどうにかして、サウナを再現できないかな……」

なにかそれらしい施設はないだろうか……と頭を悩ませていると、ドワーフの店員が遠慮がちに俺達のテーブルにやってきた。

「盛り上がってるとこ悪いけど、そろそろ店じまいをさせてくれ」

「えっ。もうそんな時間か？」

「ここらは雪国だからな。夜になるとみんな暖かい家に籠《こ》もっちまうから、店を開けてても仕方ねえんだ。ほれ、吹雪もやんだし、今のうちにお前らも帰ったほうがいいぞ」

店員さんに言われて窓の外を見てみると、確かに風はおさまっている。これ以上長居してお店に迷惑はかけられないので、サウナ問題はここらでいったん休戦することにした。

俺達は料理の代金を支払うと（俺は現地の金がないのでユスティーナに支払ってもらった。サラはそれもまたドン引いた目で見ていた。ヒモかと思われてるかもしれない）、店の外へと出る。風がやんでいるだけで、だいぶ寒さが弱まった気がした。

「先輩はどこに泊まってるんすか？」

「あたしは、この近くのロッジを借りてるよ」

「そうなんすか。あの、先輩。ウチ、実はこの街に来たばっかりで、まだ宿を取れてなくて……」

「あ、そうなんだ。じゃあ、もしよかったらあたしのところに泊まってく？」

「いいんすか？　わあ、お邪魔するっす」

そうして同じ宿に泊まることにしたらしいユスティーナとサラ、あと俺が同じ方向へと歩き始めた。

「え。なんでこの人もついてくるんすか？」

「なんでって、俺もおんなじ宿に泊まるからな」

「ええっ！　なんでっすか!?」

「この人、お金持ってないから。どうせあたしが全部払うのに、ふたりで別のロッジ借りたら宿代がバカにならないもの……」

「この人は外に放り出して、ウチらだけで泊まるってのはどうっすか？」

「おいこら。人を凍死に追い込みかねないよう提案を、真顔でするんじゃねえ」

すねの辺りまで埋まる深い雪をざくざくと踏み越えながら、数分ほど歩いたところにそのロッジはある。太い丸太を組み合わせて作った、いかにも旅人の逗留用といった趣《おもむき》だ。

中に入ると暖炉のある大きめのリビングがあり、その奥にキッチンスペースがあるという造りのようだ。ちなみに個室は無いので、泊まるのもこのリビングになる。部屋数は少ないが、広さはあるため、三人で泊まることに問題は無いだろう。

リビングにはラグや戸棚、調度品などがいくらか置かれている。さすがにこの部屋に魔晶石を放り込んで百度に熱した簡易サウナにしたら、ロッジを管理している人にものっそい勢いで怒鳴られるだろう。実はこの部屋をサウナに改造することを真面目に検討していたのだが、やはり現実味がなさそうだ。諦めよう。

「ひゃー、さすがに中も寒いね。すぐに暖炉に火をつけるよ。ちょっと待ってて」

ユスティーナはそう言って、暖炉へと向かった。程なく、室内はぬくぬくと暖かくなってくる。

気を抜いたせいか、また霜焼けになった指先が疼き始めた。俺はユスティーナから借りていた手袋を外すと、我慢できずに指先を掻き始める。するとそれを見て、サラがこちらに声をかけてきた。

「あれ。それ、霜焼けっすか？」

「ああ。普段こんな寒いところに来ないからかな。あんまり寒いと、本当になるものなんだな。う
う、くそ……痒い」

レストラン内ではずっと手袋で隠していたため、サラは初めて俺の霜焼けに気がついたらしい。

指先は相変わらず薄っすらと赤く変色しており、疼くような痒みが続いていた。我慢できずに掻いていたせいか、少し血が滲《にじ》み始めているような感じがする。

「ふうん。ちょっと見せてもらってもいいっすか？」

「構わないけど」

俺はサラの方に、霜焼けのできた手を差し出す。すると彼女は木製の杖の先を持ち上げ、俺の手に突きつけてきた。

「なにを――」

「動かないでいてほしいっす」

サラの有無を言わせぬ口調に、俺は静かに黙り込んだ。

サラはなにか、ぽそぽそと小さな声で唱えているようである。なんと言っているのかと耳をそばだててみると、彼女は一際ハッキリと、その言葉を発声した。

「《アンプリフィケイション》」

すると霜焼けのできていた指先が、ほんのりとあたたかくなってきたことに気がついた。

やがて手のひら全体にじんわりと熱を帯びていっているような感覚が広がっていったかと思うと、それ

は次第におさまり、消えていく。

なんだったんだろう、今の……と思っていると、サラは杖を下ろした。

「治ったっす」

「……は?」

「だから、治ったっす」

いやいやいや。治ったっす、って。治ったっすなわけないだろ。ちょっと杖を掲げただけだぞ?

だが言われてみると、確かに今までずっと指先にあった疼くような痒みが消えている。

「……え、嘘だろ。まさか」

半信半疑ながら俺は自らの手のひらに目をやり、そして驚愕の声を漏らした。

「嘘だろ! 治ってる!?」

そこには赤く腫れ上がっていたはずの霜焼けや、滲んでいた血はおろか、その痕跡すらも残ってはいなかった。

「そんな驚くことじゃないっす。ただ治癒魔法を使っただけっすよ」

「治癒魔法だって!?」

思わず目を剝く俺に、ユスティーナが暖炉の前から声をかけてきた。

「あ、ランスケ、霜焼け治してもらったんだ。サラちゃんは魔法職の冒険者で、そのくらいの怪我とかならすぐに治せちゃうんだよ」

「ま、マジかよ……! こんなにあっさりと消えるとか……そんなことがあり得るのかよ!?」

「ウチにかかれば、これしきのことっすよ。なにも霜焼けや怪我そのものを消し去ったわけでなく、人間の元々持ってる治癒能力を、大幅に増幅させただけなんすけどね」

嘘みたいな話だが、事実として俺の霜焼けはすっかり治ってしまっている。

この世界に来てからは何かと驚くことが多いが、中でもこの治癒魔法は特に驚いた。

「へえ……すごいな！　魔法って本当にあるんだ！」

「え……なにを今更。あなただって、魔晶石使ってるの見てるでしょ？　あれだって魔力を使ってるんだから、魔法の一種なんだからね」

「でも俺が使ってきた魔晶石って、温度を上げるだの下げるだのくらいが関の山だったからなあ。人の怪我を治すくらいのことをしてから、魔法を名乗ってほしい」

「なんなの、魔法知らないくせに魔法過激派のこの人」

「ま。それはともかくとして、だ」

俺は改めてサラに向き合うと、スッと頭を下げる。

「ありがとうな、サラ。俺のこと治療してくれて」

俺が礼を言うと、サラはぷいっと顔を背《そむ》けてしまう。

「別に。先輩にサウナとかいうものを教え込んだ、怪しい人物に感謝される謂《い》われはないっす」

サラはそう言い捨てるや、リビングの奥の方へとトトト……と歩み去ってしまった。

「あらら……すっかり嫌われちまったかな」

俺は治してもらったばかりの手のひらを撫でつつ、小さく溜め息をついた。

するとそんな俺の背後から、ユスティーナが歩み寄り声をかけてくる。

「ねえ、ランスケ。ちょっとお願い事してもいい？」

「なんだ？」

「暖炉の薪《まき》が足りないの。備蓄は物置にしまってあるらしいから、取りに行ってもらえない？」

「ああ、そのくらいなら構わないぞ。泊めてもらってる身だしな」

頷いた俺は、ユスティーナに物置の場所を教えてもらい、リビングを出た。

キッチンスペースの奥に開き戸があり、そこが物置になっているらしい。開けてみると、箒《ほうき》やバケツなどの掃除用品やら、使わなくなった古い椅子やら、雑多な道具が詰め込まれている。

お目当ての薪は、丁寧に紐で縛られた状態で、入ってすぐのところに積まれていた。俺はそいつをひと束抱えて、物置を出る。するとそこで、今出てきた物置とは別に、廊下の奥まった場所にもうひとつ扉があることに気がついた。

興味を引かれた俺は、その扉へと近づいてみる。金属製の扉で、窓はない。このあたりまでは暖炉の火が届かないせいか、触れるとひんやりとした冷たさを感じた。

「ちょっと、ランスケ。何をもたもたしているの？　薪はあった？」

背後からユスティーナが声をかけてきた。俺がなかなか戻らないから、様子を見に来たようだ。

「薪はあった。それよりこの扉って……」

「ああ、これ？　ガレージがあるんだよ。馬車とか牛車で移動してきた人が、動物とかを休ませるための場所。この辺は雪が積もってることが多いから、トナカイぞりがほとんどみたいだけどね」

「要は宿泊客が乗ってきた動物の厩舎みたいなもんか。見てみてもいいか？」

「いいよ。でも、特におもしろいものは何にもないよ？」

ユスティーナに許しを得た俺は、扉を開けてみた。

ガレージはバスケットコート半分くらいはありそうな広さだった。ユスティーナの話ではトナカイなんかを入れることが多いそうだから、自然と場所を取る造りになるのだろう。出入口らしき観音開きの大きな木造扉が設置されてあるので、おそらく本来はあそこから乗り入れるのだと思われた。

地面はむき出しになっており、見るからに居室ではない。乗ってきた動物を休ませるための場所、俺に馴染みのある言い方をするなら車庫に過ぎないせいか、多少藁《わら》が敷かれ、水桶がある他は、余計なものは置かれていない。

雪景色の外界とは木造扉一枚のみで区切られているだけなせいか、ひどく冷えるところだった。しかしそんな寒さとは裏腹に、俺の心は興奮していくのを感じ始める。

「なあ、ユスティーナ。これ、使えるんじゃないか？」

「え、なにに？」

「なにって、サウナにに決まってるだろ」

見たところガレージの中は熱にさらされて困るようなものは、何も置かれていない。外界との間には窓も無いため、寒暖差でガラスが割れるような心配も無いだろう。

つまり条件としては、ユスティーナの実家の鍛冶場と同じということになる。だからこの部屋で、熱を発する魔晶石を使えば、あの時と同じことができるのではないかと考えたのだ。

ところが、ユスティーナの反応はいまいちだった。

「ううーん……」

「え、なにその反応……。え、だめなの？　あ、もしかして魔晶石持ってないとか？」

「いや、あるけど……でもなあ」

「なんだよ。なにか問題があるなら言ってくれよ」

「ちょっとここだと、広すぎる気がするよ」

言われて、気がつく。確かに鍛冶場とガレージとでは、こっちの方が倍以上に広さがある。

「あの鍛冶場は狭かったから簡単に暖められたけど、ここだと魔晶石の熱量じゃ隅々まで行き届かないと思う。ただでさえ元の気温も低いわけだし」

「あー……要するに火力が足りないってことか？」

「簡単に言えば、そう。魔晶石だって、込められてる魔力以上の能力は発揮できないからね」

「がーん、だな。いいアイデアだと思ったのに」

ユスティーナの説明に、俺は頭を抱えてしまう。

確かにこの広さのガレージを百度近くまで温度を上げるとするならば、並大抵のエネルギー量では足りないだろう。これはやはり無理か……と諦めかけたところで、背後から声をかけられた。

「さっきから、なんの話をしてるんすか？」

「おお、サラか」

俺達がなかなか戻ってこないからか、サラも様子を見に来たようだ。彼女は廊下へつながる扉から、ガレージの中を覗き込んでいる。

その顔を見て、ピンとくるものがあった。

思い出したのは、つい先ほどのこと。俺の手の霜焼けを、サラが魔法で治療してくれたときの光景だ。

確か彼女は霜焼けを治した魔法の仕組みを、こんなふうに言っていたのではなかったか。

……ウチにかかれば、これしきのことっすよ。なにも霜焼けや怪我そのものを消し去ったわけでなく、人間の元々持ってる治癒能力を、大幅に増幅させただけなんすけどね。

「なあ、サラ。ちょっと頼みがあるんだけど、いいかな」

「……なんすか？」

訝しむサラに、俺は尋ねた。

「お前の魔法を使って、魔晶石の能力を大幅に増幅させるってことは……可能だったりしないだろうか？」


「うおおおおっ！　めちゃくちゃいい感じじゃねえか！」

「そ、そうなんすか……？」

扉の向こうのガレージは、今やすっかりサウナへと様変わりしていた。

物置にあった金属製のバケツをガレージの中央に置き、熱気を発する魔晶石を放り込んだ。しかしガレージが広いため、魔晶石ひとつでそのまま温度を上げるには効果が足りない。

そこで活躍するのが、魔法を扱うことのできるサラである。

彼女は俺の霜焼けを治してくれたように、対象の能力を大幅に増幅させる魔法を使うことができる。俺はその魔法の力を、ガレージを暖めるための魔晶石に使って欲しいとサラに依頼したのである。

「……え、なんでそんなことをするんすか」

「なんでもだ」

「そんなに寒いなら、あっちのリビングで暖炉にあたったらいいじゃないすか」

「こっちのガレージじゃなきゃダメなんだ」

「ええ……。先輩、なんかこの男がまた変なこと言ってるんすけど」

「あたしからもお願い。サラちゃん」

「先輩まで……?」

俺とユスティーナ、ふたりがかりで懇願されて、サラは心底意味が分からないというような表情を浮かべていた。

「なんなんすか……? やっぱり先輩は、洗脳されてるっすか？ もう超絶手遅れなくらいに、怪しげな健康法に騙《だま》されてしまってるんすか……?」

「おい、サウナをそこらのインチキ健康商法といっしょにするなよ。サウナは由緒ある文化で、その起源を遡《さかのぼ》れば二千年以上の歴史があるんだぞ」

「うわっ、桁をでかくしすぎてて、逆に真実味がねー数字っす。超絶ウケるっす」

「確かにちょっと古すぎやしないかとは俺も思うけど、事実なんだから仕方ないだろ！」

サラは明らかにサウナの効果を信じてはいないようだった。しかし彼女は、「サウナとやらの化けの皮を剝《は》がす、いい機会っす」と、魔晶石の効果の増幅を請け負ってくれたのである。

そしてその結果。ガレージの中は、扉を開けるだけでも熱気が肌を炙る、見事なサウナへと変貌したのであった。

「あの……本当にこれでいいんすか？　これ、中はたぶん百度くらいはあるっすよ？」

少しばかりやりすぎてしまったのではないか……と、サラは心配そうに尋ねてきた。だが、ドライサウナであれば百度は適温といえるだろう。

「まったく問題ない。これでサウナが堪能できる。本当にありがとうな、サラ」

問題ないと言っているのに、サラはなおも困惑した顔を俺達に向けてくる。俺達が何をしたいのかが、一切理解できずに困っているのだろう。

「とにかくサラのおかげで、サウナの準備はバッチリだ。それじゃあさっそく、入るとするか」

「そうだね、ランスケ。サラちゃんも、いっしょに入ろうね」

「そうっすね。せっかくの機会っすし、ウチもお供するっす。ふっ……しかし。先輩には悪いっすけど、ウチはそんな簡単にサウナとやらを認める気は無いっすからね。ちょっとでも変なところがあれば、ランスケさんは先輩を騙しているものと見な……ってなにしてるんすか!?」

べらべらと饒舌《じょうぜつ》に何事かを喋っていたサラ（サウナに夢中でなに言ってんのかはちゃんと聞い

てなかった）が、突如として大声をあげた。

「なにって……服を脱いでるんだが？」

「なんで平然と女子の前で脱いでるんすか！」

「サウナ入るんだから、女子の前だろうとなんだろうと、服は脱ぐだろう。なに言ってんだお前」

「これあれっすか！　ウチの方が変みたいな扱いされてるっすかいやあああああ！　なに、ち×ちん出してるっすか！」

「だから、サウナ入るからだってば」

俺はサラの目の前ですべての服を脱ぎ、チ×ポも余すところなく見せつける。いや、別に、見せつけたくて見せつけているわけではないぞ？　サウナに入るために全裸になったら、サラがそこにいただけだ。

サラは男子のチ×ポを見るのに慣れていないのか、顔を真っ赤にして怒り心頭の様子である。

「信じられないっす！　やっぱりサウナなんて嘘っぱちなんすよ！」

「なんでだよ。なんで服脱いだだけで嘘っぱち扱いなんだ。お前は水浴びをするときでも、全身の服をびしょびしょに濡らしながら浴びるのか？」

「このっ！　自分の方が正論を言ってるみたいな言い方っ！　腹立つっす！　先輩！　先輩もこいつになんとか言って……って、なにやってんすか！？！？！？」

「えっ、えっ。なにっ？」

俺からユスティーナの方へと視線を移したサラは、顎が外れたのかというくらい呆然と口を開いている。

そこに立っているユスティーナは、俺とまったく同じ状態。つまりは一糸まとわぬ全裸姿であった。大きくておまんじゅうのようなおっぱいを、たゆんと揺らしながら、きょとんとした表情を浮かべている。

「な、な、なっ」

「どうしたの？　サラちゃん。顔真っ赤だよ。まだサウナにも入ってないのに」

「ウチは正しいっす！　ウチが正しいはずっす!!」

サラは自分を鼓舞するように、「ウチが正しい」と連呼した。バシバシバシと激しくほっぺたを叩いて正気を取り戻すと、サラはユスティーナを指さす。

「せ、先輩っ！　服を！　ビキニアーマーを着るっす！」

「え、なんで。これからサウナに入るのに」

「そこの男が見てるからっすよ！」

「これからいっしょにサウナに入るんだもん。そういうものだよ。ねえランスケ？」

「そうだな、ユスティーナ」

「こいつッッッッ!!　ここまで深く先輩を洗脳していたんっすかッッッッッッ!?」

失礼な。なにが洗脳だ。

「おい落ち着け。俺とユスティーナは、純粋にサウナを楽しみたいがために全裸になったんだ。サラがどう受け取ったかは知らないが、俺達に邪《よこしま》な考えは一切ない」

「じゃあ、なんでアンタち×ちん大《お》っきくさせてんすか！」

サラの指摘通り、俺の下腹部ではチ×ポがムクムクと大きく膨れ上がっていた。

「そりゃあお前。ユスティーナの全裸見たら、どうしても勃起はするだろ」

「はーいきました言質！　言質っすよ！　言質超絶乱獲っすよ！　やっぱり先輩の裸見て、えっちな気分になってるじゃないすか！　邪《よこしま》な考えありありじゃないっすか！」

「これればかりは生理現象だから仕方ないんだよ。ユスティーナはおっぱいも大きいしムチムチしてて、ドエロ体型だからな」

「そのムチムチドエロ体型の先輩と、裸同士でサウナに入って、なにするつもりっすか！」

「ととのうんだよ」

「男女の凹凸の隙間を埋めるように、男性器を女性器の中にしまい込み、整理整頓するという意味での〝整う〟ってことっすか！？！？！？」

「すんげえ解釈の仕方してるなこいつ」

「ねえ、今あたし、ふたりからムチムチドエロ体型って言われなかった？　あたし、一応元冒険者だし、身体は引き締まってるほうだという自負があるんだけど？」

ユスティーナが目だけ笑ってない笑顔で尋ねてきたが、俺達はスルーした。冒険者引退して、少し身体がゆるんできてるんじゃねえの？　ムチムチドエロ体型さん。

「とにかくサラ。お前が理解できないのも分かるが、サウナとはこういうものなんだよ」

「ありえないっす！　先輩は絶対に騙されてるっす！」

サラはユスティーナにすがりつくと、彼女に懇願し始めた。

「目を覚ますっす先輩！　男の人の前で裸になって平気でいるなんて、ふつうじゃないっすよ！」

そいつ、男の人の前でほぼ裸に近いビキニアーマーで平気でいるけど、それはふつうなのかな？

とにもかくにも、サラはサウナという文化を認めたくない様子だ。

いったいどうしたものか、と悩んでいると、ユスティーナが「サラちゃん」と声をかける。

「確かにあたしも、サウナのことを知らなかった時は、いきなり全裸になって何してんのこいつって思ったよ」

「そっすよね！　よかったっす、先輩にもやや理性が残ってて！」

「でも、実際に自分も体感してみて、意識が変わったの。確かにサウナっていうのは気持ちよくって、何を差し置いても入りたい魅力があるものなんだよ」

思い出すのは、初めて出会った頃のユスティーナだ。

あの時の彼女は、まだサウナを知らなくて、鍛冶場で全裸になった俺を全力で否定していた。だが興味本位からサウナの世界へと一歩足を踏み入れたことで、彼女は変わった。

「サウナはね、冒険者を追放されたあたしの心を癒やしてくれたものなの。不安とか悲しみとか、悔しさとか、憎しみとか、やりきれなさとか、そういうマイナスの感情を、全部どうでもよくなっちゃうくらいの気持ちよさで、洗い流してくれたの」

「先輩……」

「あたしは、はっきりと言える。あの時のあたしを救ってくれたのは、間違いなくサウナだった」

ユスティーナは、サラのことを真正面から見つめて、そう訴えかけた。目と目を合わせての訴えは、サラの心を動かしただろうか。話を聞いているサラの瞳が、ぐらりと揺れる。

「サウナのことを信じろとまでは言わないよ。サラちゃんがどうしても嫌なら、もういっしょに入ってとも言わない。でもね、これだけは言わせて」

サラの肩をつかむ、ユスティーナの手に力がこもる。

「サウナは信じなくとも、サウナが好きな、あたしを信じてほしい」

「…………」

「あたしはサウナが大好き。まだその魅力を知ったばかりだけど、これからも追いかけたいって思えるもの。だから……あたしは、ランスケといっしょにサウナに入るよ。これからも」

ユスティーナの訴えを聞いて、サラはなにか感じ入るものはあっただろうか。サラは唇を噛み、俯いてしまう。しかしそれ以上、彼女の口からサウナを否定する言葉は出てこなかった。

ユスティーナとサラは口を閉ざし、沈黙が場を支配する。

だが、俺はそれ以上待つつもりは無かった。

「……もういいか？　俺は我慢の限界だ。サウナに入らせてもらうぞ」

「あ、うん。あたしも入るよ。当然ね」

ユスティーナが、振り返って言った。

目の前にはサウナがあって、もう十分に中の温度も高まっているはずだ。俺はガレージへとつながる扉に手をかける。

「……待って、ほしいっす」

しかしそこで、サラが口を開いた。俺とユスティーナは、そろって彼女の方へと顔を向ける。

ふたりから一斉に見られて、サラは怖じ気づいたように首をすくませた。

「なあに、サラちゃん？」

しかし、ユスティーナにやさしく尋ねられたことで、背中を押されたのだろうか。サラは胸元で軽く両手を握りながら、ぽつりと小さく呟いた。

「……先輩が入るなら。ウチも、入るっす」

「サラちゃん……」

「でも、中に入って、やっぱり変だと思ったらすぐに出るっすからね。あとそっちの男が、変なことをしようとしてきても、やっぱり出るっす」

「変なことってなんだよ。別にしねえよ。サウナだぞ」

「くぅ……やっぱりこの人、超絶むかつくっす……」

サラは射殺すような鋭い目つきで、俺のことを睨んでくる。だがいくら鋭かろうが、所詮視線は視線でしかないので、俺は痛くも痒くも無かった。

「うう……どうしてウチが、こんな、男の人の前で……うぐぅ……」

サラは悔しそうに下唇を噛みつつ、服を脱いでいく。

マントを外し、ビスチェを脱ぎ、スカートを下ろす。そうして下着までひとつひとつ脱いでいく姿は、実に艶っぽく俺の瞳に映った。

そうか。女性がこうしてひとつずつ着ているものを脱いでいくのって、こんなにも男の情欲をそそるものだったんだな。

そうだよな。ビキニアーマー上下の金具をガシャン、ガシャンと外して、はい素っ裸！　っていうユスティーナは、やっぱりなんか変だったよな。

裸になったサラは、雪のように白くきめ細かな肌が、まるで光を放っているかのようにまぶしい。おっぱいはたわわなユスティーナには及ばないものの、女性らしい膨らみは確かに感じられる。腰のラインは美しく、縦形のおへそがちょこんと顔を覗かせていた。そして下腹部には髪色と同じく深い青色の陰毛が、意外にも広範囲にわたって生え広がっている……。

「眼鏡も外しておけよ。中は熱いから、眼鏡をかけたままだとレンズがひび割れる可能性がある」

「っす」

サラは俺の忠告を受けて、素直に眼鏡を外した。どうやら裸眼では視力が心許ないようで、目を細めて手をうろうろとさまよわせ始める。見かねたユスティーナが、そっとサラの手を取った。

「サラちゃん。見えないと危ないから、手をつないでいっしょに入ろうか」

「……ありがとうございますっす」

全裸のユスティーナとサラが手に手を取り合っている姿は、不思議と絵になる。ふたりとも、見た目がととのっているせいだろうか。

今から俺は、このかわいい女の子ふたりと、裸同士でサウナに入るんだ。

そう意識した途端、またしてもチ×ポがビクビクと反応してしまう。

俺はサウナに向けて気持ちを集中させ直しつつ、今度こそガレージへの扉に手をかける。

「ようこそサウナの世界へ。存分に堪能していってくれよ」

扉を開けると、思わず顔をしかめたくなるような熱気が、俺達の全身を炙り始めるのだった。


ガレージを熱したサウナは、俺達三人で使うにはかなり贅沢に思える広さだ。

ガレージの真ん中では、サラの魔法によって力を増幅された魔晶石がバケツに入れられ、ひたすらに室内の温度を上昇させ続けている。

「うああっ……熱っついっす……」

サウナ初体験のサラは、いきなり表情を歪ませる。サウナを知らない彼女にとっては、全身をこれだけの熱気に炙られるのは、なかなかに堪《こた》えるのだろう。

「こ、これのどこが気持ちいいんすか……ランスケさん、アンタ、ドMなんじゃないっすか？」

「そうすると同じくサウナが好きなユスティーナもドMということになるが」

「先輩はドMっすよ」

「えっ!?　あたしドMじゃないよ!?」

そうか……冒険者として苦楽をともにした仲間であるサラから見て、ユスティーナはMなのか……。今度エッチなことをすることがあれば、ちょっと激しめに攻めてやろうかな？

「ちょっとランスケ！　変なこと考えてるでしょ！　サラちゃんも変なこと吹き込まないでよね！」

プリプリと怒りながら、ユスティーナは熱源のそばに置いた椅子に腰掛ける。眼鏡が無いサラも、彼女に手を引かれながらその隣の椅子に恐る恐る座った。

これは物置にあった古い椅子を、ガレージに運び込んだものである。備品に汗だくのまま座るのもどうかと思ったので、サウナマット代わりのタオルを座面に敷いておいた。

「うう……熱い……超絶熱いっすよ先輩……はあ、はあ……」

「がんばって、サラちゃん」

ユスティーナは隣のサラと手をつなぎながら、励ますように声をかけていた。

「ほら、サラちゃん。冒険者になるための修行、思い出してみて」

「しゅ、修行っすか……？　はあ、はあ……」

「うん、そう。サラちゃん、修行好きだったでしょ？」

「そりゃ修行は、すればするほど自分が強くなる感覚があったから好きだったっすけど……これは、ただ熱いだけっすよ」

「違うよ、サラちゃん。このサウナもね、この熱い時間でできるだけ我慢すれば我慢するほど、あとでもっともっと気持ちいい時間が待ってるんだよ」

「はあはあ……そ、そうなんすか……？」

「うん、そう。だから、サラちゃんの好きな修行と同じだよ。今、苦しんで頑張れば頑張るほど……あとで、気持ちよくなれちゃうんだからね」

「うう……先輩がそう言うなら……信じるっす……。これは、修行なんすね……はあ、はあ……」

サラはユスティーナの言葉に乗せられて、心なしかやる気が湧いてきたように見える。

なるほど、さすがは冒険者時代の仲間だ。サラをその気にさせる方法なら、お手の物ってところだろうか。

そこで俺は、改めてサウナ浴をするふたりの様子を眺めた。

ユスティーナは熱さを全身で楽しむように、ゆったりと身体の力を抜いている。熱せられて赤くなった肌は、彼女の赤い髪とよく似合っていた。時折身じろぎすると、大きなふたつのおっぱいがゆさりゆさりと重量感を伴って大儀そうに揺れる。

そしてサラの方はというと、修行と思うことにしたためか、目を閉じて大真面目に瞑想に耽っていた。

サラのくっきりと浮かび上がった形の良い鎖骨の下には、ふっくらとやわらかそうなおっぱいがふたつぶら下がっている。左のおっぱいの下に、小さなほくろがちょこんとあるのが見えた。そして下腹部には広範囲に生い茂る、深い青色の陰毛。のっそりとした陰毛は汗に濡れ、おま×こを覆い隠すようにぺっとりと張り付いていた。

ユスティーナとサラ。ふたりの女性の裸をじっくりと観察していたせいか、興奮したチ×ポに血流が集まり、膨らんでいくのが分かる。ビンビンに大きく反り返ったチ×ポは、その先端がお腹に触れるほどだ。かすかに先端が濡れているのは、汗だろうか。それとも……。

サラは眼鏡が無いことに加えて、熱さに集中しているためだろう、俺からの視線に気づいた様子はない。しかしふと視線を横に動かせば、ユスティーナがじとりとした目でこちらを見ていた。

俺と目が合うと、ユスティーナはパクパクと口を開閉する。
ヘ　ン　タ　イ
それからユスティーナは、俺のチ×ポへと視線を移す。

俺の下腹部で、ゆらゆらと揺れているチ×ポ。普段であればユスティーナが握りに来るところだが、今日の彼女の手はサラとつないでいるため塞がっている。なにがヘンタイじゃ。俺のチ×ポを嬉々として握りに来るお前が言えた義理か。

俺はグッと両脚を開いて、ユスティーナからより一層チ×ポが見えやすいようにしてやった。

「…………」

「…………」

「はあ、はあ……熱いっす……まだ入ってないとだめっすか……？」

「まだだめだよ、サラちゃん。修行だからね」

「うぃひ……修行……自分が強くなっている実感……へへ……」

サラの修行フェチの、その狂気っぷりの見え隠れはともかくとして、だ。

ユスティーナはサラをなだめたあと、つないでいない方の手……左手をゆっくりと動かし始めた。

見るともなしに見ていると、ユスティーナの左手は、彼女の下腹部へと伸ばされていく。

……え？　なになに？

むっちりとしたやわらかそうな肉付きの太ももに挟まれた、彼女の秘部。赤い陰毛に覆われたその奥に、ユスティーナの左手が滑り込んでいった。

……は？　おいおい、待て待て……。

ユスティーナはちらちらと横目でサラの様子をうかがいながら、左手の指をくにくにと動かしていた。

つまるところ、ユスティーナはオナニーをしていた。

彼女は、まるで俺に見せつけるみたいにして、自らのおま×こを、指で……。

「……あんっ……あんっ……はあ、はあ……」

ユスティーナの息が上がる。

隣のサラは、ユスティーナの呼気を、熱気にやられただけだと思っているだろう。だが俺には、クリトリスを指で刺激して、漏れた喘ぎ声だと分かる。

ユスティーナの正面にあるのは、勃起した俺のチ×ポだ。ユスティーナは、俺のチ×ポをおかずにしてオナニーをしているというのか。

下腹部が焼け付くように熱い。ビンビンに血流が集まったチ×ポは、限界まで反り返っている。

俺はユスティーナの左手が添えられた下腹部を凝視しながら、自らも右手をチ×ポに添えた。

サラに異変に気づかれないよう、音を立てずにゆっくりと慎重にチ×ポをシゴいていく。

「はあ、はあ……ああ……はあ……」

「……んっ……あんっ……あんっ……」

「はあはあ、超絶熱いっすー」

のんきにサラが熱がっている横で、俺とユスティーナは思いきりオナニーをしていた。おかずは、お互いに目の前でオナニーをしている相手だ。

ユスティーナの手元は、こちらに手の甲が向いているだけで、どこをどう触っているのかまでは分からない。だが確実にオナニーをしていることだけは伝わってくる。

ユスティーナの指の腹が、クリトリスをぷにぷにと刺激する。そして中指の先が恐る恐る膣口に触れて、濡れているのを確認してから滑り込む。自らの中指が第二関節あたりまで飲み込まれたのを感じながら、膣肉全体できゅうっと締め上げる……。そんなふうなことを想像しながら、俺もまたチ×ポをシゴく。

俺の方は隠しようがない。全部はっきりと見られている。竿の根元付近から亀頭のほうに向かってシゴき、逆に根元に向かってまたシゴく。

慣れ親しんだ手のひらの感触だ。だが、だからこそ俺のチ×ポが平常時のオナニーよりも興奮しているのがはっきりと分かる。今までに感じたことのない太さ、硬さを手応えとして感じられる。

相互オナニーという特殊なプレイに、わかりやすく興奮してしまっているのだ。太く硬く膨らんでいるチ×ポは、ゴシゴシとシゴくと、とてつもなく気持ちいい。

「はあ、はあ、はあ……ああっ……はあ、はあ……」

ヤバい。このままじゃ、オナニーでイきそうだ。

射精なんてしようものなら、いくらのんきにサウナ浴してるサラにだって、バレる！

イってはいけない。だが、オナニーの気持ちよさに、手の動きは止まらない。

このままでは、本当に果ててしまいそうで……。

「はあはあ……あれ、なんだか……んっ、ウチ、だんだんこの熱さに、慣れてきたっすね」

そう言って、バチッ、とサラが目を見開いた。

それと同時に、俺とユスティーナはそれぞれの性器から手を離す。

最初からなんにもおかしなことしてませんでしたけど？　とばかりに背筋をピンとのばして、ふうふうとしんどそうに汗を流す。

「ん？　どうしたんすか、ふたりとも？」

目が悪く視界がぼやけているらしいサラは、不自然な挙動の俺達をキョロキョロと不思議そうに見回していた。

「はあはあ……いや、別に？　はあはあ……普通に汗を流しているだけだが？」

「はあはあ……うん、そうだよ？　はあはあ……なんにもおかしなことなんてしてないよ？」

「ふたりとも、なんだかやけに息が荒くないっすか……？」

サラは俺達の様子を訝しんで、小首を傾《かし》げている。しかし当の本人達がなんでもないと言っている以上、それ以上言及する気はないようだった。

その代わりにサラは、少し得意げな表情を浮かべたかと思うと、胸を張って言う。

「ふふん。入った時には少ししんどかったっすけど、慣れてくればこの熱さを我慢しながら汗をかいていく感覚、本当に修行してるみたいで楽しくなってきたっすねえ」

「はあはあ……調子に乗るのが早いヤツだな。さっきまではあんなに熱がってすぐにでも出たそうだったくせに」

「そ、それは初体験でびっくりしただけっす！　慣れればこんなもの……少なくとも、辛そうに息を荒げちゃってる、アンタよりよっぽど耐えられるっすよ！」

俺が息を荒げているのは熱さだけじゃなくて、もっと別の理由なんだけど……それを言ったら怒られそうなので、口を噤《つぐ》んでおく。

「先輩を魅了しただなんて言うからどんなものかと思ってたっすけど……このくらいの熱さじゃ、ウチはへこたれないっす。全然平気っすよ」

「そうかい？　そいつは頼もしい限りだな」

「むぅ……アンタ、随分とまだ余裕があるみたいっすね。ふんっ。なんなら、ウチと勝負してみるっすか？　どっちが先に辛くて外に出たくなるか……我慢比べっすよ」

「はあ？　我慢比べって、お前ねえ」

本来であれば、サウナは我慢比べをやっていいようなところではない。

確かに、一緒に入っている人を勝手にライバル視して、「先に出たら負け」と我慢比べしている人はよく見かける。しかし熱さの体感は人それぞれのため、自分のペースで汗をかき、自分が無理だと思えばその時点でサウナを出るのが鉄則だ。

意地を張って無理をしていれば、熱中症や脱水症状などのリスクを高めてしまう。それでは、サウナ本来の目的である〝ととのう〟どころではない。

だから本来であれば、我慢比べをしようだなんて提案は、退けるべきものに違いなかった。

だが、しかし……だ。

「いいぜ。その勝負、受けてやろうじゃねえか」

「ランスケ!?」

まさか俺が乗るとは思わなかったのか、ユスティーナが声をあげる。

確かに本来のサウナであれば、我慢比べなんてやっていいものじゃない。

だが、サラという女は、どうやら修行フェチであるらしい。自らを追い込んで追い込んで、そうして強くなる実感……快感を得る行為を好んでいる。

であるならば、彼女にサウナの魅力を知ってもらうために、敢《あ》えてその修行フェチの面をくすぐるような苦行を味わわせるのもいいのではないか、と思ったためだ。

「ふっ……そうと決まったら、我慢比べっす。ウチは絶対にランスケさんよりも先に外には出ないっすからね」

「ああ。泣きごと言っても、知らないからな?」

「ふたりとも、やめようよお。サウナなんだから、気持ちよくなるのが優先じゃないの?」

安心しろよ、ユスティーナ。と、心の中でだけ言っておく。

俺がサウナ歴どれだけのベテランだと思っているんだ? 今日初めてサウナに入ったような、単なる修行フェチの女に、サウナで先に出てしまうような後《おく》れは取らないさ。

「それじゃあ我慢比べを始めるんだったら……せっかくだし、あれも試してみるか」

と、俺はそう言って、一度ガレージの入り口扉の方へと戻った。

サウナに入る前に、あらかじめそこに用意して置いておいたそれを手に取り、再びふたりのもとへと戻る。すると俺が運んできたものを見て、ユスティーナは「なにそれ？」と尋ねてきた。

「これはガレージにあった水桶だよ。中には外に積もってた雪を入れてあったんだけど……このサウナの熱気で、すっかり溶けてるな」

ガレージを魔晶石で暖めている間、俺がこっそりと用意して置いておいたものであった。水桶の中には雪が溶けてできた水がたっぷりと入っており、俺の歩みに合わせてちゃぷんと揺れている。

そしてもうひとつ。水桶の中には、柄杓《ひしゃく》もいっしょに用意してあった。これはちょうどいいのがガレージに無かったので、キッチンスペースから失敬してきたお玉だ。

「その水の入った桶がなんなわけ？」

「ん。気になるか？　じゃあ、さっそく使ってみるから、ちょっと見ててくれよ」

俺はさっそく柄杓で桶の中の水を掬《すく》うと、目の前のバケツへと近づける。口の開いたバケツの中には、高温の熱をもった魔晶石が置いてあった。この魔晶石がガレージをサウナに変えている要因であり……すなわち熱されたサウナストーンに相当する。俺はその魔晶石に向かって、たっぷりの水を柄杓でうちかけた。

じゅあああああっ…………！

高温の魔晶石にかけられた水は、一瞬にして蒸発し水蒸気となる。そしてその発生した水蒸気は、またたく間に俺達三人の身体を包み込んだ。

「……おおっ、きたきたぁ……！」

「ええっ!?　なにっ!?　熱っつい！」

「ひああああっ熱っ熱っ熱いっすううううっ……！」

　俺達の周囲に、即席で生み出されたおびただしい量の水蒸気が満ちていく。

　発生したばかりの水蒸気は非常に熱く、一瞬にしてサウナの中の俺たちの全身に熱気となってまとわりついてくる。さっきまでも十分しんどかったのに、その上がまだあったのかよと絶望すら覚えるほどの極上の熱さだ。息苦しささえ感じるような熱気を全身に浴びながら、俺はふたりに説明する。

「これはサウナの入浴方法のひとつで、ロウリュというんだ」

　やり方は室内を熱しているサウナストーンに水をかけて、水蒸気を発生させる……というだけ。

　やり方は簡単でも、これにより湿度が上がると体感温度も上昇するため、発汗作用を促進する効果がある。ちなみに豆知識だが、サウナ用語としては、このサウナストーンにかける水を入れたバケツを〝バケット〟、柄杓を〝ラドル〟ともいう。

「前にユスティーナと、オーク自治領の山で塩サウナをやったことがあっただろ。原理としては、あの時のスチームサウナと同じだ」

「なるほどねえ。人為的に水蒸気を作って、湿度を上げてるわけだね」

「本当ならサウナストーンにかける水には、アロマオイルを垂らしたりして香りをつけたりするんだけど……今回は用意できなかったから割愛」

　水蒸気となってサウナ中に広がっていく香りは、極上の癒しだった。あれも再現できれば最高だったのだが。

ともかくロウリュによって湿度がグンと上がったサウナは、ひどく蒸し暑くなった。肌の表面から滝のようにだらだらと汗が噴き出してくるのが、はっきりと感じられる。

さて。それでは俺に我慢比べを申し出たサラは、どうしているかと見てみると。

「あ……ああ……熱……熱……」

顔も首も胸も真っ赤にして、ひたすら熱さに耐えていた。バケツで水をぶっかけられたのかというくらいに、激しい発汗である。

しかし自ら勝負を挑んだ手前の意地か、辛うじてサウナを出ようとするのは踏みとどまった。

「ふぅー……ふぅー……いい汗、かいてるっすぅー……」

「お、おい……お前大丈夫か？　一応勝負は受けたけど、ぶっ倒れるまで我慢するのは……」

「全ッ然ッ！　まだ大丈夫っすからっ！」

空元気が見え見えなサラは、椅子の上で胸を張って、熱さを全身に浴び続けている。

おびただしい発汗で肌がきらきらと輝く様子は、とてつもなくいやらしい。

しかしそんなしんどそうにしているサラに対して、俺はさらなる追撃をしなければならないのであった。

「サラが大丈夫そうなら……せっかくのロウリュだし、他にも試してみたいものがあるんだが」

「ヒッ……まだ、なんかあるんすか……っ？」

「今〝ヒッ……〟って言っ……」

「ってないっすからっ。しゃっくりっすからっ」

本当に大丈夫か……？

まあ、意識はしっかりとしているようだし、まだ大丈夫だというのは本当だろう。もし意識が朦朧とし始めたようなら、勝負なんて二の次。力ずくで彼女を外に運び出すほかないだろう。

「それで？　他にも試してみたいものって、なんなの？」

サウナへの好奇心からか、ユスティーナが俺に尋ねてくる。俺はひとつ頷くと、彼女らに聞かせるように口を開いた。

「ああ。〝アウフグース〟を試してみたいなと思ってさ」

「オウフデュクシっすか？」

「それじゃサウナに来たテンプレオタクの口癖じゃねえか。じゃなくて、〝アウフグース〟だよ」

俺はそう言いながら、壁の手すりにかけて置いてあったタオルを、一枚手に取る。椅子の上に敷いているタオルの予備なのだが、後でこれに使おうと多めに用意しておいたのだ。

俺はタオルを広げながら、ユスティーナの正面へと移動する。

「ユスティーナ。そのままそこで、じっとしててくれ」

「うん。分かった」

ユスティーナは軽く背筋をただすと、これから何をされるのか期待するような笑みを浮かべた。

両手は閉じた太ももの上に置かれて、びっしょりと汗に濡れた全身が瞳に映り込む。

俺はもう一度、軽く魔晶石に水をかけて蒸気を出すと、ユスティーナの正面でタオルを上方に持ち上げ、それを勢いよく下方へと振り下ろした。

ばふんっ！

激しい音とともに、タオルによって扇《あお》がれた熱風がユスティーナに真正面から襲いかかる。

「……ッ！」

熱波に扇がれたユスティーナは、その熱さと衝撃に驚いてか、思わず目を閉じる。

俺は続けて、二回、三回と熱波を送り続けた。そのたびにユスティーナの肌に浮いた汗が飛び散り、豊満なおっぱいが煽られてぷるんぷるんと小さく揺れる。汗でぴったりとおでこに張り付いた前髪は微動だにしないが、代わりにボリュームのあるポニーテールは激しく揺れていた。

「ロウリュによって噴き出した水蒸気を、タオルで扇いで直接たたきつける。これが〝アウフグース〟というものだ。……わかりやすく、〝熱波〟って言ったりもするけどな」

「〜〜〜〜〜っっ！」

ユスティーナは目をぎゅっとつむったままだが、全身を駆け抜けていった熱波の熱さに感動しているみたいだった。そしてその横で、サラが「マジすかこいつら」みたいな顔をしている。

当然、タオルで扇ぐ側も重労働だ。たった数回タオルを振り回しただけなのに、身体の芯がカッカと熱くなり、汗が噴き出てくる。

通常であれば、このアウフグースはサウナ施設の従業員さんがやってくれるものだ。だから実は俺も、この熱波を送る側をやったのは、異世界転移してきた今回が初めてだった。

意外と……っていうか、かなり楽しい。スーパー銭湯のサウナでも、熱波送る側体験みたいなのをやらせてくれりゃあいいのに。

やがてアウフグースの衝撃から返ってきたユスティーナが、「はあーっ！」と爽快な声をあげた。

「すっごい熱い！　気持ちいいー！」

「そうかそうか。それはよかった。俺も熱波、好きなんだよな」

「こんなふうに能動的な熱さを経験するのって、今までのサウナでは無かったから新鮮かも」

「そうだろそうだろ」

「ランスケもやる？」

「おう。頼んでいいか？」

「もちろんだよ。さ、座って座って」

俺はユスティーナにタオルを手渡すと、いそいそと椅子の上に腰掛ける。

「いくよー」

ユスティーナは笑顔でそう言うと、タオルを大きく振りかぶる。その動きに連動するように、大きなおっぱいがたゆんっ、と揺れ、
ばふんっ！

それと同時に、とんでもない熱気が全身に叩きつけられる。身体中の毛穴という毛穴から汗が噴き出すかのような、ものすごい熱気の塊だ。あまりの熱さに、目を開けていることすらできない。

そしてユスティーナはというと、この熱波を送り込む動きが楽しいのか、二回、三回と続けてタオルを振り下ろす。ただでさえ熱いサウナの中で、俺の周りだけ局地的な灼熱地獄と化す。

全身をびっしょりと汗みどろにしながら、俺は満足げに息を吐き出した。

「ああーー……しんどい、熱い、きちぃー……」

「あはははは。ランスケ、汗びっしょりだよー」

「わっはっは。ユスティーナこそ」

熱波によって極上の熱さを味わった俺とユスティーナは、ふたりして大笑いしていた。

一方でそんな俺達の様子を、サラは完全にドン引きした目で見つめてきている。

「……えーと、さて。じゃあ次は、サラもやってみるか？」

俺が声をかけると、彼女の肩がビクッと震えた。

「いや、もちろん無理する必要はないから、嫌なら嫌で全然構わないんだけど……」

「や、やるっす。誰がやらないって言ったんすか……？」

駄目だこいつ。完全に後に引けなくなって、気を遣ってやっても自ら死地に飛び込んできやがる。

俺はユスティーナからタオルを返してもらい、サラの正面に移動した。サラは小さな子供みたいに、ぎゅっと目をつむって熱波が来る時を待っている。

俺はタオルを上方へと構えた。

ちょっと手加減して、ゆるめの熱波にしてあげたほうがいいだろうか？　いや、辛い修行ほど嬉しいらしい性格のこいつのことだ。手加減をされたと分かるや、面倒くさいくらいに怒り出すことだろう。

ならば最初から全力で熱波を送ってやったほうがいい。その方が、サウナの味を十分に堪能できるに違いないからだ。そう判断して、俺はタオルを勢いよく振り下ろす。

ばふっ！

熱波が、サラの全身に襲いかかる。

ショートカットの髪の毛が、衝撃でぶるぶると震えた。そして髪の先から、顎から、二の腕やらそこかしこから、汗が散る。

「ふぐぉぉぉおおあががががが……」

サラから、負荷がかかりすぎて熱暴走を起こしている時の、パソコンの冷却ファンみたいな音が聞こえてきた。

「お、おい大丈夫か。やっぱり熱波はきつかったんじゃ……」

「……っす…………っす」

サラは両手で自分の身体を扇ぎながら、俺のことを虚ろな目で見上げている。

「おい。もうまともにしゃべれてないぞお前。声量も足りなきゃ口も回ってないぞ」

「……っす…………っす」

「その、自分を扇《あお》いでる手はなんなんだ？　熱波をもっとよこせって意味か？」

頷くサラ。

本気かよ……。どうなっても知らないぞ？

「マジで……無理だと思ったら、我慢せずすぐに言えよ？」

俺はそう忠告してから、再び熱波をサラに送る。

ばふっ！

髪の毛を熱波で揺らしながら、サラがグラグラと上半身を揺らす。そうしていたかと思うと、今度はガクンッ、と力なく頭を下げ、項垂《うなだ》れてしまった。

「……お、おい……サラ……？」

心配になり、サラに向かって手を伸ばす。

するとその伸ばした手が、彼女に触れるかどうかというところで、ポツリと小さくサラが呟いた。

「…………………っす」

「……え？　なに？」

よく聞こえなかったので、聞き返す。するとサラはガバッと顔をあげたかと思うと、汗びっしょりにまみれた顔をくしゃくしゃに歪めて叫んだ。

「う、ウチの負けっす～～～！　もう出るっす～～～！」

顔面をびしょびしょに濡らしたその水分は、果たして汗だったのだろうか。それとも、勝負にあっさりと屈してしまった悔しさによる涙だろうか。

とにもかくにも、サラはもう限界だ。そして俺もユスティーナも、熱気に炙られて全身から汗を垂れ流している。びっしょりと濡れた肌は熱をもっていて、芯まで温まっていることだろう。

「よし、わかった。じゃあ、俺達もそろそろ出るとするか」

「ひいひい……ううう……た、助かったっす……」

俺の言葉を受けて、サラはふらふらと立ち上がる。

するとそこでユスティーナは、あっと小さく声を漏らした。

「そういえば、水風呂の用意してないや。サウナが完成したことで満足しちゃってた」

ユスティーナは「やっちゃった！」とでもいうように、俺の顔色を窺ってくる。しかしそれを受けても、俺はなんら無問題《モウマンタイ》。人差し指を振り振り、チッチッチッとか舌を鳴らす余裕すらある。ユスティーナは「は？　なにこいつ？」みたいな顔をしていた。水風呂にも入ってないのに、もう冷たい。

「なあに？　あたしが水風呂忘れてるのを見越して、先に浴室に水を張っておいてくれてたとか？」

「いや、そういうわけじゃないさ」

この極寒の雪国であるノーザンライプにおいて、水風呂を事前に発見しておくのなんて容易《たやす》いことであった。それこそ、サウナの妖精トントゥから授けられた、例の能力を使うまでもない。

俺たちがそんなふうに話をしていると、ふらふらとした足取りのサラが、ガレージ入口の扉へと戻ろうとしていた。だが俺は、その背中に待ったをかける。

「待て、サラ。出るのはこっちからだ」

「へ？」

俺がそう言って示したのは、入ってくる時に使った、廊下やリビングへとつながる扉とは逆方向。ガレージ正面にドンと構える、観音開きの大きな木造扉だ。

当然、その扉の向こうにつながっているのは外界であり、このロッジから外へと出て行くかたちになる。

　サラは俺と扉を、視力の悪い目を精一杯細めて見比べてから、小さく小首をかしげた。

「え……外に、出るんすか？」

「そうだ」

「でも、外は外っすよ？」

「だから外に行くんだよ」

「外は雪積もってるっすよ？」

「だからいいんだよ」

　いまいちピンときていないサラに対して、俺はこれからやろうとしていることを告げた。

　そう。水風呂じゃなくっても、要はサウナで熱した体が一気に冷やされればそれでいいわけだ。

　であるならば、俺たちが今からするべきことは……

「積もった雪の中に、全身で飛び込むんだ」

　俺の言葉を聞いたサラは、パチクリと瞬きを繰り返す。しかし程なくして、俺の言っている言葉の意味を理解してきたのか、徐々に彼女のその表情が強張っていくのがわかった。

　そしてサラがその場で踵《きびす》を返し、有無を言わせず逃げ出そうとする……その一瞬先に彼女の腕を取り、その場に捕まえる。

「い、い、嫌っすうううううううううう！！！！！！」

「ええい、往生際の悪い！　いいからさっさと観念して、雪の中に飛び込むんだよ！」

「嫌っす！　絶対冷たいじゃねえすか！　キンッキンに冷えてやがるじゃねえすか！」

「それがいいんだよ！　絶対に気持ちいいから！　保証するからよ！」

「嫌あああああそんなだったら気持ちよくならなくていいっすううううう！」

サラは全力で首をブンブン振りまくっている。よほど雪に飛び込むのが嫌なようだ。

「だいたいウチら全裸っすよ！　全裸で外に出ようとするなんて、頭おかしいっす！」

「大丈夫だよ！　ここらみたいな雪国の人は、わざわざこんな時間帯に外を出歩かない！」

「そういうことじゃないんすよぉ！」

すると全力で互いの腕を引っ張り合う俺達を見かねて、ユスティーナが声をかけてきた。

「サラちゃん。これも修行のうちだよ、修行のうち」

「しゅ、修行っすか？」

「そうっ。炎の修行のあとは、氷の修行だよ。辛ければ辛いほど、自分が強くなっていく実感も湧いてくるんじゃないかな？」

おいおいユスティーナ。いくらこいつが修行フェチなんだとしても、まさかそんな誘い文句で簡単に乗せられるほど甘くは……

「ウチ、雪の中に飛び込むっす！」

甘ああああああい！　こいつの脳みそ、紅白饅頭のあんこか何かでできてんのか!?

何はともあれ、これでサラも納得してくれたみたいだ。

これから俺達はこの熱いサウナ室から出て行き、しんと降り積もった雪の中へとダイブすることとなる。俺は観音開きの扉に手をかけると、それを一気に押し開けた。

途端、身体に襲いかかる、強烈な痛み。それが氷点下の外気温による、冷たさのせいだと気づくのに、少しだけ遅れた。

ほんの少しだけ、この俺ですら、臆する気持ちが自らの内側に湧き上がる。

だが俺はそれを無視した。自らを鼓舞するように叫びながら、外に向かって駆け出す。

「うおおおおっ！　いくぞおおおおお！」

積雪は膝まで届いて、ゆうに三十センチはある。全身を火照らせた俺の肌は、寒い外に出ただけで全身から湯気が立ち上る。

大の字に身体を広げて、雪の中へと飛び込んでいった。

ぼふぅっ！

積もったばかりの雪は水気が少なく、さくさくしていた。全身をキンと鋭い冷たさが包み込む。サウナの熱気でだらだらにかいていた汗が、すべて一瞬で引っ込むような寒さだ。

「ふっうぐぉおおおおっ……こいつぁ強烈だぜぇ……！」

普段の水風呂よりも激しい寒暖差に、目眩《めまい》すら覚える。だがそのぶん、全身の肌がきゅっと引き締められる感覚は格別だった。

「サラちゃん！　あたし達も行くよ！」

「ま、待って先輩……これほんとに行くんすか……えっえっ」

「行くよぉーーーっ、そぉーーーれっ！」

「や、や、やっぱりウチ、あ、ああ、っ、……ああああああああひああああああああああっ！！！！！」

ばふんっ!!

ぽふうっ！

ノリノリのユスティーナと、いざ実際に極寒の雪景色を前にして臆したサラが、それぞれ飛び込む音が聞こえた。

「ひゃーーーっ！　これは冷ったぁいねえ！」

「いひあああああああああああああああああッッッッッッッッッッッ！！！！！」

惨殺死体を発見した第一発見者もかくやといった勢いで、サラが悲鳴を上げている。

「あがあがががっひいいいいっ死ぬ死ぬ死ぬ死ぬっすあばばっあばばばばば……」

サラが音を上げて再び暖かいサウナの中へ逃げ戻ろうとするのを、ユスティーナが飛びついて阻止していた。鬼か。

全裸のまま、雪の冷たさに火照った身を預ける。大の字になって上方を見上げると、雪の帽子をかぶった木々が並んでいる光景が見えた。

身体の芯は熱く、だというのに身体の表面は冷たい。雪の中という環境では絶対にあり得ない、全裸で寝転がっているという状況もまた、非日常的で興奮してくる。

ユスティーナとサラは、全裸でくっつき合ったまま雪に埋もれていた。うーん、それぞれ離れた方が、雪が全身くまなくまぶされて効果ありそうだが……。

存分に雪の冷たさを堪能した後、俺はゆっくりと立ち上がった。

「よし、そろそろロッジの中に戻るぞ」

「うん。ほら、いくよサラちゃん」

「あばばばば……あでぃすあべば……」

すっかりバグってエチオピアの首都を吐き出しているサラを連れて、俺達はロッジを大きく回り込む。サウナとして使っていたガレージ側ではなく、ロッジの正面口から中に入るためだ。

全裸で雪の中を行軍するというのもまた、非日常的でちょっと楽しい。昔観た映画の八甲田山《はっこうださん》を思い出す。隊長、あの木に見覚えがあります！　見覚えもなにも、泊まってるロッジの前の木だ。

ロッジの中のリビングは、暖炉の火でほどよく暖められていた。

「はわぁ……あったけえっす……」

「お。サラも生き返ったな」

「よかったよかった」

「先輩！　よかったじゃねえっす！　なんなんすか裸で雪の中に突っ込むとか、もうほんとに意味わかんねっすよ！　超絶冷たいし、あれが気持ちいいとか本当にふたりともＭ……」

「まだまだ。気持ちいいのはこれからだから。ね？」

完全に怪しいものを見る目つきのサラをなだめすかしつつ、俺達はリビングにタオルを敷いて横になる。いわゆる川の字というやつで、俺、サラ、ユスティーナの順番だ。

熱いサウナから、氷点下の雪へのダイブ。その圧倒的な温冷浴を経てから楽になれる体勢を取ると、身体は驚くほどに軽くなっていた。

聞こえるのは暖炉で燃える薪が小さく爆《は》ぜる音と、外のどこか遠くで雪がドサリと落ちる音。そして手を伸ばせば届く位置にいる、裸の女の子ふたりの安らかな息づかい。

自分の身体から、意識が切り離されたような。そんなふわっとした酩酊が頭の中を包み込む。

ぼんやりとした靄が思考を濁らせ、あらゆる苦しみや苛立ちが溶けて消えてしまうようだった。

ああ、これこれ……。

ととのってきた、ととのってきたぁ……。

ふわふわとした気持ちよさに身を委ねながら、俺はぽつりと小さく呟く。

「……雪を水風呂代わりにするのは初めてやったけど……思ってた以上に、気持ちいいなあ……」

雪は固形物であるため、水風呂と違って全身を包み込むのは難しい。だがそれを補ってあまりあるほどの冷たさ、そしてなによりも飛び込んだときの感触の心地よさがたまらない。

ふわふわの雪に全身を包まれながら、体温で雪がゆっくりと溶けていくのを感じるのは信じられないほどに気持ちよかった。

「うん……あたしも、すっごく気持ちよかった……冷たかったあ……」

ユスティーナも、陶酔したような声を返してきた。

さて、それでは気になるサラはどうだったのだろうか。

彼女はサウナ初体験だ。最初からいきなり水風呂ではなく雪に飛び込ませるなんてハードなことをしてしまったのだが、果たして彼女も無事にととのってくれたのだろうか。

「サラはどうだった？　サウナの気持ちよさ、わかってくれたか……？」

「………う、うう……」

「……サラ？」

首を動かして、サラの方を見やる。

すると隣で寝そべっているサラは、なんと両手で顔を覆ってメソメソと泣いていたのだった。

「うう……ウチは超絶だめな女っす……うう……くぅぅ……」

「おい、大丈夫か。やっぱりロウリュや熱波はまだキツかったか？　それとも雪ダイブの方か？」

俺がそう声をかけると、しかしサラは顔を手で覆ったまま首を横に振る。

「違うっす……いや、違わないっすけど。熱波も雪ダイブも、超絶しんどかったっすけど。でも、今こうしてウチが打ちひしがれてる理由は、そっちじゃないんす」

「じゃあ、いったいどうしたんだよ」

俺が尋ねると、サラは涙目でこちらを睨み付けてきた。

「どうもなにも……勝負っすよ！」

「勝負というと」

「は？　なんで忘れてんすか。勝負、してたじゃねーっすか。ウチとどっちが長く、サウナを我慢できるかって。そんでウチのこと、見事に打ち負かしてくれやがったじゃねーっすか」

「あー」

言われるまで、本気で忘れていた。確かにしてたね、そんな勝負。

「悪い。忘れてたわ。俺がサウナ勝負で負けるわけないと思ってたし」

「屈辱っす！」

「まあ落ち着けよ。俺とお前じゃ、サウナの歴が違うんだから」

俺はサラをなだめつつ、彼女にこんなことを話し始めた。

「たとえば俺がほんの初歩の魔法……そうだな。石ころを数ミリ動かせたとかに成功したくらいで、お前に魔法勝負を挑んだらどうなると思う？」

「最大火力の爆裂魔法を全力で使った後、そんなナメたことを二度と考えられなくなるよう指の骨をひとつずつへし折っていくっす」

「豪快なことをしたあとに陰湿なことをしてくんな。でもまあ、つまりはそういうことだ」

「え。ランスケさんの指をへし折っていいってことっすか？」

「なんでそうなるんだよ！」

手を伸ばしてくるな。恐ろしい。

「そうじゃなくって。初心者のうちは、ベテランに勝てなくって当たり前ってことだ」

魔法をちょびっと覚えただけの俺じゃあ、サラには敵《かな》わないように。

今日初めてサウナを知ったサラでは、俺には勝てない。当たり前の話だ。

「サウナなんて熱い部屋に入ってるだけじゃん、と思うか？　確かに、サウナのことをよく知らなければ、そう思うのも無理はないな。だが、サウナってのはあの熱い部屋だけじゃない。むしろその本質は、あの熱い部屋よりもその外にある」

サウナ。高温に熱された部屋で、汗をかき身体を温める。水風呂に全身で浸かり、身体を引き締める。そうして温冷浴をすることで、身体を極限までリラックスさせる。

あとはゆっくりと外気浴をしながら、静かに身体を休める。そうやって身体の代謝を促進させることで、ととのいの境地へ至る。

それが、サウナだ。

サウナは熱い部屋でただひたすら我慢するだけのものではない。その後に待つととのいの境地を夢見ながら、ウキウキと心を躍らせつつ汗を流すのがサウナのあり方だ。

サウナをただ我慢するだけと思っているサラが、その先の楽しみを待っている俺に、サウナ勝負で勝てるわけがないのだ。

「……そっすね。確かに、あの熱い部屋でどれだけ我慢しながら入ってられるか……それしか考えられてなかったのは、否めねっす」

意外にも、サラは殊勝に頷いて、自らの非を認めた。魔法という、彼女にも身近なものが引き合いに出されたことで、俺の言いたいことがより伝わったのかもしれない。

「ねえ、サラちゃん」

するとその時、反対側から、ことの成り行きを見守っていたユスティーナが声をかけてきた。

「サウナの本分。サラちゃんも、しっかりと楽しんでみたら？」

「サウナの本分……？」

不思議そうに尋ねるサラに対して、ユスティーナはふっと笑ってみせた。

ユスティーナもサウナ好きの先輩として、サラに教えてあげる必要があるようだ。サウナの本分なんて、ひとつに決まってるじゃねえか。

「ちゃんと目を閉じて、ゆっくり身体を休めてみて。そしたらサラちゃんも、わかるからさ」

ユスティーナは慈愛に満ちた微笑みを浮かべて、こてんと小首を傾げた。サラはそんな彼女を見てうっすら頬を染めたあと、素直に仰向けになり、目を閉じる。そしてそれを見届けてから、俺とユスティーナもまた、改めて同じように身体を休めた。

「……なあ、サラ。……こうやって休んでると……だんだん、気持ちよくなってこないか……?」

俺がそう尋ねると、しばらくサラは無言だった。

しかしリラックスしながら待っていると、やがて観念したようにサラは口を開く。

「…………悔しいすけど……気持ちいい……っす」

「な」

しばしの間、サラが小さく呻く声が聞こえてくる。疑ってかかっていたサウナに簡単に籠絡《ろうらく》されるのが、よほど悔しいと見えた。

「……なあ、サラの大好きな修行だってそうだろ。修行をして、自分が強くなるのが目的なんだ。その修行の中で、勝った負けたをいちいち気にするか？」

確かに俺とサラはサウナ対決をした。ロウリュをして、熱波を浴び、結果的にサラは負けたと感じている。

だが、今の俺達はどうだ。リビングに並びながら、等しくリラックスして、快感を享受している。

「勝っても、負けても、関係ない。サウナは、気持ちよくなるのが目的なんだ。だから、余計なことにとらわれずに、心を空っぽにして、ととのってりゃいいんだ」

「……ととのう……？」

「温冷交代浴の後に生じる、恍惚《こうこつ》感を伴うトランス状態のことさ。体がふわっと軽くなり、一方で頭はスッキリしている。そんな雑念の消え去ったクリアな思考の中を、ゆったりと揺蕩《たゆた》う感覚。それが〝ととのう〟ってことだ。どうだ？　お前も、そんな感覚になってきたんじゃないか？」

「…………あー。……これが、そう……っすか。……ウチ、……今、ととのってるんす、ねえ……」

サラはそう呟いて、それきり黙り込んでしまった。

納得してもらえただろうか。サウナを、認めてもらえただろうか。

サウナってのはこういうものだ。どちらがより長く入っていられたかとか、勝ったとか負けたとか、そんなのは大事じゃない。熱さに弱いとか水風呂が苦手だとか、そんなことで人と比べる必要なんて、ないんだよ。

ただ単純に自分ひとりでサウナと向き合って、一番気持ち良くなれるととのい方を、模索していければいいんだからさ。

……ふと気づくと、耳に「すぅ……すぅ……」という小さな寝息が届いてきた。

「……あれ。サラちゃん、寝ちゃった？」

「元々疲れてたんだろう。冒険者を辞めたユスティーナを、ずっと探してたって言ってたからな」

「そうだね。悪いことしちゃったかな」

「こうしてまた巡り会えたんだ。結果的には良かっただろ」

ユスティーナとサラがどんな関係性にあったのか、俺は詳しくは知らない。だがようやく再会できたことでホッとしたサラのことは、今はそっとして休ませておくべきだと思った。

俺は仰向けになったまま、目を閉じる。

すやすやと寝息を立てるサラのみならず、俺自身もサウナによって身体がととのいの中にあった。疲れや心労が抜け、ふわりと心地よい、浮遊感にも似た陶酔感に包まれる。

そんなふうに静かにととのっていた俺の、その下腹部に。

もぞり、と。そんなふうに触られる感触が、襲いかかってきた。

俺はゆっくりと薄目を開くと、視線だけを自らの下半身の方へと向ける。

「ユスティーナ？」

「えへへ。ごめんごめん。今日はまだ、触らせてもらってないなあと思って」

俺の足下には、両手を床について這い寄る混沌《こんとん》……いや、ユスティーナの姿があった。彼女の手のひらは、ととのいの中で少しばかりやらわかくなってしまったチ×ポを撫でている。

「サラがいるんだぞ。いいのか、お前？」

「寝てるから大丈夫だよ」

そんなふうに楽観したことを言いながら、ユスティーナはチ×ポをシコシコと触り始めた。当然、そんなふうに刺激を与えられれば、チ×ポは簡単に大きく膨らんでしまう。

「わ。大っきくなったよ。ランスケだって、あたしに触ってほしかったんじゃないの？」

「否定はしないがな」

「ほらー。素直になりなよね」

ユスティーナはすっかり大きくなったチ×ポを、シコシコと上下にシゴく。やはり自分で触るオナニーと、ユスティーナにしてもらう手コキとでは、決定的な差があるな。彼女のやわらかく、細い指の絡みつく手コキを享受しながら、俺はそう思った。

ユスティーナは俺が十分に勃起したのを確認してから、ちらりと横目にサラを見やる。真横で俺達が情事に及んでるとは知るよしもなく、サラはくぅくぅと寝息を立てていた。

ユスティーナは俺の方へと顔を戻し、ゆっくりと唇だけを動かして、俺に問うてくる。

……シ・な・い・の？

それを受けて、床に寝そべっていた俺はゆっくりと身を起こした。ビンビンに膨れたチ×ポは、真っ直ぐにユスティーナのことを見上げてる。

「ここまできて、しないわけがないだろうが」

「えへへ。それじゃあ共犯だね」

調子のいいやつめ。

ユスティーナは床の上に胡座《あぐら》をかくように座り込んだ俺のチ×ポの上に跨ると、ゆっくりと腰を下ろしてくる。ふたりの腰が近づき、腫れ上がる亀頭に、しっとりと濡れたユスティーナの割れ目が触れた。

チ×ポの先端を膣口にあてがったユスティーナは、そのまま腰を下ろしていく。ぬぷぷ……とチ×ポが膣内に飲み込まれていき、あたたかくヌメッとした感触に包み込まれていった。

「ああっ……気持ちいい……っ。あたしの……中っ……ランスケが……っ感じちゃう……っ」

「はあ、はあ……熱いのを我慢した上でのととのいは最高のご褒美だが、セックスも極上のご褒美だな……！」

いわゆる対面座位を変形させたかたちで、俺たちは繋がっていた。ふたりとも後ろ手をついて、少し上半身を反らしている。

上半身は密着させられないが、より深く結合したまま俺が自由に腰を動かしやすい。少し視線を下げてみれば、俺のチ×ポがズッポリとユスティーナの中へと突っ込まれている様子が、はっきりと見えた。

俺はユスティーナの重みを下腹部に感じながら、ゆっくりと腰を揺り動かす。

サウナでも、雪の中でも、リビングでの休憩中でも、ずっとこうしたいと思っていたのだろうか。ユスティーナのおま×この中は、たっぷりの愛液でびっしょりと濡れていた。

「はあっ……はあっ……あんっ……あんっ……ランスケのチ×チン……あたしの、中でっ……すごい動いてるぅ……っ」

「ユスティーナの中に俺のが入っているの、全部見えてるぞ……！　ほらっ、どうだ……っ！」

「あっ……いいっ、そこ、気持ちいい……」

後ろ手をついて仰け反っているユスティーナは、目を細めながら俺の腰使いを堪能している。

大きなおっぱいはたゆんたゆんと無防備に揺れており、その光景を見ているだけでも俺の興奮は勢いを増していった。

「あっあっ……あんっ、ランスケ……あんっ、なんか、だんだん腰の動きが……速くなってるような……？」

「はあはあ……お前があまりにもエロすぎるから、嫌でも腰が動いちまうんだよ。なあ、もっと激しくするぞ。いいだろ？」

俺はユスティーナの答えを聞かぬまま、有無を言わせず何度も腰を突き上げた。彼女のおま×この一番奥深いところを、亀頭がこつんこつんつんとノックする。その度にユスティーナは「あんっ……！　ああんっ……！」と甲高い嬌声をあげ、ポニーテールを振り乱す。

「あんっあんっ……下から突き上げられるの、気持ちいいのぉ……ランスケ、ランスケぇ……」

「はあはあ……そういえばサラ、お前のことをドMだって言ってたよな。あれって本当なのか？」

「ち、違うってばっ。あんなの信じないでったら……あっあああんっ、ああ、はあああんっ……！」

「へへっ……じゃあ、今こうやって激しくおま×この中を掻き乱されて悦《よろこ》んじゃってるのは、一体どう説明するつもりなんだよ？」

「こ、これは、違うのぉ……ただ、ランスケのチ×チンが、気持ち良くってぇ……！」

「正体現したなドM！　おらっ！　これがいいんだろうが！」

「違うぅ……！　違うのぉ……！　ああんっ、ああんっ……！　らめぇ、許してぇ、ランシュケぇ……っ！」

ぱんっぱんっぱんっ……！　激しく腰を振り、ユスティーナの中をぐちゃぐちゃに掻き乱す。そして当然そんなふうに激しくしていれば、そういつまでも耐えられるわけがない。

「あっ……んあっ……ひぁっ……らめぇ……あた、あたしもう……！」

「はあ、はあ、はあ……ユスティーナ……！」

「ランスケぇ……」

すっかり蕩けきった声で、互いの名を呼び合う。

するとその時、だった。

「……先輩？　ランスケさん？」

聞こえるはずのない……いや。

聞こえてはいけないはずの声が、俺達の耳に聞こえてきた。

俺達はビクッとしつつも、腰の動きも止めないまま、声のしたほうへ視線を向ける。

するとそこでは……寝ていたはずのサラが、身を起こしてこちらを見ているではないか。しかもご丁寧に、サウナでは外していたはずの眼鏡まできっちりと装着済みである。

その瞳は信じられないというふうに見開かれ、こめかみにはたらりと冷や汗が垂れていた。

「なに、してるん……すか？」

ぱんっぱんっぱんっぱんっ。

「はあ、はあ、はあ……」

「あんっあんっあんっ……」

ぱんっぱんっぱんっぱんっ。

「いやせめて返事はしろっすよ。なんすか。なんでウチと目ぇ合わせたまま、なおもパンパンセックスしちゃってんすか？」

「悪い……はあ、はあ……（あんっあんっあんっ）……なんかこう……（あんっあんあんっ）……今、小粋《こいき》なジョークに割けるだけの脳の容量が、（いやあんっ……サラちゃんに、見られちゃってるぅ……）残ってなくって……」

「いいっすよ、この場面で小粋なジョーク求めてねっすよ。そうじゃなくて、常識的に考えたらこの状況、ちょっと一旦そのパンパンをやめるとか……」

「悪い。サラ」

「なんすか」

混乱した様子のサラと目を合わせたまま、俺は言った。

「俺達、もうイく寸前で……ここからじゃあ、もうやめられねえんだわ……」

俺はサラ以上の冷や汗をかきながら、最後に一発、一際強くユスティーナの下腹部を突き上げる。

ぱあんっ、と腰と腰の衝突する音が響き、それが決壊の合図だった。

「うぐぅう……イくぅっ……！」

「ああんっ……サラちゃんに見られながら……イッちゃううぅぅ……！」

びゅるるるるるっ！

限界を迎えたチ×ポから、欲望の滾《たぎ》りが吐き出されていく。

ユスティーナのおま×こがきゅうっと収縮し、チ×ポを締め上げる。ぎゅうぎゅうと膣肉に握られる感触の中、俺はたっぷりと精液をおま×この中へと注ぎ込んでいった。

「あぁっ……熱いぃ……ランスケのぉ……あたしの深いとこまで、満たされちゃってる……」

イッたことで力の抜けてしまったユスティーナは、そのまま仰向けに床に倒れ込んでしまった。その拍子におま×こからチ×ポが抜けて、中からどっぷりと精液があふれ出す。白濁液がおま×この小さな孔《あな》からこぼれ落ちていく様子を、サラは唖然として見つめていた。

「ええ……な、なんでウチが真横にいるのに、セックスしてたんすか？　ととのいがどうとか、リラックスとか、気持ちよくなるとか……さっきまで熱弁してたのはなんだったんすか？　結局ふたりとも、裸同士でパンパンセックスするのが目的だったんすか……？」

「待て。落ち着け。落ち着くんだサラ」

ユスティーナがぶっ倒れて体の上からどいたことで、自由の身となった俺はサラに向き合う。混乱しているらしいサラを落ち着かせようと、まずは彼女のもとへゆっくりと歩み寄っていった。しかし身の危険を感じてか、サラは座ったまままずりずりと後退していってしまう。

「おい、こら。逃げるなよサラ」

「こ、これが逃げずにいられるっすか!?　だって今、ふたりで、めちゃくちゃその……！」

「いいかサラ。よく聞くんだ。実は今俺達がしていたセックスもだな、サウナのととのいの一環に必要なことなんだ」

「そ……そうなんすか？　サウナの……」

おっと。サウナという言葉が、響いてくれたか。

まだ疑いの目でこちらを見ているサラではあるが、どうやら話を聞く気にはなってくれたらしい。

これ幸いと、俺はサラに向かって言葉を重ねた。

「ああ。サウナの温冷浴によって極限までリラックスした身体で性行為に及ぶことで、適度な運動から身体のあちこちの凝りがほぐれ緊張が解消し、血行が良くなり、そして何よりも気持ちいい」

「気持ちいい……」

「そう。サウナの真髄とは気持ちよさにある。そして気持ちよさとは、ととのいの極地に及ぶということだ。それはつまりだなあ……」

さて。この時の俺は……白状しよう。完全にアドリブでセックスを正当化することに必死だった。

俺とユスティーナは、サウナの後は必ずセックスをしている。だって気持ちいいからだ。

そこに理屈なんて必要なくて、ととのいの更に向こうにある快感のためにセックスをしている。

だから俺とユスティーナがセックスをしている理由を言語化するには、「気持ちいいから」なんて曖昧《あいまい》な言葉を使うことしかできないのだ。

だが、そんな言葉で、サラは納得してくれるだろうか？　いや、してくれないだろうなあ。

そんなサラに、よりによってセックス真っ最中の、どころかオーガズムに到達する瞬間さえも見られてしまったのだ。

じゃあ俺は、サラに対してどうしたらいい？　どうするのが正解だ？

その問いに対して、俺はひとつの答えを導き出していた。

それは即ち……サラのことも、巻き込んでしまえばいい！

未だ戸惑った表情を浮かべるサラの、そのなだらかなで肩に両手を置く。まるで赤ちゃんのようにしっとりとした柔肌が、びくんと跳ねた。

「なあ、サラ」

「なん……すか……？」

俺はサラに顔を近づけていく。

「サウナでととのった上に、さらに気持ちいいことまでできるんだ。それをやらない手は、ないだろう？」

「えっえっ……」

「さあ、お前もいっしょにやろうぜ。……セックスをさ」

もうここまで来たら、後には引けねえんだぜ！


「うう……ええと……ウチ……なんで、こんなことになってるんすか……？」

俺に向かって両脚を開いて寝転んだサラが、顔を真っ赤にしてそう呟いた。

サウナ上がりのサラはもちろん全裸で、サーモンピンクのおま×こが御開帳している。

「なんでこんなことになってるかだって？　お前が初めてだって言うから、おま×こをしっかりほぐしてやる必要があるからだろ？」

「いや……そういうことじゃあないんすけど……」

頭の周りに「?」を衛星みたいに飛ばしているサラをよそに、俺は彼女のおま×こに向き合う。男のように無骨な竿がついていない、女の下腹部だ。未処理の陰毛は、おま×この周囲にまで侵食している。こんなふうに陰毛を放置しているのも、まさかこんなことになるとは夢にも思っていなかったためだろう。

俺がおま×こに指で触れると、ビクッと身体が震えた。細いヒダが折り重なるその奥に、小さな膣口が待ち構えている。

実際におま×こを触られたことで、性行為をする実感を覚えたためだろうか。サラは慌てたように口を開く。

「わっわっ……も、もっとやさしく触ってほしいっす」

「やさしくしてるだろ?」

「もっと……糸の上に、積み木でお城を組み上げるような手つきで、触ってほしいっす……」

「手先が器用王選手権でも、そこまで慎重な手つきにならないぞ」

おま×こを触るの触らないので俺達が押し問答をしていると、復活したらしいユスティーナがこちらにやってきた。

「こーら。ランスケ、サラちゃんのこといじめちゃだめだよ」

「別にいじめてないぞ。おま×こ触ろうとしてるだけだ」

「明らかに怖がってるじゃん! だめだよ。女の子のことは、もっと針の上にお米粒を積み上げるみたいに扱わないと」

「この世界って、手先が器用なチート転生者でも活躍してたのか？」

ユスティーナは俺達の傍らにしゃがみ込むと、サラの手を取った。

「ううう……せんぱぁい……」

「大丈夫だよ、サラちゃん。初めてはびっくりするけど、すっごく気持ちいいからね」

「ほんとっすかぁ……？」

「大丈夫。あたしもランスケが初めてだったけど、すごく気持ちよくしてくれたからね」

「うう……これも、サウナに必要なことなんすよね……？」

「うん、そうだよ。サウナでととのうのも気持ちいいけど……あたしは、そのあとチ×チンをマ×コに入れてもらった時にこそ、〝サウナしてる！〟って感じになるんだよねぇ」

「そうなんすか……そんなに、いいんすか……」

参ったな。俺のせいで、この世界のサウナ観が歪んでしまっているような気がする。

このままではこの世界には、ととのいセックスまで含めてサウナ……という異端過ぎるサウナ文化が定着してしまいそうだ。

「分かったっす。先輩がそこまで言うなら……ウチも、先輩と同じ経験、してみたいっす」

「サラちゃんっ」

「先輩がやってることなら……ウチも、やってみたいっす。ウチにとって先輩は、憧れの人なんすから」

「そんな……もったいないよ。あたしなんて」

おお……冒険者仲間の絆だろうか。美しい光景を見たような気がする。実際の光景は、両脚を押っ広げたサラが、『ユスティーナみたいにウチを犯して』と言ってるだけなのだが。

「それじゃあ、触るぞ」

「ん……痛くしたら、爆裂魔法っすからね」

「この至近距離で爆裂魔法なんか使ったら、お前も巻き込まれるぞ」

「死なばもろともっす」

「なんてやぶれかぶれな処女なんだ……」

ともかく俺は、再びサラのおま×こに指を伸ばす。

小さな小さな膣口に指先を差し込むと、サラの呼吸が乱れていく。第一関節、第二関節と奥まで押し込むたびに、サラの喘ぎ声が大きくなっていった。

「ああっ……あんっ……はあ、はあ……太いのが入ってきてて、超絶変な感じっすぅ……」

「こんなふうに動かしてみると、どうだ？」

「ひああんっ……っ……あっ……」

膣内に潜り込ませた指をくにくにと動かし、刺激してやる。熱くてヒダの多いおま×こに、指先はぎゅーっと締め付けられた。愛液がまだあまり分泌されていないためか、サラのおま×この中の感触がダイレクトに指先に伝わってくる。

「あっあっ……ああっ……イッちゃうっす……らめぇ……」

「もうかよ？　早すぎるだろ」

「ら、らって……ウチ、こんなの、全然慣れてなくてぇ……はあっ……ああっ……」

指先をかすかに動かすだけで、サラはビクビクと身体を震わせもだえている。よほど膣内が敏感に感じてしまうらしい。

ならば……と、俺は一旦、彼女の膣内から指を出す。ぬめりのついた指先を引っ込める代わりに、今度は顔をサラのおま×こへと近づける。

「はあ……はあ……ああっ、な、なにするんすか……いやあっ……」

嫌がるサラを制しながら、おま×こにキスをした。

唇におま×このやわらかな感触がして、陰毛が鼻先をかすめる。彼女のおま×この直上でぷっくりと膨らむ、クリトリスを口に含んだ。

「ひゃあっ……ああっ、らめぇ……らめっすぅ……」

「ちゅっ……ちゅっ……ぺろっ……んっ、少しおま×こも濡れてきたか？」

俺にクンニされながら、サラは激しく喘ぎもだえていた。しかし両脚は俺の腕でがっちりとホールドされており、動かせない。

舌先で、クリトリスを弾き「ああんっ」、唇で軽く挟み「ひゃうぅ……」、唾液を舌にたたえながらやさしく表面を舐める。

「んっはぁっ……」

サラはよほどおま×こが敏感なのか、俺が舐めるたびに甘い悲鳴を上げ続けた。

これまでの生意気な反応とは大違いの女の子らしい反応には、かなりグッときてしまう。一度果てたことで小さくなっていたチ×ポも、またググッ……と大きくなっていくのが分かった。

「よし……これだけ濡らせば、大丈夫だろう」

「はあはあ……いやあん……こ、こんなに、めちゃくちゃにされて……恥ずかしいっすぅ……」

サラは片手で顔を覆って、恥ずかしそうに顔を背けている。おま×こはすっかりとろけていて、挿入の準備は万端だ。

俺は身を起こすと、勃起したチ×ポをサラに向かって突きつけてやった。

「ほら。見てみろ。これが今からサラの中に入る、チ×ポだぞ」

「ひええっ。な、なに見せてんすか」

「さっきまでも俺のチ×ポは見てただろうが」

「裸眼のぼやけた視界と、眼鏡ではっきりクリアな視界に見せられるのは、全然違うっす」

サラはビンビンに反り返るチ×ポを見て、顔を赤く染めて歯を食いしばる。

「心の準備は、もういいか？　俺は、これ以上は我慢できないからな」

サラが頷くのを見て、俺はチ×ポを彼女のおま×こへとあてがった。亀頭を膣口に潜り込ませ、奥へ奥へと挿入していく。

「ん……いやぁ……入ってぇ……きてるっすぅ……」

「はあ、はあ……うおぉっ……サラのおま×こは、きっついな……」

「ああんっ……さっきの指より大きぃ……割れちゃうっすぅ……」

ユスティーナはサラを落ち着かせるように、髪の毛を撫でてあげていた。

サラは息も絶え絶えといった様子ではあるが、無事にチ×ポを根元まで飲み込ませることに成功する。

「……くぅっ……全部、入ったぞ……！」

「あ、あっ……ウチのお腹の中に、ランスケさんがいるぅ……」

小さなおま×こに、はち切れんばかりに勃起しているチ×ポを根元まで挿入した。

顔を上げると、すぐ目の前に、挿入の感覚に戸惑うサラの顔がある。

レンズの大きな丸眼鏡は喘いでいる最中にズレたのか、わずかに傾いでいた。いつも半分しか開いていない瞳は、今はほとんど閉じていて、下腹部に襲いかかる異物感に耐えているようである。

こめかみや細い首筋はうっすらと汗ばんでおり、深い青色の短い髪が張り付いていた。

俺はサラの顔をじっと見つめながら、腰を前後に動かし始める。

「サラ……サラ……」

「あっあっ……いやあん……ウチの中で、動いて……あんっ……いやん……」

顔を背ける仕草も、眉をひそめる仕草も、実に愛らしい。そんなふうに俺のチ×ポの動きを感じてくれている様子に、こちらも興奮が高まってく。

「はあ、はあ……サラ……サラぁっ……！」

「ああんっ……激しいっ……激しいっすぅ……！」

俺はサラの腰を抱き寄せて、一層激しく腰を振っていく。

ユスティーナに手を握られたサラは、俺の腰使いを目を閉じて享受していた。

あの生意気にこちらに突っかかってきていたサラが、俺のチ×ポでこんなふうに喘ぎ狂っている。俺のチ×ポをねじ込まれて、おっぱいを揺らし、すべてを俺にさらけ出している。

「はあ、はあ……サラ。お前、よく見たら……結構かわいい顔してるじゃねえか」

「あんっあんっ……なんすか……あんっ……変なこと言わないでほしいっす……あんっ……」

俺の腰がパンパンとぶつかるたびに、仰向けになったおっぱいがぷるんぷるんと跳ねている。サラのおっぱいは乳首がツンと尖っていて、ぷっくりと膨らんでいる様子が、確かに快感を覚えてくれているのだと理解できた。

「はあっはあっ……チ×ポにサラの膣肉がまとわりついて……すげえ気持ちいい……」

「やあんっ……なんで、言うんすかぁ……やめぇ……ああんっ……」

膣肉がチ×ポを抱きしめようとするみたいに、ぎゅうっとキツい締め付けが襲ってくる。カリ首に膣肉が引っかかり、ぞりぞりと刺激されて、とんでもなく気持ちいい。

「気持ちいい……気持ちいいぞ、サラ……！」

「あんっあんっ……ら、ランスケ、さぁん……っ」

「サラはどうだ？　サウナでととのって、そして今……どうなんだ、サラ……!?」

「う、うう……ウチも、ウチもぉ……んあっ……ああっ……」

サラの肌に手を添えれば、まるで赤ちゃんのようにしっとりとした肌だった。いつまでも触れていたくなる、安心感のある肌だ。

「ウチも、気持ちいいっすぅ……っ！」

その言葉を聞けただけで、もう十分すぎるほどに満足だった。

「うぅ……サラ……俺、もう……」

「あんっ……あんっ……な、なんすか……ランスケさん？」

「俺、もう、イく……中に、だすぞ……っ」

「えっ……えっ……あんっ……中にって、ああんっ……」

ラストスパートだ。俺は一層激しく腰をたたきつける。

パンッパンッパンッパンッパンッ！

「ううううぅぅっ……イくぅっ…………！」

「ひあぁぁっ……なんか、くりゅうぅ……！」

びゅるるるるるるっ！

二度目の射精にも関わらず、ものすごい量の精液を吐き出した感覚がした。

腰が抜けるかのような虚脱感とともに、チ×ポをおま×こから抜く。

「あっ……ああっ……ウチの、中にぃ……ああ……はあ、はあ……」

濃厚な精液が、サラの小さなおま×こからとろりとこぼれた。

初めての膣内射精の感覚に放心しているサラ。そんな彼女を、ユスティーナは横からやさしく抱き留めた。ユスティーナはサラの頭を撫でながら、「おつかれさま。サラちゃん」と声をかける。

それからユスティーナは、俺の方を向いたかと思うと。

「ランスケも。おつかれさま」

「……おう」

人生初の中出しセックスを決められたサラは、精魂尽き果てたとばかりにすっかり伸びきってしまっていた。けれどもその表情は、極まった快感に深い悦びを感じていることがよくわかるほどに……実に嬉しそうに、緩んでいるように見えた。

ととのいセックスまでがサウナである。……だなんて、俺が元いた世界では、とても言えるわけがない。

だが、こんなふうに気持ちよく、満足した顔を浮かべているユスティーナとサラを見ていると。

少なくともこの異世界の、俺達の間くらいだけでは……。

こんなふうに、ととのいセックスをするまでがサウナである。と。そう言い切ってしまっても、いいのかもしれない。

俺は、たった今まで抱いていたふたりの女子の裸を見ながら、そんなふうに思った。そして愛液と精液に濡れたチ×ポは、それに同意するみたいにして、ゆっくりと頷くように首を垂れたのであった。

♨　♨　♨

「わあ、綺麗！　一面銀世界！」

寒都ノーザンライプのロッジで迎えた二日目の朝。

玄関扉を開けるや、まだコートも羽織っておらずビキニアーマー姿のままのユスティーナは、大喜びで駆けだしていった。

「へえ、見事なもんだな」

朝陽に照らされた雪景色はキラキラと光り輝いて見え、確かに綺麗で美しい。

昨日は昼過ぎにこの街に到着して以降、景色を楽しむ間もなくサウナ探しをしていた俺達だ。改めてこうして雪に染まった光景を見ると、自然と魅入られてしまう気持ちは分からなくもない。

……まあ、だからといって、ユスティーナみたく半裸で飛び出していく気にはならないが。なんなんだあいつは。笑顔で雪の中を駆け回りやがって。サモエド犬かなんかなのか。

「せんぱーいっ！　コートコート！　その格好じゃ寒いっすよ！」

俺達に続いてロッジを出てきたサラが、枯れ草色のコートを持ってユスティーナを追いかける。

するとようやくのことでユスティーナは、ざくざくと雪を踏みながらこちらに戻ってきた。

「ごめんごめん。サラちゃん、コートありがとう」

「ったく。昨日は俺にちゃんとコートを着ろって言ってたくせに、今日はお前がコート無しで飛び出していっちまうのかよ。立場が逆転しちまったな」

「あはは、そうだね。なんか昨晩は裸で雪に飛び込んだりしてたくらいだから、感覚が麻痺しちゃってたよ」

俺達三人はコートやマントの前をしっかりと締め、雪を踏み分け、歩き出した。朝食のため、昨日と同じ店に向かうところである。

ざくざくと雪の上に深い足跡を残しながら、俺はふと傍らを歩く深い青の髪に尋ねた。

「ところでよお。ふつうに付いてきてるけど、お前は結局どうするんだよ？」

するとその髪の主、サラはきょとんとした表情でこちらを見上げてくる。

「どうするって……何がっすか？」

「何がっすか？　って、お前ね」

綺麗な瞳をしやがって。純真無垢かよ。

「お前、ユスティーナを冒険者に連れ戻すために追いかけて来た、って言ってただろ。追放したヤツらに吠え面かかすんだって、息巻いてたじゃねえか。忘れたのか？」

俺の言葉を聞きながら、サラはぽかんと口を開いていた。数秒ほどそのままアホ面をさらしていたかと思うと、不意に迫真の表情を浮かべて、

「ハッ!?　そういえば!?」

とか言いだした。忘れてたのかよ。

「それで？　昨日はサラにもサウナを実際に体験して貰ったわけだが。お前の気持ちは、まだ変わらないままか？　サウナは怪しげなもので、ユスティーナが傾倒するには不釣り合いなもののままか？」

自分の使命をすっかり忘れていたことに頭を抱えるサラに対して、俺はそう尋ねた。

昨晩はサウナとセックスで体力を使い果たしてしまった俺達は、結局あのあとすぐに眠り込んでしまって、話をするどころではなかったのだ。

俺が水を差し向けると、サラは「どうせウチの答えは分かっているくせにわざわざ尋ねてくるとか、なんて性格の悪いヤツなんすか」と言いたげに口元を引き攣らせている。

しかし俺からだけでなく、ユスティーナからもちらちらと視線を向けられていることに気がつくと、サラはとうとう観念したようだった。

「……まあ、悪くはなかったっす」

「お。それは、サウナのことを認めてくれたってことか？」

「そんなんじゃねえっす！　サウナじゃなくて、先輩の好きなモノを認めたってだけっすから！」

「ふん。素直に『んほおおおおサウナ、しゅごいのおおお、サラととのっちゃうううう、脳汁びゅるびゅるびゅる』って言えばいいのに」

「それのどこがウチなんすか！　百パー捏造《ねつぞう》のセリフっすよ！」

サラは顔を真っ赤にすると、右手に携《たずさ》えていた棒きれで俺のことを叩いてくる。

「棒きれじゃないっす！　マジカルワンドっすよ！」

どうやらサラが持っている魔法の杖の名前は、マジカルワンドというらしい。先っぽが渦巻き状になってるあたり、なんだか薇《ぜんまい》みたいだな。

と、そんなふうに俺とサラがじゃれていると、ユスティーナがおずおずと申し訳なさそうに声をかけてくる。

「でも、サラちゃんには悪いことしちゃったね。せっかくあたしのために追いかけてきてくれたのに、期待に応えてあげることができなくて」

「別に、いいっす。先輩が好きなモノを追い求めていられるのが、いちばんっすから」

「急に聞き分けのいい後輩ヅラしやがって」

「ランスケさん、なんか言ったっすか？」

「なんでもない」

ジロリとこちらをひと睨みするサラだったが、続けて彼女はユスティーナに相対すると、なにやらもじもじし始める。どうした。トイレでも我慢してるのか。だからロッジを出る前にしてきなさいって言ったのに。

「あの……先輩。もしよかったら……なんすけど」

「うん。なにかな、サラちゃん？」

「ウチも、先輩の旅にいっしょに連れて行ってほしいっす……なんて」

「うん。いいよ！」

サラの申し出に、ユスティーナは一も二もなく頷いた。即決もいいところだ。

同行を許されたサラは、あまりの即決具合に未だ事態を飲み込めていない様子だった。

けれど、じわじわとその表情に喜びの感情が満ちていく。

「……えへ」

サラははにかんだ笑顔を浮かべると、両手で大事そうに自らの杖を握りしめる。

そんな彼女に、俺はからかうように声をかけた。

「おいおい、いいのか？　昨日はあんなに『サウナなんて』みたいなことを言ってたくせによ」

「ウチは先輩といっしょに旅ができるなら、冒険でもサウナでも、どっちでもいいっすから」

「そんな元も子もないこと言うなよ」

「どっちにしろ、先輩を追っかけるために冒険者パーティーも抜けて来ちゃったっすし。行き先が無いのは、ウチもいっしょっす」

サラはそう言ったかと思うと、チラリと俺のことを見上げていたずらっぽく笑った。

「まあ……その旅に変なのがくっついてくるのは、腹立たしいっすけど」

「変なのって言った？　今、俺のことを変なのって言った？」

「言ってないっすよ。被害妄想で突っかかってくるの、やめてほしいっす」

「数秒前のセリフを無かったことにするな！　腹立つやつだな！」

「なんすか！」

「なんだよ！」

俺とサラが言い争う様子を、ユスティーナはケラケラと腹を抱えて笑いながら眺めている。

とにもかくにも、こうしてふたりで始まったサウナ探しの旅に、新たな仲間が加わったのであった。

ずいぶんと騒がしい旅になりそうだぜ、やれやれ。

第五章　異世界ドラゴンサウナ

昨晩泊まったロッジのある辺りは、人も少なく、いかにも雪山といった趣《おもむき》であった。

しかし雪山を下りて街の中心部の方まで来ると、栄えた街並みが見えてくる。雪かきもしっかりされており、久しぶりに剝《む》き出しの地面の上を歩けてホッと一息ついた。

「寒都ノーザンライプは比較的大きな街だからね。これから向かう市場も、結構期待できると思うよ」

前を歩くユスティーナは、俺にそんなふうに説明をした。今日は吹雪くこともなく昨日よりも暖かいからか、枯れ草色のコートの前を開けている。ビキニアーマーに包まれたおっぱいが、ボインッと合わせ目の奥から飛び出していた。なあユスティーナ、その格好、ふつうにビキニアーマー一丁でいるよりもエロい気がすると思うんだけど。

店での朝食を終えた俺達は、この街を出る前に、一度買い出しのために市場に立ち寄ろうということになった。

寒都ノーザンライプは越冬のために物資を大量に買い付ける必要があることから、よその町から商品が多く集まってくる、物流に秀でた町なのだそうだ。

なるほどその説明の通り、市場の辺りには上着を羽織って厚着をした露天商があちこちに見受けられる。取り扱っている商品も幅広く、食品や衣類、アクセサリーに道具屋、武具や防具を扱っている店もあるようだ。これだけの品揃えのある市場なら、旅で必要になりそうな物資も調達できそうだ。

「といっても、俺は金を持ってないから、なにか欲しくても買えないんだけどな……」

サラが嬉しそうに露店飯を買ってるのを横目に、俺は指を咥えながら見ていることしかできない。べ、別に羨ましくなんかないんだからね。サラが買ってるのも、スライム飴とかいうリンゴ飴のスライム版みたいなやつだし。なにそれ、美味しいの？　スライムって味するの？　そもそもそれ食べて平気なヤツなの……？

サラはスライム飴をもごっちょもごっちょ食べながら（スライムを咀嚼《そしゃく》する音って、もごっちょもごっちょなんだ）、ふとなにかに気付いた様子で目をパチクリとさせている。

「どうした。なんかまた美味そうな屋台でも見つけたか」

「ウチ、そこまで食い意地張ってねーっす。じゃなくって、武器屋があるっすよ」

そう言ってサラはスライムをごりゅるんと飲み込むと（スライムを嚥下《えんげ》する音って、ごりゅるんなんだ）、目前の露店へと駆け寄る。

その露店は店先に剣・弓・槍が三つ巴《どもえ》を成しているマークを掲げていた。サラはそのマークを見上げて、「へえ」と感心したように呟く。

「ハロネン商会のマークじゃないっすか。首都でも店舗展開している、冒険者の間では有名どこの武器屋っすよ」

「そうなのか」

どうやらこのハロネン商会の露店は、よその町で買い付けた品物を売っているところらしい。

「いらっしゃいませ。なにか気になる商品がございましたら、お気軽にお申し付けくださいね」

ころころと太った丸顔の店主が、愛想のいい笑顔を向けてくる。

店先に並ぶ傘立てみたいな籠《かご》に、雑多に突っ込まれている武器は、おそらく安物なのだろう。高価な品物は特別なガラスケースに仕舞われているようで、そっちの方は店主に直接言って取り出して貰う必要があるようだ。

「こんな露店で武器なんか売って、買うヤツいるのかね」

居並ぶ武器を眺めながらついぼそりと呟くと、店主の耳がピクリと動いた。う、まずい。聞かれてしまったか……と内心ヒヤリとするも、店主の表情はニコニコと笑みを浮かべたままだ。

「へえ。手前どもの店はですね、冒険者も多く集まる首都から商品を仕入れまして、こちらに出店してますんでね。皆様方の信頼のおかげか、売り上げも好調でやらせていただいております」

「そ、それは失礼いたしました……」

「先ほどもね、三ヶ月分の給与が軽く飛ぶような、見事な逸品を買われていったお客様もいらっしゃいましたよ。いかがですか、お客様も。剣、弓、槍と品揃え豊富に取り揃えておりますよ」

「いや。俺は将来、選ばれし勇者としてエクスカリバーを抜く予定なので、今はいらないかな」

「はあ……左様でございますか?」

まったく伝わっていないらしい店主は、小首を傾《かし》げながら「ごゆるりと」と言い残して下がっていった。

ホッと胸をなで下ろす俺を横目に、ユスティーナは「うーん」と小さく唸っている。

「これからも旅を続けるなら、あたしも護身用に剣くらい買い直しておいたほうがいいかなあ」

彼女の言うとおり、ユスティーナは現在のところ剣を持ち合わせてはいない。

この世界は剣と魔法のファンタジーにしては治安が良いようだが、盗賊や山賊もいないわけではないと聞く。元冒険者のユスティーナは徒手空拳でもそんじょそこらの輩《やから》よりも強いようだが、万一に備えておくのも必要かもしれない。

ユスティーナが籠に突っ込まれている二束三文の剣を物色している、その背中を見つめながら、サラがぽつりと呟いた。

「そうだったっすね。先輩の愛剣は、もう……」

「サラも、ユスティーナの剣のことは知ってたのか」

「そうっすね。先輩が追放されたと聞かされた時に知ったっす。ウチが気付いた時には、剣はとっくに売り払われた後だったっすけど。先輩の愛剣を取り戻すこともできなくて、ふがいないっす」

亡き両親との繋がりでもあった愛剣フレイムハートは、ユスティーナにとって大切なものだったはずだ。しかしこうして代わりの武器を見繕っている彼女の様子を見ていると、少なくとも未練を引きずっているようには思えない。

俺は自らのスーツのズボンを見下ろした。ユスティーナ曰く、フレイムハートの柄の握り心地は、俺の勃起したチ×ポのそれと同じものだったらしい。だからユスティーナが未練を断ち切ることができた理由があるとするならば、それは……。

「よーし。おじさん、この剣でいいや。これちょうだい」

「おや。そちらは刃こぼれが凄いですから、タダで構いませんよ」

「やーりぃ！　儲け！」

儲けてはない。お前はただゴミを拾っただけだぞ、ユスティーナ……。

ユスティーナが買った……否、拾ったばかりのガラクタの剣を腰に提《さ》げるのを見ていると、何やら辺りを行き交う人々がザワザワし始めたことに気がつく。おいおい、そんなにゴミを腰に提げてるのがおもしろいのか？　……と思ったが、どうも違うらしい。それでは一体、何が……と考えていたところで、その音は俺の鼓膜を激しく揺さぶってきた。

カァーン！　カァーン！　カァーン！

「な、なんだ!?」

唐突に聞こえてきたその硬質な音の正体は、鐘を鳴らす音らしい。見れば、火《ひ》の見櫓《みやぐら》らしい背の高い見張り台の上で、男がひとり釣鐘を鳴らしている。

彼は強張った表情で激しく鐘を打ち鳴らしながら、自らも大きな声で叫び声を上げた。

「避難警報ぉ発令ぇぇぇぇぇぇぇぇぇい！」

辺りの市場のお客さん達や商人は、誰もが足を止めて鳴らされる釣鐘の方を見やる。

また何度かカァンカァンと非常事態を報《しら》せる音を奏《かな》でてから、男はがなり立てた。

「ドラゴンだあああ！　南の鉱山に、レッドドラゴンが出たぞおおおお！」

その警報を耳にしての、民衆の反応は素早かった。まるで蜘蛛《くも》の子を散らすかの如く、彼らは我先にと市場を後にしようと動き始める。

急いで店じまいをしようとする露天商はマシな方で、屋台やら商品やらを残したまま現金だけまとめてさっさと市場を後にする商人までいる始末。お客さん達も方々へ好き勝手に逃げ出すものだから、やにわにその場は大パニックの様相となった。

この騒ぎの混乱ではぐれてはまずい。俺はユスティーナとサラの近くに身を寄せると、辺りを見回しながら尋ねた。

「おいおい、何がどうなってやがる。あの男は、レッドドラゴンが出ただとか言ってやがったみたいだが……？」

「レッドドラゴンは冒険者ギルドで指定されている危険度Aランクの、大型のモンスターだよ。体内に炎嚢《えんのう》っていう器官を持っていて、そこから高温の炎を噴き出すのが特徴」

そう俺に説明をするユスティーナの険しい表情から、こちらも事の大きさを次第に理解する。元冒険者の彼女がそこまでピリついた雰囲気になるほど、事態は深刻なものであるらしい。

「おいおい。そんなやばそうなのが、この近くにいるってのかよ……？　そりゃあ、こんなふうに逃げ惑うわな」

「ドラゴン種はどれも大型で危険だから、警報が出たら避難するのは当たり前だよ。だけど……その中でもレッドドラゴンは、特に強大な力を持ってるドラゴンだから。万一街にまで降りてきたら、大災害になりかねない」

この世界に来てからまだ日の浅い俺は、ふつうのモンスターすらろくに見たことがない。せいぜいがサウナの妖精を名乗る（名乗っとらんのじゃ、と幻聴が聞こえた気がするが、無視）トントゥや、呑気に町おこしをしているオークくらいのものだ。

だというのに、大災害を巻き起こしかねないようなドラゴンだって？　そんなのが暴れてるとか、異世界怖すぎるだろ。

幸いにして俺達は、たまたま滞在していただけの旅人だ。なにか大事になる前に、出立してしま
ったほうがいいのではないだろうか。

と、俺はそう考えていたのだが、ユスティーナの口からは真逆の言葉が飛び出してきた。

「あたし、そのレッドドラゴンが出たっていう現場に向かおうと思う」

「ええっ!?　なんでだよ！　危ないだろ！」

避難警報の鐘はさっきからずっと鳴りっぱなしだ。恐怖に顔を引《ひ》き攣《つ》らせたこの街の住人達が荷
物を抱えて飛び出していく光景は、見ているだけでも胃の辺りがキリキリするほどに切迫感がある。

これは異常事態だ。そう、はっきりと伝えてくるような緊張感がこの街全体を包み込んでいた。

「危ないのは、確かにそうだけど。でもあたし、街の危機を放っておけないよ。元冒険者として、
なにか役に立てることがあるかもしれないし」

「んなもん、それこそ他の冒険者達に任せておけばいいじゃねえか」

「この街の近くには、たぶんウチら以外の冒険者はいないっすよ」

俺の言葉に口を挟んできたのは、サラだった。俺は彼女の方に向かって、尋ねる。

「冒険者がいないって、どういうことだよ？」

「この街には実入りになるようなダンジョンも無いっすし、未開拓のエリアも無いっす。一般市民が集まって暮らすだけの平凡な街で、流れの冒険者がいるわけないんす」

「な、なんだって……」

「戦力がいるとしたら、せいぜいが街に仕えてる兵団くらいだと思うっす。けどその兵団も、あくまで盗賊や他国との小競り合いが主な任務っすから、モンスター討伐なんて不慣れだと思うっすし。だから……」

サラはそこで言葉を止めて、ユスティーナに目を向ける。ふたりは揃って頷き合い、そして俺の方へと顔を向けた。サラの言葉を引き継いで、ユスティーナがすっと息を吸い、俺に言う。

「だから、あたしたちが行かなきゃ」

「……そうか」

意志の強いこいつらのことだ。一度言い出したら、梃子《てこ》でも動くまい。きっと俺がどんな正論を言ったとしても、彼女はレッドドラゴンのもとへと向かうのだろう。

冒険者を追放されても、ユスティーナ自身の性質はきっと、冒険者だった頃と何も変わっていないに違いない。その頃のことは知らないが、いい冒険者だったんだろうな。こいつは。

こちらを覗き込むユスティーナのガーネットの瞳には、正義感の炎がゆらゆらと燃えている。燃えるといえば、そのレッドドラゴンとやらは高温の炎を噴き出す大型のドラゴンだとか言っていたか。

……。

…………。

俺はひとつ舌打ちをすると、不承不承頷いた。

「……分かったよ、ユスティーナ。サラ」

「ありがと、ランスケ」

ホッと頬を緩めるユスティーナに、しかし俺は続けてこうも言った。

「ただし、俺もついて行くからな」

「えっ!? なんで!? 危ないよ? 一般人なんだから、避難しなよ! バカなの!?」

俺もさっきそう言っただろ。なのにお前は、それを押してでも現場に行こうとしてるんだろ。

「俺はお前らふたりの旅の仲間だ。お前らが行くなら、どんなところでもいっしょについていく。そうだろ?」

「でも……」

ユスティーナはなおも言い募ろうとするも、すぐに言い争いをするだけ無駄だと悟ったらしい。

「絶対、あたしとサラちゃんの傍から離れないでね」

「言われないでも、そのつもりだ。絶対に俺を守れよお前ら」

「上から目線で命令してくるなあ。まあ、いいけどさ」

ユスティーナは傍らのサラと頷き合うと、踵《きびす》を返して市場を飛び出していく。足の速いふたりに離されないよう、俺も慌ててその背中を追いかけて駆けだした。

逃げ惑う人々の落としたものらしい荷物を蹴飛ばしながら、俺の頭の中を支配していたのは……ひとつの想いだけだった。

高温の炎を噴き出す巨大なモンスターである、レッドドラゴン。その「高温の炎」という言葉に、俺はある可能性を見出していた。

このレッドドラゴンの討伐戦。おそらくはレッドドラゴンによる炎が噴き出され、現場はとんでもない熱気に包まれることだろう。それ自体は身の毛がよだつ恐ろしい事実であるが……少なくともこちらには、冒険者を追放されるくらいには強いユスティーナがいる。

ということは、もしうまくことが運べば……そのレッドドラゴンの炎の熱気を利用して、まだ体験したことのないような、異世界のサウナを味わえる可能性があるんじゃないのか……!?

ふたりにこの思惑がバレれば、「バカじゃないの!?」と無理やり避難させられかねない。

だがふたりが元冒険者としての矜持から、街を守るためにレッドドラゴンのもとへと向かわなければならないというのならば。俺もサウナーとしての矜持から、極上のととのいを得るためにレッドドラゴンのもとへと向かわなければならないのだ！

俺は頭の中でそんなふうに考えつつ、足の速いふたりの背中を必死になって追いかけたのだった。

レッドドラゴンが現れたという鉱山は、街からほど近い場所にあった。確かにこの距離で大型のモンスターに暴れられていては、街の人達もたまったもんじゃないだろう。鉱山に近付くにつれて、ズゥンズゥンと重たい物がなにかにぶつかる低い音が耳に届くようになる。

雪山にぽっかりと空いた、大きな横穴。どうやらそこが鉱山の入り口のようだった。

「おい、誰だ！　ここから先は危ないぞ！　止まりなさい！」

俺達が近づくと、槍を構えた鎧姿の男性が立ち塞がる。

その人物はどうやら額に包帯を巻いているようで、その下からは赤い血がじんわりと滲んでいた。

鋼色をした鎧は、黒っぽく煤《すす》けてしまっている。息が上がっており言動も乱暴だが、こちらに手を出すような敵意は感じられなかった。

ユスティーナは立ち止まると、その鎧の男性に身分を明かす。

「あたし達は旅の途中、たまたま立ち寄った者です。戦闘の覚えもあるので、こちらの洞窟にレッドドラゴンが出たと聞いて何かお役に立てることがあればと馳《は》せ参じました」

「おお、冒険者か？」

「いえ……元、冒険者です」

「む。そうか……」

パッと明るくなりかけた鎧の男性の表情が、また少し曇る。現役の冒険者ではないと知り、実力に不安を感じたのだろうか。

しかし今は猫の手でも借りたい状況なのか、彼は気を取り直したようにこちらに言葉を続けた。

「確かに避難警報が出た通り、この洞窟の奥にレッドドラゴンがいる。今、この街の兵団で討伐に当たっているところだが……正直、状況は芳《かんば》しくない」

彼の後ろにも目をやると、同じ兵団と思われる鎧姿の集団が何人もいるのが見えた。

しかしながら彼らの装備は皆一様に煤《すす》けており、誰もが怪我を負っているように見える。レッドドラゴンの吐き出した炎にやられたのだろうか。ただでさえ怪我人の彼らが、その中でも重症の者達の手当てをしているような状況だ。

鎧を無理やり脱がされた兵のひとりの姿がちらりと見えた。火傷を負った皮膚が爛《ただ》れて、ひきつけを起こしている。凄惨《せいさん》な状況に、ここが戦場なのだという当たり前の事実を身に沁《し》みて理解した。

「レッドドラゴンに広範囲に炎を吐かれてな。普段この辺りには炎を吐く種類のモンスターが出ないため、対応に失敗して、この有様だ」

「ここにレッドドラゴンが出現するのは初めてなんですか？」

「本来この山には、レッドドラゴンは棲息《せいそく》していない。どうやら別の街のダンジョンにあったワープ機構が誤作動し、その影響で飛ばされてきた個体のようだ。おそらく、突然見知らぬ場所に放り出されたせいで、パニック状態になって暴れているのだろう」

「かわいそうに……。それで、何とか討伐できそうなんですか？」

「正直なところ、分からん。レッドドラゴンは危険なモンスターだが、本来は温厚な性分であるとも聞いたことがある。何にせよ、暴れてしまっている今は、まるで手がつけられない。この街の兵力が我々しかいない以上、我々で討伐するしかないことは理解しているのだが……」

ユスティーナは洞窟の外で項垂れている重症者達や、手当てをする兵士達を見て尋ねた。

「この街の兵はここにいるので全てですか？　中のレッドドラゴンの対応は？」

「炎に巻き込まれず無事だった者達が、中に残って外へ出てくるのを食い止めてくれている。我々も応急手当てが終わり次第、戻らねばならないが……なにしろ、怪我人の数が……」

ユスティーナは俺とサラに目配せをすると、洞窟の方へを爪先を向ける。

「あたし達も加勢します。行くよ、ふたりとも！」

ユスティーナはそう言って、戦地へと向かって駆け出した。鎧の男達が心配そうに声をかけてくるのを振り切り、俺達もその背中に続く。

洞窟内部には照明代わりの魔晶石が配置されているらしく、中に入っても暗さは感じない。大型のモンスターが暴れているというだけのことはあり、洞窟内の天井は高い。

奥へ進むにつれて、前線で兵達が叫ぶ声や武器のぶつかる甲高い音、そしてレッドドラゴンのものと思われるガオオオという唸り声がハッキリと聞こえてきた。

ビリビリと空気を震わせる咆哮《ほうこう》に、思わず足が竦《すく》む。おいおい。これ本当に一般人が近づいて大丈夫なところなのかよ。しかしユスティーナとサラが果敢《かかん》に駆け込んでいくのを見て、泣く泣くふたりを追いかける。

ほどなくして、そいつは俺達の眼前に姿を現した。

グオオオオオオオオオオオッ！

外から聞いていたのとでは、桁違いな迫力。それほどまでに圧倒的な格の違いを感じさせる、レッドドラゴンの雄叫びであった。

「でっっっ……か……」

危険度Aランクのドラゴン。事前にそう聞かされてはいたのだが、知識と実体験は異なる。目の前にいるそのレッドドラゴンはまさしくモンスターであり、矮小《わいしょう》な人間にとって畏怖の対象に他ならなかった。

形状は二足歩行が可能なトカゲのような感じで、短い手脚の先には鋭い爪が覗いている。肌は爬虫類のような赤い鱗《うろこ》で覆われており、見るからに硬そうだ。そして縦に長い瞳孔《どうこう》の、ぎょろりとした瞳が目の前の人間達を睥睨《へいげい》する。そしてぐわっと開いた口の中からは、それはもう身も竦むほどの恐ろしい乱杭歯《らんぐいば》がギラリと光っていた。

どこからどう見ても、エリアボスだ。物語の最終章で、主人公達がやっとの思いで倒したりするヤツだ。

おいおい勘弁してくれよ。俺は異世界は異世界でも、スローライフでサウナ無双するタイプの異世界転生者なんじゃないのかよ。話が違うぞ。最初から何の話もされてなかったが。

レッドドラゴンと対峙しているのは、入り口で出会ったのと同じ、この街の兵達だろう。外にいたのよりも少なく、数名ほどしかいない。いずれも揃いの鎧に身を包んでいるが、外の連中と同様にその鎧はすっかり煤けて汚れてしまっていた。

ユスティーナはコートを脱いでビキニアーマー姿になると、買った……否、拾ったばかりの刃こぼれ満載な剣を鞘から抜いた。サラは捻れた木の棒……否、魔法の杖であるマジカルワンドを構える。俺はビジネスバッグを身体の前に掲げ持ち、どうにか盾代わりにならねえかなと画策する。なんだこのおもしろトリオは。何しに来たんだ。

と、応援にやってきた俺達に気付いてか、兵のひとりがこちらに声をかけてくる。

「なんだそこのおもしろトリオは!?」

兵団から見ても、おもしろトリオなのかよ！

「あたし達は偶然街に滞在していた旅の者です！　助けになれればと馳せ参じました！」

「おおっ！　それは助かる！」

おもしろトリオとはいえ、今は猫の手も借りたい状況なのか。数試合だけメジャー昇格経験のあるマイナーリーガーを「シュアな打撃が魅力」という売り文句で助っ人外国人として獲得した球団みたいな顔して、彼らは俺達を迎え入れてくれた。正直、あんまり期待されてなさそう。

洞窟内にまた新たな闖入者《ちんにゅうしゃ》が加わったことが、気にでも障《さわ》ったのだろうか。レッドドラゴンはグルルルル……と不穏に喉を鳴らす。

かと思うと、そのレッドドラゴンが不意に動き出した。にわかに兵達に緊張が走る。

レッドドラゴンは首を上方に持ち上げたかと思うと、大きく口を開いた。見れば、その口元からはちらちらと炎が立ち上っているのが見える。

あれは、まさか。もしかしなくても、たぶん、そうだよな？

「炎を吐くぞ！　備えろ！」

「ひいいいいいい！」

兵達が一斉に盾を構える。俺もビジネスバッグをぐいっと中空に押し出した。意味あるかなこれ。

と、その時、傍らのサラがぶつぶつとなにかを詠唱しつつ、マジカルワンドを振りかざした。

「《アウェイクン・シールド》！」

サラが叫ぶと同時、レッドドラゴンが炎を激しく吐き出した。身の危険を感じるほどの高温が迫り、周囲の空気がグッと熱くなるのが分かる。

しかし吐き出された炎は、俺達のもとに届くことはなかった。俺達を護るように半透明の障壁のようなものが生み出され、それが迫り来る炎を遮ったのである。

その障壁が現れていたのは、時間にしてほんの数秒。しかしレッドドラゴンには炎を長時間吐き出す力は無いと見え、障壁が消えるのと同時に炎もまた途切れる。

俺はぽかんとアホ面をさらしながら、サラを見やった。す、すげえこの女……。炎を魔法で防御しよったで。

兵団の人達は何が起こったのか分からないようで、皆きょとんとしている。しかし今のが応援に駆けつけた俺達のやったことだと分かると、にわかに活気づき始めた。

「今だ！　かかれ！　かかれー！」

レッドドラゴンがもう一度炎を吐くためには、少し時間が必要らしい。この隙を突いて、レッドドラゴンにダメージを与えようという作戦だ。

「らあああああああっ！」

勇猛な雄叫びをあげて、ユスティーナがレッドドラゴンの首筋に飛びかかる。そして身をひねり、渾身《こんしん》の一撃をたたき込んだ。それはかつて歴戦の猛者《もさ》として第一線を駆け抜けていた、在りし日の冒険者としての姿を垣間見させるに足る一撃だった。

バギィィイインッ！

「げえっ!?　折れちゃったんだけど!?」

「お前が持ってるヤツ、刃こぼれすげえからってタダで貰《もら》ったヤツだもん！　そりゃそうなるってえの！　ちゃんといい武器買っとけよ！」

身のこなしは完璧だったのだが、あまりにも武器がひどすぎたのだ。

しかしユスティーナが駄目でも、続けて兵達がレッドドラゴンへと駆け寄っていく。

と、その時だった。

グオオオオオオッ！

レッドドラゴンが咆哮を上げ、身を揺らす。まさかもう炎が来るのか、と身構える兵団だったが、そうではなかった。

「尻尾っす！　みんな気を付けるっす！」

後方からいち早く事態に気付いたサラが、叫び声をあげる。遅れて俺も、それに気がついた。

レッドドラゴンは、その長い尻尾を兵達に向かって横薙ぎに振るってきたのである。

炎が来るものだと予測していた彼らは、尻尾への反応がわずかに遅れた。そしてそのわずかな遅れが、彼らから回避する暇を奪う。

「うわあああああああ！」

まるで丸太のような太い尻尾が、兵達を巻き込んで一閃に振るわれる。炎を吐き出せない隙を突くべく、皆一様にレッドドラゴンの近くにまで迫っていた。そのせいで全員が尻尾に弾き飛ばされ、壁に叩きつけられてしまう。彼らは皆持っていた武器をその手から取りこぼしてしまい、ガシャガシャと音をたてて剣や槍が地面に散らばっていった。

唯一ユスティーナだけは、さすがの身体能力で躱《かわ》すことに成功していた。

彼女は辺りに散らばった武器の中から手近な位置にあった剣を拾い上げると、さっとレッドドラゴンに向けて構える。

しかしその時、ユスティーナの瞳がハッと見開かれ、その動きを止めた。電撃でも走ったかのようにビリリと体を震わせ、それから彼女は手元に構えた剣を見下ろす。

その尋常ではない反応に不安を覚えた俺は、後方から彼女に向かって声をかけた。

「ゆ、ユスティーナ……？　おい、どうした。何があったんだ」

「こ、これ……」

ユスティーナの視線は、相変わらず彼女の構えている剣の方へと向いている。

……それは、素人目にも、一目見て逸品であると分かる、卓越した剣身をしていた。

丁寧に手入れをされてきたのか、白く鋭い刃が美しい。刃の根元、ちょうど鍔《つば》との境の辺りには赤い宝石が埋め込まれ、洞窟内の照明を反射してきらりと光る。

ユスティーナは震える手でぎゅっと剣の柄を握りなおすと、こちらに振り返って叫んだ。

「これ……もしかしたら、フレイムハートかもしれない……」

「なんだって!?」

「そんなバカなっす！」

俺とサラは、同時に叫んだ。フレイムハートといえば、彼女が冒険者を追放された時に没収されて、それっきりの愛剣だったはずではないのか。なぜそんなものが、今この場で示し合わせたかのように現れるというのだ。

しかし「バカな」と口では否定しつつも、サラもまたユスティーナの握る剣に目を奪われている。

「た、確かに……見た目は、そうっす！　白い刃に、鍔の赤い石！　それに剣自体が帯びている、凛とした佇《たたず》まい……！　確かに、先輩が持っていたフレイムハートと瓜二つ……！」

「瓜二つじゃない！　これは確かにフレイムハートだよ！」

ユスティーナははっきりとした確信を持って、俺たちに向かって叫んだ。

「この柄の握り心地……！　すっと心の隙間を満たしてくれるこの感覚……！　忘れるわけがない！　これは、フレイムハートなんだよ！」

フレイムハートの柄の握り心地って、それって俺のチン……いや、やめておこう。それは事実ではあるが、今の雰囲気で言うべき言葉ではない。

だがユスティーナの言葉を信じるならば、フレイムハートを手放した後も、彼女は俺を経由してあの剣の柄の握り心地は忘れずにいたはずである。その彼女が言うのならば、やはりあれはフレイムハートに違いないのだろうか。

であるならば、一体なぜだというのだ。なぜ、こんなところにフレイムハートが都合よく現れたのか。

その時、ハッと頭を過《よぎ》ったのは、剣・弓・槍が三つ巴を成しているマークであった。

アレは俺達がこの街の市場で散策をしていた時に見かけた露店武器屋のマークで、確かハロネン商会と言っただろうか。

あの店はユスティーナ達も冒険者だった頃にいた首都にも展開しているという、有名な商会だったはずだ。となればユスティーナからフレイムハートを取り上げた者達が、それを売り払う先として選んだ可能性は決して低くはない。

さらに思い出してみれば、あの時、ハロネン商会の店主は俺にこう言っていたではないか。

……『先ほどもね、三ヶ月分の給与が軽く飛ぶような、見事な逸品を買われていったお客様もいらっしゃいましたよ』

これは偶然なのか。それとも……彼女の愛剣であるが故の、運命だったのか。

俺達より先んじてあの店に現れて、見事な逸品とやらを買っていった人物。それこそが、今あそこでレッドドラゴンに吹き飛ばされてしまった兵の中のひとりであり。そして、その時に買い求めた見事な逸品こそが、フレイムハートだったのではないだろうか。

グオオオオオオオオオッ!

脳裏でフレイムハートの謎を紐解いていた俺を、レッドドラゴンの咆哮が現実に呼び戻した。

レッドドラゴンはまたしても口を大きく開いて、首を上方に持ち上げている。あれは先程見たように、炎を吐き出す予備動作だ。

突然の愛剣との再会に困惑していたユスティーナだったが、それを見てフレイムハートをさっと構えなおす。ぎゅうっと力を込めて柄を握る拳が、ぶるりと震えた。

俺は傍らを振り返り、サラに声をかける。

「サラ！　また炎が来る！　さっきの魔法の障壁を……！」

俺が声をかけるまでもなく、サラはぶつぶつと呪文を詠唱しているようだった。しかしユスティーナの拾ったフレイムハートに気を取られていたせいか、詠唱を始めるのが少し遅れてしまったらしい。

冷や汗を流すサラは必死の形相で詠唱を続けるが……それが完了するよりも、一瞬早くレッドドラゴンが動いてしまう。

ゴアアアアアアアアアッ！

サラが障壁の呪文を唱え切るよりも前に、無情にもレッドドラゴンによる超高温の炎が吐き出される。万事休すか、と絶望しかけた、その時だった。

「ラァァァァァァァァァァァッ！」

前方でフレイムハートを構えていたユスティーナが、動いた。彼女はフレイムハートを大きく振りかぶると、炎を吐き出すレッドドラゴンへと向かって飛びかかっていった。

「ラアアアアアアアアアッ！」

「ま、待てユスティーナ！　さすがにそれは無茶……！」

泡を食って叫ぶ俺の目の前で、しかしユスティーナは想像の遥か上を行く絶技を見せた。

ユスティーナの振りかぶるフレイムハートの、その鍔に埋めこまれた赤い宝石がキラリと光る。

かと思うと、次の瞬間、信じ難い出来事が俺の瞳に映った。

なんとフレイムハートの剣身が、おびただしい業火に包まれたのだ。

「ッアアアアアアアアアアアアア！」

赤い業火を纏ったフレイムハートを振り翳《かざ》したユスティーナが、レッドドラゴンの吐き出す炎と真っ向から向かい合う。そしてユスティーナがフレイムハートを袈裟斬りに振り抜くと、
ゴオオオオオオオオオオオオオオオオッ!!

レッドドラゴンの炎と、フレイムハートの炎。ふたつの炎が真正面から衝突し、遠く離れた俺達のもとにも強烈な熱風が襲い来る。

しかしふたつの炎の火力はちょうど拮抗しているようで、互いに互いを燃やし合うようにして勢いが削がれていく。程なくしてどちらの炎も力尽きるように小さくなり、消えてしまった。

「す、すげえ……。けど、今の、一体何が起こったんだ……？」

わけがわからず呟く俺の疑問に答えたのは、炎が消えたことで呪文の詠唱を中断したサラだった。

「フレイムハートの鍔には、炎を操る魔晶石が埋め込まれているんす」

見れば、ユスティーナの構えるフレイムハートの鍔には、赤く光る宝石がきらりと輝いている。

どうやらあれは飾りではなく、れっきとした武器としての効果を持つ魔晶石だったようだ。

「もちろん、誰にでも扱えるような代物じゃないっすよ。先輩の熟練した剣の腕前と、愛剣を知り尽くした技量があるからこそ……レッドドラゴンの火力を打ち消すほどの一撃が放てたんす。これはもう、先輩のこれまでの努力の賜物《たまもの》としか言えねーっすね」

「なんでお前が自慢げなのかは分かんねえが……とにかくとんでもねえことをやりやがったんだな、ユスティーナのやつ」

感嘆の溜め息をつきつつ、そのユスティーナのことを見やる。

彼女は戸惑いと喜びとが綯《な》い交ぜになった複雑な表情で、自らの手の内に収まる愛剣のことを見下ろしていた。

「この握り心地……この佇まい……それに何よりこの能力！　やっぱり、フレイムハートだ！」

歓喜の再会を果たしたユスティーナは、ぎゅうっときつくフレイムハートの柄を握りしめる。

「フレイムハートがいっしょなら。あたしだけでも……レッドドラゴンくらい、いける……！」

晴れやかな表情を浮かべたユスティーナは、目の前で強烈な威圧感を放ち続けているレッドドラゴンと対峙する。

ユスティーナはフレイムハートを振り上げ、レッドドラゴンを斬りつけた。まるで突風のような鋭い太刀筋だったが、見上げるほどの巨躯を持つレッドドラゴンは容易《たやす》く鉤爪《かぎづめ》で受け止めてしまう。

ユスティーナは手を緩めず、更に剣を振り続けるが、いずれも有効打にはなり得なかった。

フレイムハートは、冒険者として最前線を駆けていたユスティーナの愛剣だ。その実力の高さは、今の一撃だけでも十分すぎる証明だろう。

愛剣を取り戻した今のユスティーナであれば、ひょっとすると本当に、レッドドラゴンですら倒せてしまうかもしれない。

……けど。そんなユスティーナの勇姿を見ながら、俺は。

「それで、いいのだろうか？」

「ランスケさん？」

ぽつりと呟いた俺の言葉に、傍らのサラだけが反応した。

あのレッドドラゴンというモンスターは、確かに驚異的な存在である。大きな体で暴れ回り、口から炎を吐き出し、俺達に襲いかかってくる。もしもあんなのが街まで降りてこようものなら、とんでもない災害を引き起こしかねない。

けれど……さっき、洞窟の外で話した兵のヤツが、言っていたではないか。

レッドドラゴンは危険なモンスターだが、本来は温厚な性分であると聞いたことがある、と。

その話が事実かどうかは、ドラゴンに詳しくない俺には、判断がつかない。だが、ひとつだけ確かな事実があるはずだ。

あのレッドドラゴンは、突然見知らぬ場所に放り出されてしまっている。ワープ機構の誤作動だかなんだか知らないが、本来暮らしていたはずの場所から、いきなりこんな雪山の中の鉱山にひとりぼっちで放り出されてしまった。

あのレッドドラゴンが、そのせいでパニック状態になって暴れているということは、れっきとした事実であるはずだ。

であるならば……。

「あのレッドドラゴンは、俺と同じだ」

「え。なんすか急に。カッコつけたいお年頃っすか？」

「ちょっとサラ。今は茶々入れるのやめて」

あの日。俺もまた、現代日本から、見も知らぬ異世界へと放り出された。

そんな頼れる者が誰もいない土地で途方に暮れていた俺に、見るに見かねて手を差し伸べてくれたのは……ユスティーナだった。

あのレッドドラゴンは、あの日異世界に放り出されて右も左も分からずにいた俺と同じだ。だとしたら、俺達がここでレッドドラゴンを倒してしまうのは、正しいことなのだろうか。突然縁もゆかりもない場所に飛ばされて、それで困っているあいつを見捨てて、討伐しておしまいなんて……許されるのだろうか。

あの日俺を助けてくれて……あまつさえサウナまで提供してくれた、心優しいユスティーナの手を。ここでレッドドラゴン相手に汚させるのは、違うと思った。

これはあくまで、俺の自己満足に過ぎないかもしれない。それでも……。

俺は、すうっと息を吸い込み、意識を集中させる。

かつてトントゥから授けられた、旅に役立つ特別なスキル。ユスティーナを護《まも》るためにずっとあの家で待っていたトントゥの想いを受け継ぎ、今度は俺がユスティーナを護るべくその能力を使おう。

「……うし」

俺はひとつ呟くと、傍らのサラに指示を出す。

「おい、サラ。俺の霜焼けやガレージのサウナに使った、あの能力増幅の魔法……アッチョンブリケイション?」

「アンプリフィケイション！」

「それ。今、使えるか？」

「使えるっすけど……なんに使うんすか？」

俺はグルグルと喉を鳴らしながらこちらを睨み付けてくる、あのレッドドラゴンを指さした。

「あいつだ。あいつの噴き出す炎の火力を、お前の魔法でもっと強力にしてくれ」

「はあ!?　な、なんでそんなわざわざこっちが不利になるようなことを!?　ふざけるのはサウナ絡みだけにしてほしいっす！」

「むしろ、サウナ絡みでふざけたことねーわ！　大丈夫だ、ちゃんと考えがある」

困惑するサラに向かって、頼み込む。俺の思いついた作戦を実行するには、サラの協力は不可欠だ。

明らかにやる必要の無い魔法の行使を頼まれて、サラは困惑している。

しかし俺の想いが通じたか、どのみち迷っている時間も無いと判断したか。

「ど、どうなっても知らねえっすからね！」

サラはそう言ったかと思うと、目を閉じてぶつぶつと詠唱を始める。かと思うとマジカルワンドを高々と振り上げ、その魔法の名を唱えた。

「《アンプリフィケイション》！」

サラの魔法の詠唱に伴い、目の前の光景にも変化が起こる。

魔法の対象に指定したレッドドラゴンが、なにかの異変に戸惑うようにグルグルと喉を鳴らした。

俺もかつて同じサラの魔法で治療を受けたことがあったが、その効果が発動した際には、じんわりと熱を帯びたような感覚があったのを思い出す。おそらくはあのレッドドラゴンも、今それと同じような感覚なのだろう。

するとレッドドラゴンの異変に気付いたらしく、ユスティーナがこちらを振り返る。

「なに!? サラちゃん、今なんかした!?」

「レッドドラゴンに増幅魔法をかけたっす！ 次にレッドドラゴンが火を噴いたら、さっきよりも強烈な火力が襲ってくるから気を付けるっす！」

「は!? なんでそんなことしちゃったのさ!?」

「なんでって……な、なんでっすかね……？」

サラが怯えたように俺の方を見上げてくる。そんな目で見んなよ。俺まで不安になっちゃうだろ。

「ユスティーナ！ 次にレッドドラゴンが火を噴いたら、全力で避けろ！」

「言われんでもするっての！」

「そしたら……俺といっしょに、レッドドラゴンの足元まで走るんだ！」

「は!? なんで!? めちゃくちゃ危ないよ!?」

ユスティーナが尋ね返してくるが、どうやら説明をしている暇はなさそうだ。

レッドドラゴンの首が持ち上がり、口を大きく開いている。サラの魔法によって火力の増幅された、強烈な火炎放射がやってくる。

「来るぞ！ 避《よ》けろ！」

「ああ、もう！」

轟《ゴオ》ォォォォォオオオッ！　という強烈な熱波が襲い来る感覚。レッドドラゴンが火を噴いたのだ。

「《アウェイクン・シールド》！」

サラがさっきと同じ魔法の障壁を用いて、吹き飛ばされたまま気を失っている兵達を守る。そちらに魔力を割いているため、ユスティーナの方を守る余力は無いようだ。ユスティーナは無防備なまま、圧倒的火力に晒《さら》されていた、はずなのだが。

「ッラアアアアアアアアアアアア！」

ユスティーナに向かってまず真っ直ぐに吐き出された炎を、横っ飛びに避ける。ドラゴンが首を振り、追いかけるように向かってくる炎を、今度は逆方向に飛んで躱す。触れるのはおろか、近付きすぎてもダメージを負いかねない超高温の炎を前にして、ユスティーナはまるで踊っているかのように可憐に回避し続けていた。

そうしている内にレッドドラゴンの炎は止み、ユスティーナはすとっと綺麗に着地を決める。

そんな華麗にダンスを披露していたユスティーナから、少し距離を置いたこちらにも、ほどなくして異変が生じ始める。

「熱っつい！　なんじゃこの熱さは！　おい、どうなってやがんだこれは！」

「ランスケさんがそうしろって言ったからっすよ！」

そうだった。俺が指示を出したんだった。しかし分かってはいても、耐えがたい熱さだ。

サラの魔法によって火力の増したレッドドラゴンの炎により、周囲を土壁に囲まれている洞窟内の気温は一気に上昇している。上下スーツでは、なかなかに耐えがたい熱さだ。

見れば炎を吐き出した張本龍たるレッドドラゴンもまた、常には無いほどに急上昇した気温に、困惑したように動きを止めている。

「よし、ユスティーナ！　レッドドラゴンに近づくぞ!!　俺についてこい！」

俺はレッドドラゴンと対峙していたユスティーナの横を抜け、一直線に目的地へと向かって動き出した。ユスティーナも指示に従い、すぐに背中を追って駆けてくる。

目指すべき地点は理解していた。レッドドラゴンの足元にある、見た目は他と変わらない剥き出しの地面。常人には理解できないだろうが、トントゥから与えられたスキルにより、俺にだけは分かる。俺はなんの変哲も無い、地面のその一画を指さし、ユスティーナに叫んだ。

「ユスティーナ！　フレイムハートで、ここの地面を貫いてくれ！」

「分かった！」

ユスティーナは疑問を呈することも無く、頷いた。そしてようやくその手に戻ってきた愛剣を携えたまま、トンッと軽く地面を飛び上がる。

彼女がその得物で狙うのは、強大な力を持つドラゴンモンスター、ではない。

目的も何も伝えないまま、ここを貫けとだけ指示をしたそのドラゴンの足元だ。

ユスティーナが今まさに剣を振るおうとする様子を見ながら、俺は我知らずポツリと呟いた。

「悪いな、フレイムハート。ユスティーナの今の相棒は、お前じゃなくて、俺なんだ」

ユスティーナは空中でくるりと回転しながら勢いをつけ、フレイムハートを大きく振りかぶる。

そうして回転の勢いと落下の勢い、さらに自らの膂力《りょりょく》を加えた渾身の一撃を、俺の指定した箇所に、あやまたず打ち込んだ。

「ッラアアアアアアアアアアアッ！」

ドガアアアンッと派手な音を立て、剥き出しの地面は砕け散る。激しく地面が揺れ、打ち込まれた衝撃が地の中を深くまで貫いていく感触が伝わってきた。突然足元に剣を叩きつけられたことにより、レッドドラゴンが怯《ひる》んだように低く唸る。

それから、しかし変化はすぐには訪れない。ユスティーナは地面にフレイムハートを突き立てたまま、困惑したように俺を見つめてくる。次は？　どうしたらいいの？　と……。

それに対する俺の返事は、どうしようかねえ……と曖昧《あいまい》に笑ってみせることだった。ユスティーナの表情が一気に不安そうに歪む。

だがすぐに俺達は、それに気が付いた。ユスティーナが地面を貫いた衝撃による揺れは、とうにおさまっていてもいいはずだ。だというのに、カタカタという小さな揺れが継続して俺達や洞窟内を揺らし続けている。それどころか、その揺れは徐々に大きくなっていく気配すらして。

そして、ほどなくして。

ぶっしゃああああああああああ！

激しい轟音と共に地盤が割れ、その向こうから地下水が噴き出してきた。

さしものユスティーナも目を丸くして、その場から飛びすさる。

「わあああ！　な、なにこれ!?」

「地下水だよ！　この洞窟の下に、ちょうど水源があったんだ！」

トントゥから与えられたスキルは、どこでも水の在処が分かる能力だ。俺はその能力を利用して、この下に地下水があることを知った。そしてこの洞窟内で最もスキルに対する反応が強くなる場所……つまりは水が近く地盤の薄いであろうところを、ユスティーナに破壊させたわけだ。

俺の狙いに違《たが》わず、地下水は激しく洞窟内に噴き出してきている。長い間洞窟の下で眠っていた地下水は、炎により熱された洞窟内では、ひどく冷たく感じられた。そしてそれは、噴き出す地下水のちょうど真上にいる、レッドドラゴンも同様であるはずで……。

ウゴオオオオオオオッ！

噴き出した地下水をその全身に浴びたレッドドラゴンは、戸惑うように咆哮しながら身もだえしている。先ほどまで自らの吐き出した炎により熱せられていた洞窟内の気温から、一転して地下水を浴びせられているのだ。その温度差から、よほど冷たく感じるのだろう。

そうしてドバドバと地下水をかけられたレッドドラゴンは、徐々にその暴れるような動きを鎮めていき……。

……グルルルル……

地下水の噴出が弱まる中、レッドドラゴンは縦長の瞳孔をした瞳で、きょとんと瞬きをした。キョロキョロと辺りを見渡したかと思うと、先ほどまで暴れ回っていたのが嘘みたいに、静かにその場に寝転がってしまう。

その信じがたい光景に、ユスティーナは目を丸くしていた。

「な、なに……？　何が起こったの？」

「なにって、お前もよく知ってることが起こったんだよ」

洞窟内はレッドドラゴンの吐き出した炎で、常よりも熱くなっていた。そうして熱されたドラゴンの体を、今度は地下水によって冷やしてやる。すると、何が起こるか。

その答えは、俺やユスティーナのよく知る、あの現象。

「……ととのったんだよ。レッドドラゴンは」

「あっ」

熱した体を水風呂で冷やし、リラックスをする。それはサウナで俺達が味わう現象と同じものである。

レッドドラゴンは本来であれば温厚なモンスターであるという話から、ふと閃いたのだ。

ならばこいつのことも、リラックスして落ち着かせることができたならば、元通りの温厚さを取り戻すのでは無いかと。

見れば離れた場所でも、サラやようやく意識を取り戻したらしい兵達が、きょとんとした顔で、嘘みたいに落ち着いたレッドドラゴンを見やっている。けれどすぐに兵達は自らの役割を思い出したらしい。

「ほ、捕獲！　捕獲ーー！」

彼らは大慌てでレッドドラゴンに群がり、その体に縄をかけてもう暴れることのないように押さえつける。そんな人間達の奮闘する模様を、目を細めたレッドドラゴンはどこか他人事のように眺めていたのだった。

♨　♨　♨

俺の作戦によって無事にととのいの境地に至ったレッドドラゴンは、実にあっさりと兵団の人間によって捕らえられた。

とはいってもあまりにも大きなモンスターであるため、これ以上暴れられないように縄をかけて、動きを制限される程度のものではあったが。兵団の話によれば、これから首都より高名な魔術師を何人か招聘《しょうへい》し、転移魔法で元いたダンジョンへと転送されるそうである。つまりそれまでの間は、レッドドラゴンは今しばらくこの洞窟内に滞在することになるようだ。

俺達の尽力によって、レッドドラゴンは討伐されることもなく住処《すみか》に戻れることになったわけだ。

当のレッドドラゴンは、全てを退屈そうに眺めつつ、身を屈めて眠たそうにしていたのだけれど。

そんなふうにして兵団が慌ただしく事後処理をし終える頃には、もうすっかり夜更けの時間となってしまっていた。

昼間の大騒ぎがまるで嘘のように静かになった洞窟内で、俺は、

「おっし。じゃあ、サウナに入るか！」

と、素っ裸になって宣言したのだった。

そんな俺を見て、ユスティーナは頭痛でも我慢するみたいに、額に手のひらを添えて言う。

「あなたねえ……どうしてそうも毎回、清々しいくらい潔く、素っ裸になれるわけ？」

「そこにサウナがあるからさ」

気分はすっかりジョージ・マロリーだ。目の前にサウナがあるならば、何を差し置いてでもとといたくなる。それがサウナーという生き物の性なのだ。

俺達がいる場所は、例の洞窟内。それも、捕らえられたレッドドラゴンが大きな体を屈めて眠り込んでいる、その目の前である。

蛇口を全開にしたかのごとく噴き出していた地下水は、もうすでにその勢いを失っていた。しかし地下水自体は、今も滾滾《こんこん》と湧き出ている最中らしい。冷たい水はまるで小川のように地面の窪みを伝って、洞窟の奥の、低い方へと流れている。

ユスティーナは呆れた目つきで素っ裸の俺を見やりつつ、尋ねてきた。

「ねえ。本当にやるつもりなの？　レッドドラゴンを利用してサウナだなんて」

「当たり前だろ！　そのためにわざわざこうして、レッドドラゴンの見張り役なんて買って出たわけなんだからな！」

この洞窟内は、レッドドラゴンの送還が終わるまでは、兵達による厳重な警戒が敷かれることとなっていた。それはそうだろう。レッドドラゴンが暴れる様子は無いにしても、危険なモンスターであることには変わりない。実に妥当な措置と言える。

しかし……そもそもの話である。

俺がレッドドラゴンの暴れ回る死地へとわざわざ赴いた理由は、この超高温を抱くドラゴンを用いてサウナを楽しむためである。兵団の警備があっては、おちおちととのう暇もあるまい。

そこで俺は、この洞窟内から俺達以外の人を退去させるために、ある作戦を思いついた。

それはすなわち……兵団に掛け合って、今日の夜間のレッドドラゴンの見張り役を交代できないかと申し出たのである。

俺達がレッドドラゴン捕獲に多大なる貢献をしたという背景もあってか、申し出は二つ返事で了承された。むしろ人手不足なため助かると、感謝すらされてしまった。

そんなわけで今この洞窟内には、俺とユスティーナとサラ、そしてレッドドラゴンだけしかいない。レッドドラゴンのサウナを楽しむならば、この機会を逃すわけにはいかないのである。

今こうして話をしている間でも、もう既に、体温の高いレッドドラゴンを熱源とした熱さがじんわりと肌に感じられるほどだった。

「ふたりとも、今更なにを躊躇《ためら》うことがあるっていうんだよ。このレッドドラゴンのたまらない熱さ、お前らには分からないのか？」

「だからって、街からも近いようなこんな洞窟内で裸になるだなんて……」

「どうせレッドドラゴンを怖がって、誰も来やしないいさ」

「それはそうかもっすけど……」

「ええい、話にならんやつらだ」

俺は一方的に話を打ち切ると、ふたりから離れてレッドドラゴンへと近付いていく。

「誰がなんと言おうと、俺はレッドドラゴンでととのうからな。お前らはそこで指咥《くわ》えて見てるといいさ」

「ええ……だってぇ……ねえ、サラちゃん？」

「そっすよねえ……先輩？」

なおも躊躇う二人を尻目に、俺はレッドドラゴンのすぐ脇に腰を下ろす。

さすがは超高温の炎を吐く、レッドドラゴンの体温だ。この距離まで近付くと、身の危険を覚えるほどの強烈な熱さが至近距離から感じられた。焼けた鉄板に手を近付けた時の、あの感覚である。

さすがの火力で、肌の表面からはすぐにぶわっと玉のような汗が浮かび上がってきた。

ゆっくりと目を閉じて、レッドドラゴンの熱さに身を委ねる。

そうして俺が全身を炙られてしばらく待っていると、ぺたぺたという音が聞こえてきた。それは紛れもなく、人が素足のままに洞窟の地面を歩いている音で。

ふたり分の足音は、俺のすぐ傍まで近付いてきた。そしてそのふたりは、俺の左右におずおずと同じように腰を下ろす。

俺はゆっくりと目を開いた。

「やっぱりお前らも、立派なサウナーだよ。ユスティーナ、サラ」

「だ、だって我慢できなかったんだもん」

「ランスケさんが、そんなに気持ちよさそうに汗を流してるからっすよ」

見れば、ユスティーナもサラも、一糸まとわぬ姿でレッドドラゴンの肉壁を背に座っている。サラの方は熱で傷《いた》めないようにと丸眼鏡を外しており、少し見づらそうに目を眇《すが》めていた。

ユスティーナの豊満なおっぱいに、座り込んだことでむにゅっと皺の寄ったやわらかそうなお腹に、さっそくじわっと汗が浮かぶ。

サラの白い首筋に、細い二の腕に、毛量の多い陰毛に、汗がつぅーっと流れ落ちる。

ふたりの汗ばんだ全裸姿を見て、俺のチ×ポもムクムクと膨らんでいった。

レッドドラゴンの硬い鱗に覆われた肉壁が、呼吸に合わせて静かに膨らむ。それが確かに生きたモンスターの体の熱によって生じる熱さだと感じながら、俺達は静かに汗を流す。

今まで俺の体験してきたサウナは、サウナストーンであるとかストーブであるとか、あるいは魔晶石であるとかが常だった。こんなふうに、生きたモンスターを熱源にして体を温めるのなんて、初めての経験だった。

「こいつは……すごいな。生きたモンスターの熱って、ちゃんとそういうもんだって分かるものなんだな」

「すぐ近くにレッドドラゴンの気配が感じられるせいかな。息遣いとか、身じろぎひとつでもちょっとずつ熱の感覚が変わっていく感覚がある。……なんか、不思議」

「あぢーっすぅー……」

グルルルルルル……。

と、その時だった。それまで静かに眠っていたレッドドラゴンが、不意に鼻をフンッと鳴らした。

するとすぐ傍にいた俺達の体に、極めて熱い鼻息が直接噴きつけられる。

「「「~~~~~~!!!」」」

何も身構えていなかったところに襲いかかってきた、強烈な熱波。途端にぶわっと全身の毛穴が開き、大量の汗が流れ落ちる。

それはロッジのガレージでやったロウリュの熱波とは、まったく異なる感覚の熱さだった。より体温の高い、レッドドラゴンの体内から送り込まれた〝生きた〟熱波である。

思ってもみなかった熱さによって、流れ落ちる汗が気持ちいい。なにせ鼻息なもんで、やけに獣じみた臭いがしてしまうのが、玉に瑕《きず》ではあるが。

俺は左右に座るふたりと、黙ったまま目配せをする。ふたりもコクコクと頷き返してくる。こいつは強烈だ。一瞬にして、頭からケツまで汗みどろになってしまった。これ以上は耐えきれない。

俺達は揃って立ち上がると、洞窟の奥へと歩き出す。レッドドラゴンから距離を置いたことで、ようやくほっとひと息つけるくらいには涼しくなる。

奥まで行くと、そこには水の溜まった窪地があった。これはユスティーナの一撃によって噴き出した地下水が、洞窟の奥まで流れ込んだことで出来た水溜まりである。まるであつらえたように三人並んで入ることのできそうな水風呂が、そこには出来上がっていた。

俺達三人はその地下水の中へと、一斉にザブンと飛び込んでいく。

「うおーーっ！　冷てえーっ！」

「ひゃーーっ、気持ちいい！」

「んんっ……ああ、体が引き締まるっす……！」

ユスティーナが地盤を砕くまで、静かに下層で眠っていた地下水だ。濁りのない透き通った冷水は、火照った体を冷ますのにひどく心地よい。

他に誰が使っているわけでもない水風呂だ。俺達はバシャバシャと手のひらで掬《すく》って顔を洗ったり、頭から沈んで全身で冷たさを感じたりして、体が引き締まっていく快感を堪能する。

水風呂から上がった俺達は、そのすぐ脇に並んで仰向けに寝転がった。

兵団から野営用のマットを借りられたので、寝心地はいい。

視界に映るのは洞窟の高くて薄暗い天井。よくよく目を凝らしてみれば、コウモリが一匹、ひっそりと俺達を興味も無さそうに見下ろしている。

少し首を動かせば、レッドドラゴンが身を屈めて寝転んでいる様子も見えた。

先ほど近付いた時には全身から噴き出すほどの汗が流れ落ちたものだが、距離が離れればさすがにしんどいほどの熱さは感じられない。

ふぅー……と溜め息をついて、俺はゆっくりと目を閉じる。

それにしても今日は大変な一日だった。

なにせこの世界に来て初めてモンスターと対峙したかと思ったら、それがあんなにも巨大で恐ろしいレッドドラゴンだったのだ。結果として俺の機転で被害も出さずに捕獲することができたとはいえ、ずいぶんと危ない橋を渡ったものだと思う。

興奮状態にあった頭が、そのレッドドラゴンを利用したサウナで静かに落ち着いていくのが分かった。もしもあのままレッドドラゴンを討伐してしまっていたら、こうしてレッドドラゴンのサウナに入ることも、心穏やかに過ごす夜も訪れなかったことだろう。

モンスター由来のキツい火力は、この世界ならではのサウナだった。あれだけの熱さを全身に浴びておきながら、一気に冷水で温度を下げられたこの体は、まるで無重力空間にいるかのような浮遊感をまとっている。

心臓の音が聞こえる。俺は確かに、生きていた。生き延びたんだ。

自らの生命の力強い脈動を感じながら、世界そのものと溶け合うような心地よさに溺れていた。

……ああぁーー………。

……ととのったわぁー…………。


……ととのいの境地に漂い続けること、しばし。ようやく俺の意識が現実の体に戻りつつあった。

それでもととのいの余韻を楽しむようにぼんやりとしていると、不意に下腹部にもぞもぞとした違和感を覚える。俺は体勢を仰向けから変えないまま、視線のみを下腹部へと向けた。

するとそこでは、ユスティーナとサラが俺のチ×ポに顔を寄せているところだった。

「あ。起きちゃったね」

「別に寝てはいなかったよ。それに、そろそろ来ると思っていた」

ととのい終わって十分にリラックスしたふたりは、その反動から興奮を求めにやってきたのだろう。サラも外していた丸眼鏡をいつの間にやら装着済みで、すっかり準備万端の模様。

俺の腰の左右に群がってきたふたりは、我先にとチ×ポに手を伸ばす。

「あ、ランスケのチ×チン、ちょっとちっちゃくなっちゃってるね」

「本当っす。汗を流していた時には、あんなに膨らんでたんすけどね」

どうやら水風呂を経てととのっている内に、勃起していたはずのチ×ポは落ち着いてしまっていたようだった。

ユスティーナとサラは、小さくしぼんだチ×ポをもう一度大きくさせようと、指で摘まんで刺激を与え始める。

「うっ……はあ、はあ……」

「あはは、すぐに大っきくなってきちゃった」

「ランスケさん、ち×ちん触られるの好きすぎじゃねーっすか？」

ユスティーナとサラは、きゃっきゃっと騒ぎながらチ×ポを大胆に手コキし始める。

これが、ふたりが全裸でなく、目の前にあるのもチ×ポでなくスイーツか何かなら、雰囲気はすっかり女子会なのだが。

俺は彼女達にチ×ポをシコシコとシゴかれながら、ふと思いついた要望を口にする。

「なあ、ふたりとも。ちょっとやってみてほしいことがあるんだけど」

「なあに？」

「ちょっと、俺のチ×ポを舐《な》めてみてくれないか？」

俺がそうお願いをすると、楽しげにチ×ポを触っていたふたりの動きがビクッと止まる。

「え、ええっ……!?」

「な、舐めるんすかぁ……っ？」

続けて飛び出したのは、そんな困惑したような声だった。

「頼むよ。ふたりがチ×ポ舐めてくれたら、すっげえエロいと思うし。そしたら俺のチ×ポも、めちゃくちゃ硬くなると思うからさ」

「手でするのでも、じゅうぶん硬くなると思うんだけど……」

「それに、ばっちいっす」

「誰のチ×ポがばっちいんだよ。ちゃんと洗ってるから大丈夫だって」

俺は日々の入浴の中で、チ×ポの手入れもしっかりと欠かさない。亀頭から竿の根元、陰毛までしっかりと泡だらけにして、清潔さを保っている。

「昨日だって、俺もサラのおま×こを舐めてやっただろ。あれといっしょだよ」

「お、思い出させないでほしいっす」

自らのおま×こを舐められた記憶がよみがえったのか、サラは内股になって俺の腕をぺしぺしと叩いた。

と、その時である。

「ふおおおっ……」

情けない喘ぎ声が、口から漏れた。

見れば、ユスティーナが俺のチ×ポを、舌先で舐めている。ちろちろと舌を動かしつつ、竿を、そして亀頭を唾液で濡らしていった。

「ああっ……き、気持ちいい……」

「あはは。ランスケ、本当に気持ちいいんだ」

ユスティーナはおかしそうに笑いながら、俺のチ×ポを舌でペロペロと舐める。勃起したばかりのチ×ポにその舌のやわらかさは格別で、とても気持ちよかった。

「ほら、サラちゃんも舐めてみたら？　ランスケの反応、おもしろいよ」

「ううう……ち×ちんなんて、舐めてどんな味がするんすか……？」

「んー、ちょっとしょっぱいかも？」

サラは不承不承ながらも、興味を惹かれたのかユスティーナの向かいに腰を下ろし、チ×ポに顔を寄せる。

「すんすん……」

「う……嗅がれるのはさすがにちょっと恥ずかしいな」

「文句言うなっす。ん、……ぺろ……」

サラはそう悪態をつきながらも、おっかなびっくりチ×ポを舐めてきた。その様子を見届けて、ユスティーナもまたぺろぺろとチ×ポに舌を這わせてくる。

「うあぁっ……」

思わず、喘いでしまう。

視線を下腹部に向けると、そこではふたりが左右に座ってチ×ポを舐めている光景が目に映る。

ユスティーナは俺のチ×ポに愛着があるせいか、時折キスを交えつつ愛おしそうに舐めていた。

一方のサラはまだ少し怯えが残っていて、恐る恐る舌を伸ばして、その先っぽでちろちろと感触を確かめるように舐めている。

これは、すごい……。

その光景のあまりのいやらしさに、チ×ポはさっそくバキバキに膨れ上がっていた。ビンビンに腫れ上がった亀頭のテカリ具合を見て、ユスティーナは興奮したようにこくりと白い喉を鳴らす。

「ねえ……さっそくだけど、挿《い》れちゃっても、いい……？　あたし、もう、早くシたくて……」

ユスティーナはチ×ポから口を離すと、懇願するように俺に尋ねてくる。一も二もなく頷いてみせると、ユスティーナは勃起した俺のチ×ポの上にまたがってきた。

「はあ、はあ……ごめんね、サラちゃん。あたし、先にもらっちゃうね」

「全然いいっすよ。レッドドラゴンを無事に捕獲できたのも、先輩のお陰っすから。お先にどうぞっす」

「ん。ありがとー」

ユスティーナは膣口に亀頭をあてがうと、ゆっくりと腰を下ろしていく。

「んっ……あっ……気持ち、いい……」

「ああっ……ユスティーナの中……熱くて、やわらかい……」

屹立する俺のチ×ポを、ユスティーナのおま×こはもりもりと飲み込んでいく。やわらかくてぬるりとした感触がチ×ポ全体を包み込み、そしてキュッと締め付けてくる。

「ああ……ユスティーナのおま×こが、チ×ポ全体に抱きついてくるみたいだ。すげえ、気持ちいい……」

「あんっ……すごい……あたしの、いちばん奥まで、ランスケのチ×チン届いてるよぉ……っ」

深い位置まで亀頭が届く騎乗位の体勢で、ユスティーナは嬉しそうに腰を動かし始める。

「はあはあ……ユスティーナが動くたびに、おっぱいが揺れてるぞ……すごい光景だ」

「あんっ……ランスケってば、おっぱいに注目しすぎだってば。本当にエッチなんだから」

「エッチなのはお前の方だろう。自分から馬乗りになって、腰を振るようになっちまって……」

「だって気持ちいいんだもん、仕方ないでしょうっ……あんっあんっ、はあはあ……」

俺は騎乗位でのユスティーナの腰使いを堪能しながら、ふと横からこちらの様子をうかがっているサラの存在に気がついた。

俺は彼女に向かって手招きをして、こちらへと呼び寄せる。

「お楽しみ中に、ウチになんの用っすか」

「サラともお楽しみをしようと思って」

「ええ……嫌な予感しかしねーっすけど。なんすか？」

「おま×こ舐めさせて」

「嫌な予感的中っすね」

サラは内股になって、自らのおま×こを隠すような仕草をする。寝転がっている俺の視界からは、彼女の豊かに生え広がる陰毛がよく見えた。

「うーわ。めっちゃウチのをガン見してるじゃないっすか。そんなにウチのに興味あるんすか？」

「当たり前だろ。お前は気づいてないのかもしれないけど、俺はお前にめちゃくちゃ興味があるんだよ」

「む、むむむ……」

真正面からストレートに「興味がある」と言われて、サラは少しひるんだらしい。チョロい女だ。

「しょうがねーっすね。ランスケさんが、そうまで言うなら……」

あくまでも不承不承という体裁のまま、サラは俺の顔の上へと跨った。途端、俺の眼前にはピンク色をしたおま×こがいっぱいに広がる。

「うお、おお……！　ゼロ距離での、サラのおま×こ……っ！」

「ちょ、ちょっと、喋《しゃべ》らないでほしいっす。吐息が、あたって……あんっ」

俺はサラの太ももに両手を添えると、彼女の下腹部をぐいっと引き寄せる。近づいてきたサラのおま×こを、俺は舌を伸ばして迎えた。

「ぺろっ……ちゅっ……ちゅぅ……」

「ああんっ……ランスケさん……あんっ、舐め方、やらしすぎるっすぅ……っ」

サラのおま×こは陰毛が濃い。そのため舌を動かすと、もしゃっとした陰毛が舌に絡まる感触がある。

陰毛をかき分けた先には、とろりとしたおま×こが待ち構えていた。俺が舌を潜り込ませるたびに、快感を覚えているのか、愛液がしとどにあふれてくる。

「はあはあ……ぺろ、ちゅっ……れろ……サラのおま×こ、やわらかくて、おいしいぞ……」

「やめえ……そ、そんなに、あ、味わわないでっすぅ……あんっ……いやあん……」

「むぎゅっ……」

自分から跨ってきておきながら恥ずかしくなってきたのか、サラは内股になって俺の顔を挟んでくる。だがそんなこともお構いなしに、俺は彼女のおま×こをむさぼるように舐めた。

「あんっあんっ……あんっ……はあ、はあ……ランスケ、サラちゃんのおま×こ舐めて興奮してるの？　チ×チン、すっごく硬くなっちゃってるよ……？」

俺の腰に跨るユスティーナが、気持ちよさそうに喘ぎながら言った。

体力のあるユスティーナは、さっきからひっきりなしに腰を動かし続けている。自らの膣内の、当たると心地よいところを探してか、彼女はしきりに体勢を微修正しながら、腰を振っている。

やわらかくもほどよく締め付けてくるおま×こが、ノンストップでチ×ポをシゴいてくるのだ。

言葉にできるような快感の領域を、軽く超えてしまっている。

硬く反りあがるチ×ポが、彼女のおま×この小さな孔をぐりぐりと押し広げて、ふたりの大切なところをこすり合わせる。あまりのいやらしさに、俺はもうどうにかなってしまいそうだった。

「あんっ……あんっ……あ、ここ、ランスケのチ×チンが当たって、気持ちいい……かも……っ」

「はあ、はあ……ああっ、……いいぞ、俺も、すごく気持ちいい……ぺろ、ぺろ……」

「あんっあんっ……やあんっ……ランスケさんの舌がぁ……ウチの深いとこぉ……っ」

なんというか、これはすさまじい……。

俺達三人は、まるでひとつの生き物のように合体して、性行為を繰り広げている。

特に俺なんて、口ではサラのおま×こを舐め、そして腰ではユスティーナのおま×こに挿入しているのだ。クンニの興奮と挿入の快感が同時に襲いかかり、頭がスパークしてしまいそうだ。

「あんっあんっ……あはは、サラちゃんがマ×コ舐められて気持ちよくなってる顔、かわい～い」

「え、ええっ！　な、なに見てるんすかぁ！」

ユスティーナとサラは、お互いに向き合うようにして、俺の上に跨っている。

ユスティーナは、俺にクンニされながら喘ぐサラを目の当たりにして、嬉しそうな声を漏らしていた。

「サラちゃん、マ×コ舐められるの気持ちいい？　すっごく気持ちよさそうで、かわいい顔してるよ」

「なっ……み、見ないでほしいっす……ウチ、そんな、変な顔っすか……？」

「変じゃないよっ。かわいいってばぁ」

「うう、やめてほしいっすぅ……あんっランスケさん、急に、激しく舐めすぎっすぅ……っ」

「あんっあんっ……ちょっと、ランスケ……あたしのほうも、腰、激しく突き上げすぎぃ……っ」

「ちゅっちゅっ……ぺろ……うるせー、俺を置いてけぼりにして、ふたりだけで楽しそうにイチャついてるからだろーがっ」

俺は上のユスティーナごと、激しく腰を揺さぶる。

彼女の身体が上下に跳ね、ぎゅうっと膣肉がチ×ポに抱きつくみたいに締め付けが増した。

「ああんっ……あんっ……激しっ……ああっ……あたしのいちばん奥、ランスケのチ×チンに突かれちゃってるぅ……あんっ……」

「…………」

……ん。クンニされながら喘いでいたサラの声が、不意に止んだが、なにかあったんだろうか？

しかし俺の心配をよそに、すぐにサラが小さくぽつりと呟く声が聞こえた。

「……す、すごい揺れてるっす……」

すごい揺れてる？　……なにが？

「ら、ランスケさんに突き上げられながら、ものすごいバインボイン揺れてるっす……。こ、これが、本当にウチと同じ女性の身体なんすか……？」

なんだ？　サラはいったいなにを見ているというのだ？　いったい、なにっぱいがバインボイン揺れている様を見ているというのだ？　それは、俺からのクンニに一切反応を示さなくなるほどに、刺激的に躍《おど》り回る爆裂なバインボインっぷりなのか？

くそう！　ずいぶんとうらやましいものを見ているようじゃねえかサラ！　ずるいぞ！　俺にもその暴れバインボインを見せやがれよぉ！

「あっ……ひゃあっランスケさん……な、なにを急にがっついて……ああんっ、らめぇ、激し……ひぃんっ」

暴れバインボインを拝めない悔しさを込めて、目の前のとろとろのおま×こをひたすらに舐めまくる。ぷっくりと膨らんだクリトリスを甘噛みしてやると、サラはひときわ甲高い声で鳴いた。

と、俺が当たり散らすように激しくサラを攻めていると、腰の上のユスティーナも激しく喘ぎ声を漏らす。

「ひゃんっ……ら、ランスケのチ×チンが、さらに硬くなって……ひぁあんっ……あんっあんっ……気持ちいい……っ！」

ユスティーナは自ら激しく腰を上下に揺さぶり、あんあんと快感を享受していた。

ユスティーナの腰が、チ×ポを搾り上げるように小刻みに上下に動く。目の前にはサラのおま×こが広がっているため視界には入らないが、髪を振り乱して腰を振っている様が脳裏に映る。

そして先に限界を迎えることとなったのは、ユスティーナの方だった。

「あっあっあっ……あたし、あんっ……や、ああっ……イッちゃう……イッちゃうぅ……」

「はあ、はあ……いいぞ、ユスティーナ。イけ……イけ、俺のチ×ポで、イけえ……！」

「あんっあんっ……ああっ、ああんっ……ランスケのチ×チンで、イッちゃううぅっ……！」

どびゅるるるるるるっ！

快感からビクビクと震えるユスティーナの膣内に、精液をぶちまける。

膣内にたっぷりと欲望のかぎりを注ぎ込まれたユスティーナは、「ああっ……♡」と満足げな声を漏らしながら、腰の動きを止めた。

息の乱れたユスティーナがゆっくり腰を上げると、愛液と精液でドロドロになったチ×ポが、ボロンと膣内からまろび出る。

「あっ……先輩……イッちゃったんすか……？」

「うん……あはは……ランスケといっしょにイッちゃった……ごめんね。サラちゃん、まだ挿れてもいないのに」

ユスティーナは苦笑しつつ言うが、そんなことはまったく問題なかった。

「安心しろ、ユスティーナ。俺はちゃんと、サラにもイかせてもらうからさ」

「えっ……でもランスケ、今イッたばっかり……」

「それがどうした。一発射精したくらいで、萎えるようなチ×ポじゃないさ」

俺がそう言った通り、未だチ×ポは勃起がおさまる様子はない。

むしろ一度射精したことで、もっと欲しいとばかりにぐぐっと高く亀頭を反り返らせる。

それを見てユスティーナもニコリと笑みを浮かべた。

「どうやら、問題無いみたいだね」

「ええっ……じゃ、じゃあウチ、もう挿れられちゃうんすか……？」

「ああ、そうだ。お前のおま×こも、クンニで準備万端だろ。さっさとお尻を向けろ」

「お尻はランスケさんの顔の上に乗っかってるっすう……」

「おっと、そうだったな」

俺のクンニから解放されたサラは、腰が抜けたように地面に倒れ込んでしまう。

激しい騎乗位で疲れ果てているユスティーナを残し、立ち上がった俺はサラへと手を差しのばした。

「あ、ランスケさん……ち×ちん、すっごくビンビンっす……」

「当たり前だろ。だから、お前におさめてほしいんだよ。今すぐに」

「ひ、ひええ……」

尻込みするサラの腕を引っ張り、お尻をこちらへと向けさせる。

「は、恥ずかしいっす……お尻が、丸見えで」

「さっきまでおま×こを顔面に乗っけておいた男に対して、いまさら恥じらうのか？」

「ウチが好きで乗っけてたわけじゃないっす……あっ、ああんっ……」

きゃんきゃんとうるさいサラに、背後からチ×ポを挿入する。

彼女とはまだ二回目の挿入だというのに、おま×こはもう俺のことを覚えてくれたのだろうか。まるでぴったりと吸い付くように、サラの小さなおま×こが俺のチ×ポをキュッと締め付けてくれた。

「あっあっ……ランスケさんのち×ちん……んんっ……入ってぇ……っ」

「うああっ……気持ちいい……サラのおま×こ、いい締め付け具合だ……！」

執拗《しつよう》にクンニをしていたおかげか、おま×こはこれ以上ないほどにとろっとろだった。ぬるぬるとした愛液がチ×ポに絡まり、ぐっちゅぐっちゅといやらしい音をたてつつチ×ポをシゴく。

「くぅぅ……っ、気持ちいい……はあ、はあ……」

「あんっあんっ……後ろから突かれるの、気持ちいいっす……ひゃあんっ」

「おっ。気持ちいいのか？　じゃあ、この奥のところとか、どうだ？」

「ああんっ、それぇ……い、いいとこに、あんっ、当たってるっすぅ……」

「おお、ここか。じゃあ、そこを重点的に突いてやるからな。ほら、どうだサラ」

「あっあんっ……ウチのいいとこ、こんな簡単に探りあてて……ランスケさんのくせに、生意気っすぅ……」

「お前こそ、その生意気な反応かわいいぜ。サラ。ほらほら、これがいいのかよっ」

「あんっあんっ……気持ちいいっすぅ……」

サラのお尻に腰がぶつかるたびに、パンッパンッと軽快な音が鳴る。俺の動きに合わせてサラのショートカットの髪先が揺れる。

と、俺がそうやってサラを後ろから突いていると、不意に横から俺の裸身に抱きついてくる者があった。もちろん、ユスティーナだ。さっきまでイッたばかりでへばっていたようだが、もう復活したのだろうか。と、思って彼女の方へ顔を向けてみると。

「むー」

俺の腕に抱きついてきたユスティーナは、心なしか不機嫌そうに頬を膨らませていた。別に表情が怖いわけではないが、なんでそんな態度でいるのかが分からず、俺は気圧されてしまう。

「お、おいユスティーナ。どうしたんだよ、いきなり」

「あたし、言ってもらってないんだけど」

「なにを？」

ユスティーナは、フンと鼻を鳴らしたかと思うと、むぎゅっとこちらに身を寄せてきた。そして耳元に唇を近づけ、囁くように言う。

「あたし、今日はまだかわいいって言ってもらってない」

「…………！」

「サラちゃんだけ言われてて、ずるいんだけど？」

思わずユスティーナの顔を見やる。彼女は拗ねたように唇を尖らせつつ、恥じらうように頬を赤く染めていた。

俺はサラをバックで突きながら、傍らのユスティーナにも手を伸ばす。彼女のその豊満なおっぱいを、手のひらで鷲掴みにして揉みしだく。

「ちょ、ちょっとランスケ……いきなり、乱暴すぎっ……」

「かわいいぞ、ユスティーナ」

俺が言うと、ユスティーナの肩がぴくっと震える。俺は構わずに彼女に顔を寄せ、荒々しく唇を重ねた。

「んっ……ちゅっ……んふぅ……ランスケぇ……」

「ちゅっ……ちゅっ……はあはあ、心配しなくても、ユスティーナもかわいいっての」

「んふぅ……んー。もっとロマンチックに言ってくれても、いいんだけどな？」

「くそ、調子に乗りやがって。そんなユスティーナは……こうしてやるからな！」

「ちょ、ちょっと、ランスケぇ……あ、あんっ」

俺はおっぱいから手を離すと、そのままその手をユスティーナの下腹部へと滑り込ませていく。

「やあっ、ちょっとっ……そこ、だめぇ……！　さっきイッたばかりだから、まだ、敏感……！」

「おお、ユスティーナのおま×こ、すっごいとろとろだぞ。ほら、俺の手で、もっとかわいい表情見せてくれよ」

「ああんっ……ら、ランスケの精子、まだ中に残ってるのにぃ……！　指でまで、こんな……ああんっ、気持ちいい……！」

「ら、ランスケさんっ。先輩とイチャつくのもいいっすけど、ウチのことも……」

「もちろん忘れてねえぞ、サラ。ほらっ、ここが気持ちいいんだろっ」

「ああっ、らめっすぅ……頭の、大事なとこ、弾け飛んじゃいそうっすぅ……！」

ユスティーナを手マンしながら、鼻息も荒くキスを繰り返す。

チ×ポはサラに突っ込んで、一番奥の深いところまで何度も何度も突いてやる。

俺はもう夢中になって、ふたりの女性の体を思う様味わい尽くした。

レッドドラゴンのサウナで極限までリラックスしたことによって、まるで自分の体だとは思えないほどに軽やかに動く。感覚が鋭敏に研ぎ澄まされ、唇に、チ×ポに、触れ合う肌に襲い掛かる快感が常の何倍もの破壊力で俺の頭をぶち壊す。

「ちゅっちゅっ……ん、はあはあ……サラ、そろそろイくぞ……！」

「あんっあんっ……いいっすよ。ウチも……あんっ、中ぁ……出して、欲しいっすぅ……！」

「ああっ、ランスケェ！　サラちゃん！　あ、あたしも……ランスケの指で、イッちゃうぅぅ……！」

「おお、三人いっしょにフィニッシュしようじゃねえか。いくぞ、ユスティーナ！　サラ！」

パンパンパンパンと一層激しく腰を振り、そしてグチュグチュと指で掻き回す。

ユスティーナとサラは言葉になっていない嬌声をあげ続け、やがて三人同時にビクビクッと体を震わせた。

どびゅるるるるるるるるるっ！

「ぐあああああっ！」「ひあああああんっ！」「も、もうらめっすぅぅぅ〜〜っ……！」

一斉に果てた俺達は、もつれ合うようにしてその場に倒れ込む。上からユスティーナの、下からサラの柔肌の感触が伝わってきて、いい匂いがして、なんていうかもう、めちゃくちゃだった。

遠くの方からレッドドラゴンがグルルルル……と、喉を鳴らす音が聞こえてくる。それを耳にした俺は、ポツリと小さくつぶやいた。

「めちゃくちゃ疲れたから……サウナ、入りてえな」

「呆れた。ランスケったら、まだサウナ入るつもりなの？」

「お前らの相手で、体力使い果たしちまったからだよ。もっぺんサウナに入ってととのわねえと、回復しねえっての」

「それって……もう一回サウナ入ったら、またあたしたちの相手をしてくれるって意味？」

ギョッと目を見開いて、一緒にもたれあい寝転んでいるユスティーナの顔を見やる。そのユスティーナの表情はいたずらっぽく笑っていた。そしてサラもまた、物欲しそうな目をしてこちらの方へと視線を寄越している。

まったく、元冒険者のヤツらと来たら、どいつもこいつも体力有り余りやがってて困る。

「ったく、分かったよ。今日は、思う存分サウナを楽しんで、思いっきりヤリまくってやろうじゃねえか」

「アハ！　そうこなくっちゃ！」

「ウチもやってやるっす！　ランスケさん、今度こそサウナ勝負ではウチが勝たせてもらうっすからね！」

「バカ言え。お前も立派なサウナーではあるが、ベテランである俺の足元にも及ばないっての」

「なんすか！」

「なんだよ」

「あはは。喧嘩しないの、ふたりともー」

俺達はそんなふうに軽口を叩き合いつつ、ゆっくりとした足取りでレッドドラゴンのもとへと歩み寄っていく。

この世界には無い、サウナという一風変わった異文化。

それを思う存分楽しむ俺たちの様子を、レッドドラゴンは興味もなさそうにぼんやりと見つめていたのだった。

♨　♨　♨

翌日。

俺達はレッドドラゴンが移送されるのを待たずして、この街を出発することとなった。

「あのー、すみません」

旅支度を整えた俺達は、出発を前にして、一度鉱山の洞窟へと立ち寄っていた。

洞窟の入り口には、ひとりの兵が立っているのを確認できる。夜通し洞窟内にいた俺達から引き継いで、レッドドラゴンの監視任務を行なっている兵だった。

その人は俺達に気がつくと、大慌てで敬礼をしつつこちらに駆け寄ってくる。

「わ、わわっ。これはこれはっ。ここ、この度はレッドドラゴン捕獲にご協力いただきまして、誠にありがとうございますですわ……！」

「いやいや、そんな。畏まらないでくださいっ……！」

こちらに駆け寄ってきたのは、まだ年若い女性の兵だった。

明るい黄色の髪をシニヨンにまとめており、顔の左右からウェーブがかった横髪が一房ずつ垂れている。おっとりとした細く切長な目の下には、艶っぽい泣きぼくろが見えた。

およそ兵というよりも、良いところのお嬢様然とした女性である。しかし彼女が兵であることをはっきりと示すように、その全身は質の良い鎧で覆われていた。

彼女もまた、俺達がレッドドラゴンを捕獲した際に、いっしょに現場にいた兵のひとりである。

そして俺達がわざわざ旅立つ前に、彼女にだけ挨拶をしにきた理由は、他でもない。

「これ、お返しししますね」

そう言ってユスティーナは、それまで腰に下げていた一本の剣……フレイムハートを差し出した。

それを見た兵は、驚いたように目を丸くする。

「こ、これは、わたくしが昨日、市場の武器商から買わせていただいた……」

「はい。昨日レッドドラゴンに振り払われた時に、取りこぼしていた……あなたの剣ですよね？」

ユスティーナの言葉に、兵の彼女はこくこくと頷く。その動きに合わせて、彼女の黄色の髪がふわふわとやわらかく揺れた。

どうやら俺の推測は正しかったらしい。やはり例のハロネン商会がフレイムハートをこの街の市場で売っていて、それを彼女がたまたま買っていたということのようだ。

「昨日、この剣を拾って、そのままでしたので。出発する前に、お返ししておこうと」

「あ、ありがとうございます！　取り落としてしまって、どこに行ってしまったのかと……ずっと探していたんですの」

差し出されたフレイムハートを、その女性兵士は嬉しそうに受け取った。

「この綺麗な剣身……。おそらくは、名のある職人の方の作品なのでしょう。市場の店頭で見かけて、その場で惚れ込んでしまいましたの」

彼女が大事そうにフレイムハートを抱き締めるのを見て、ユスティーナはしかし何も言わずに頷くにとどめていた。

「わたくしは兵ではありますけれど、お恥ずかしながら、それほど武芸に秀でているわけではありません。ですけれど……この剣があれば、わたくしでも強くなれるかなって思って。それで……」

「なれますよ、きっと。その剣を、大事に振るってくれる方であれば」

万感の想いを込めた、ユスティーナの言葉。

そこに含まれた気持ちの強さを知る由《よし》もないだろうに、しかしその兵の彼女は強い意志を感じさせる顔で頷いてみせたのだ。

「はい。わたくし、強くなりますわ。あなた達のように。知恵と勇気で、このレッドドラゴンを抑え込むことができるくらいにまで」

「で。いいのか？　フレイムハート、返しちまったわけだけどさ」

「だって仕方ないでしょ。あの兵の子だって、お金払って買ってるわけなんだから。元々あたしのなんだからって言って、返してもらうわけにもいかないじゃん」

「そりゃあ、そうかもしれないけどさあ」

「いいんだよ。あたしはもう冒険者じゃないから、あの剣を振るう機会もそうそう無いだろうし。だったら、ああいう兵士の人のところで使ってもらえてた方が、フレイムハートも……お父さん達も、喜ぶって。それに……」

「それに？」

俺が尋ねると、ユスティーナはニッコリと太陽のような笑みを浮かべてみせた。

「あたしの第二の人生は、サウナ探しに捧げるって決めてるんだから。だからもう、未練なんて無いんだから。心配しないでよね！」

そんな表情をされてしまえば、当事者でもない俺達には、もう何も言えまい。

俺はサラと顔を見合わせて、軽く肩を竦める。

ユスティーナはさっさと前方へと駆け出していき、笑顔で俺達の方へと振り返った。

「さあさあ、ふたりとも！　今度こそ、ランスケでも知らないようなすんごいサウナを見つけるんだから！　気合い入れて、次の街を目指していくよ！」

彼女の進む先には、一体どんなサウナが待っているのだろう。そこで出会えたサウナでのととのいに思いを馳せて、俺もまた唇に微笑を浮かべる。

また少し積もり始めた雪の上に、ユスティーナの新しい足跡が刻まれていた。


〈了〉

あとがき

はじめまして、鵠（くぐい）と申します。読むのが難しい名前ですみません。私のことを知ったことで、いつかあなたが漢字テストで一点多く取れたなら幸いです。

最近はサウナに入って日常の疲れをとり、ゆったりとした時間を過ごす機会が増えました。そして風呂上がりに飲むサウナドリンクがまた、最高に美味いんです。サウナは歴史が長く、たくさんの方に愛されてきただけあって、調べれば調べるほどに奥深い文化だなあと思わされます。

そんなサウナをテーマにした物語で、この度書籍を刊行していただく運びとなりました。これからも楽しくエッチな作品を書いていければと思いますので、応援よろしくお願いいたします。

以下、謝辞となります。むちむちで最高にかわいらしいイラストを描いてくださったあらと安里先生、作品をより良く仕上げてくださったヴァリアントノベルズ担当者様、色々アドバイスをくださった友人Oさん、誠にありがとうございました。

二〇二四年一月　鵠

●本作は小説投稿サイト「ノクターンノベルズ」（https://noc.syosetu.com）に掲載中の『異世界サウナでととのいセックス　～なにも知らない女冒険者にチンポとエッチなととのいを教え込む～』を修正・加筆し、改題したものです。

Variant Novels

異世界サウナでととのいセックス

～なにも知らない女冒険者にエッチなととのいを教え込む～

2024年2月23日初版第一刷発行

著者…………………………………… 鵠
イラスト……………………… あらと安里
装丁……………………5gas Design Studio

発行所………………………………株式会社竹書房
〒102-0075　東京都千代田区三番町8－1
三番町東急ビル6F
email:info@takeshobo.co.jp
竹書房ホームページ　https://www.takeshobo.co.jp
印刷所………………………………共同印刷株式会社